人猿泰山全译精编插画系列（全25种）

人猿泰山
之
迷途少年

［美国］埃德加·赖斯·巴勒斯/著

张琳琳/译

Jungle Tales of Tarzan
by Edgar Rice Burroughs

上海文艺出版社
上海故事会文化传媒有限公司

图书在版编目（CIP）数据

人猿泰山之迷途少年 ／（美）埃德加·赖斯·巴勒斯著；张琳琳译 . -- 上海：上海文艺出版社，2019
（人猿泰山全译精编插画系列）
ISBN 978-7-5321-7034-0

Ⅰ . ①人… Ⅱ . ①埃… ②张… Ⅲ . ①长篇小说－美国－现代 Ⅳ . ① I712.45

中国版本图书馆 CIP 数据核字 (2019) 第 028781 号

书　　名：	人猿泰山之迷途少年
著　　者：	[美国] 埃德加·赖斯·巴勒斯
译　　者：	张琳琳
责任编辑：	蔡美凤
装帧设计：	周　睿
责任督印：	张　凯
出　　版：	上海文艺出版社
出　　品：	上海故事会文化传媒有限公司
	（200020　上海市绍兴路74号　www.storychina.cn）
发　　行：	上海文艺出版社发行中心
	（上海市绍兴路50号）
印　　刷：	上海中华印刷有限公司
开　　本：	889毫米x1194毫米　1/32　印张7
版　　次：	2019年6月第1版　2019年6月第1次印刷
ＩＳＢＮ：	978-7-5321-7034-0/I.5626
定　　价：	25.00元

版权所有·不准翻印

上海故事会文化传媒有限公司 出品（00852）www.storychina.cn

上海故事会文化传媒有限公司所有图书可办理邮购，免收邮费（挂号除外）
汇款地址：上海市绍兴路74号(200020)；　收款人：上海故事会文化传媒有限公司出版发行部
联系电话：021-64338113
如发现本书有质量问题，请与印刷厂质量科联系 T：021-60829062

人猿泰山全译精编插画系列（全25种）
编 委 会

总 策 划：夏一鸣

主　　编：黄禄善

副 主 编：高　健

编辑成员

（按姓氏笔画为序排列）

田　芳　朱崟滢　李震宇　张雅君

胡　捷　夏一鸣　高　健　黄禄善　詹明瑜　蔡美凤

百年文学经典 文化传播之最
人猿泰山驰骋的奇幻世界

黄禄善

美国文学史上不乏这样的作家：他们生前得不到学术界承认，死后多年也不为批评家看好，然而他们却写出了最受欢迎的作品，享有最大范围的读者。本书作者埃德加·赖斯·巴勒斯即是这样一位作家。自1912年至1950年，他一共出版了一百多本书，这些书涉及多个通俗小说门类，而且十分畅销，其中不少被译成多种文字，在世界各地广为流传。当代科幻小说大师亚瑟·克拉克曾如此表达对他的敬仰："埃德加·赖斯·巴勒斯具有重要地位。是巴勒斯，激起了我的创作兴趣。"另一位著名通俗小说家雷·布莱德伯利也说："埃德加·赖斯·巴勒斯也许可以称为世界历史上最有影响力的作家。"然而，正是这个被众人交口称誉的作家，对前来采访的记者说："我不认为我的作品是'文学'。"而且，面对众多书迷的"如何走上文学道路"的提问，他也只是轻描淡写地回答："那是因为我需要钱。我35岁时，生活中的一切尝试都宣告失败，只好开始搞创作。"

确实，埃德加·赖斯·巴勒斯在从事文学创作前，有过一段十分坎坷的生活经历。他于1875年9月1日出生在美国芝加哥，父亲是南北战争期间入伍的老兵，后退役经商。儿时的巴勒斯对未来充满了幻想，曾对人夸口说父亲是中国皇帝的军事顾问，自己住在北京紫禁城，并在那里一直待到10岁才回国。但是，后来的事实表明，这一良好愿望只不过是一团泡影。从密歇根军事学院毕业后，他在美国骑兵部队服役，不久即为谋生四处奔波。他先后尝试了许多工作，包括警察和推销商，但均不成功。1900年，他和青梅竹马的女友结婚，之后两人育有两儿一女。接下来的日子，埃德加·赖斯·巴勒斯是在贫困中度过的。为了养家糊口，他开始替通俗小说杂志撰稿。他的第一部小说《在火星的卫星下》于1912年分六集在《故事大观》连载。这部小说即刻获得了成功，为他赢得了初步的声誉。同年，他又在《故事大观》推出了第二部小说，亦即首部"泰山"小说。这部小说获得了更大成功。从此，他名声大振，稿约不断，平均每年出版数部书。第二次世界大战期间，他以66岁的高龄奔赴南太平洋，当了战地记者。1950年3月19日，埃德加·赖斯·巴勒斯因心力衰竭在美国逝世。

埃德加·赖斯·巴勒斯是美国文学史上第一个重要的通俗小说家。他一生所创作的通俗小说主要有四大系列。第一个是"火星系列"，包括《火星公主》《火星众神》和《火星军魁》。该"三部曲"主要讲述一位能超越死亡界限、神秘莫测的地球人约翰·卡特在火星上的种种冒险经历。第二个系列为"佩鲁塞塔历险记"，共有七部。开首是《在地心里》，以后各部依次是《佩鲁塞塔》《佩鲁塞塔的塔纳》《泰山在地心里》《返回石器时代》《恐惧之地》《野蛮的佩鲁塞塔》，主要讲述主人公佩鲁塞塔在钻探地下矿藏时，不小心将地壳钻穿，并惊讶地发现地球核心像一个空心葫芦，那里住着许多原始人，还有许多古生动物和植物。1932年，《宝库》杂志开始连载埃德加·赖斯·巴勒斯的第三个系列，也即"金星系列"的首部小说《金星上的海盗》。该小说由"火星系列"衍生而出，但情节编排完全不同。主人公卡森·内皮尔生在印度，由一位年迈的神秘主义者抚养成人，并被教给各种魔法，由此开始了金星上的冒险经历。该系列的其余三部小说是《金星上的迷失》《金星上的卡森》和《金星上的逃脱》。第五部已经动笔，但因"二战"爆发而搁浅。

尽管埃德加·赖斯·巴勒斯的"火星系列""佩鲁塞塔历险记"和"金星系列"奠定了他的美国早期重要通俗小说作家的地位，但他成就最大、影响也最大的是第四个系列，也即"人猿泰山系列"。该系列始于1912年的《传奇诞生》，终于1947年的《落难军团》，外加去世后出版的《不速之客》，以及根据遗稿整理的《黄金迷城》，总共有25种之多。中心人物泰山是一个英国贵族后裔，幼年失去双亲，由母猿卡拉抚养长大。少年泰山不仅学会了在西非原始森林的生存本领，还具有人类特有的聪慧。凭着这一人类特性，他懂得利用工具猎取食物，并从生父遗留下来的看图识字课本上认识了不少英文词汇。随着时光流逝，他邂逅美国探险家的女儿简·波特，于是生活发生急剧变化，平添了无数波折。接下来的《英雄归来》《孤岛求生》等续集中，泰山已与简·波特结合，生了一个儿子，并依靠巨猿和大象的帮助，成了林中之王，又通过一个非洲巫师的秘方，获取了长生不老之术。再后来，在《绝地反击》《智斗恐龙》《真假狮人》《神秘豹人》等续集中，这位英雄开始了种种令人惊叹的冒险，足迹遍及整个西非原始森林、湮没的大陆。

从小说类型看，"人猿泰山系列"当属奇幻小说。西方最早的奇幻小说为英雄奇幻小说，这类小说发端于古希腊荷马史诗《伊利亚特》和《奥德赛》，成形于19世纪末英国小说家威廉·莫里斯的《世界那边的森林》，其主要模式是表现单个或群体男性主人公在奇幻世界的冒险经历。他们多为传奇式人物，有的出身卑微，必须经过一番奋斗才能赢得下属的尊敬；有的是落难王子，必须经过一番曲折才能恢复原有的地位。在冒险中，他们往往会遭遇各种超自然邪恶势力，但经过激烈较量，正义战胜邪恶，一切以美好告终。人猿泰山显然属于"落难王子"型主人公。他本属英国贵族后裔，却无端降生在无名孤岛，并险些丧命。在人迹罕至的西非原始森林，他与野兽为伍，经历了难以想象的生存危机。终于，他一天天长大，先后战胜大猩猩和狮子，又打死猿王克查科，并最终成为身强力壮、智慧超群的丛林之王。值得注意的是，埃德加·赖斯·巴勒斯在描写人猿泰山的这些经历时，并没有简单地套用英雄奇幻小说的模式，而是融入了自己的创造。一方面，他删去了"魔法""仙女""精灵"等超自然因素；另一方面，又增加了较多的现实主义成分。人们在阅读故事时，并不觉得是在虚无缥缈的奇幻天地漫步，而是仿佛置身栩栩如生的现实主义世界。正因为如此，"人猿泰山系列"比一般的纯英雄奇幻小说显得更生动、更令人震撼。

毋庸置疑，人猿泰山驰骋的奇幻世界是"人猿泰山系列"的又一大亮点。在构筑这一虚拟背景时，埃德加·赖斯·巴勒斯显然借鉴了亨利·哈格德的创作手法。亨利·哈格德是19世纪英国著名小说家，自80年代中期起，他根据自己在非洲的探险经历，创作了一系列以"遗忘的年代，湮没的城市"为特征的奇幻作品。譬如《所罗门王的宝藏》，述说一个名叫阿兰的猎手在两千多年前的奇幻王国觅宝，几经曲折，终遂心愿。又如《她》，主人公是非洲一个奇幻原始部落的女统治者，她精通巫术，具有铁的统治手腕，但对爱情的执着酿成了她一生最大的悲剧。"人猿泰山系列"的故事场景设置在人迹罕至的原始森林，在那里，虎啸猿鸣，弱肉强食，险象环生。正是在这一极端恶劣的环境中，泰山进行了种种惊心动魄的冒险。在后来的续篇中，埃德加·赖斯·巴勒斯还让泰山的足迹走出西非原始森林，到了传说中的亚特兰蒂斯、废弃的亚马孙古城，甚至神秘的太平洋玛雅群岛。所有这些埃德加·赖斯·巴勒斯笔下的荒岛僻壤，与《所罗门王的宝藏》《她》中"遗忘的年代，湮没的城市"如出一辙。

如果说，亨利·哈格德的"遗忘的年代，湮没的城市"给"人猿泰山系列"提供了诡奇的故事场景，那么给这个场景输血补液的则是西方脍炙人口的动物小说。据埃德加·赖斯·巴勒斯的传记，儿时的他曾因体弱多病辍学，并由此阅读了大量西方文学著作，尤其是鲁德亚德·吉卜林的《丛林故事》、欧内斯特·西顿的《野生动物集》、杰克·伦敦的《野性的呼唤》。这些小说集动物故事、探险故事、寓言故事、爱情故事、神秘故事于一体，给埃德加·赖斯·巴勒斯以深刻印象。事实上，他在出道之前，为了给自己的侄儿、侄女逗乐，还写了一些类似的童话故事，其中一篇还在《黑马连环漫画》上刊登。西方动物小说所表现的是达尔文和斯宾塞的"物竞天择""适者生存"，体现了自然主义创作观。以杰克·伦敦的《野性的呼唤》为例，主要角色布克原是法官的看家狗，过着养尊处优的生活。但有一天，它被盗卖，并辗转来到冰天雪地的阿拉斯加，当起了运输工具。在那里，布克感到自然法则无处不在：狗像狼一般争斗，死亡者立刻被同类吃掉。但它很快学会了生存，原始的野性和狡诈开始显现，并咬死了凶残的领头狗，最终为主人复仇，加入了荒野的狼群。"人猿泰山系列"尽管将"弱肉强食"的雪橇狗变换成了虎、狮、猿以及由猿抚养长大的泰山，但这些巨猿、半人半兽之间的殊死争斗同样表现出"生存斗争"的残忍。特别是泰山攀山越岭、腾掠树梢，战胜对手后仰天发出的一声长啸，同杰克·伦敦笔下布克回到河边纪念它的恩主被射杀时的长嚎简直有异曲同工之妙。

　　鉴于"人猿泰山系列"成书之前曾在《故事大观》《宝库》等杂志连载，不可避免地带有杂志文学的某些缺陷，如情节雷同、形象单调，等等。历来的文论家正是根据这些否定"人猿泰山"的文学价值，否定埃德加·赖斯·巴勒斯的文学地位。但"二战"以后，尤其是20世纪70年代之后，随着西方通俗文化热的兴起，学术界对于"泰山"小说的看法有了转变，许多研究者都给予积极评价，肯定埃德加·赖斯·巴勒斯的美国奇幻小说鼻祖地位。而且，"读者接受"是评价一部作品的最佳试金石。"人猿泰山系列"刚一问世，即征服了美国无数读者，不久又迅速跨出国界，流向英国、加拿大和整个西方。尤其在芬兰，读者简直到了如痴如醉的地步。一本本英文原著被译成芬兰语，一版再版，很快取代其他本土小说，成为最佳畅销书。更有甚者，许多西方作家，包括芬兰、阿根廷、以色列以及部分阿拉伯国家的作家，在埃德加·赖斯·巴勒斯去世后，模拟他的套路，创作起了这样那样的"后泰山小说"。世纪之交，埃德加·赖斯·巴勒斯的"人猿泰山系列"再度在西方发酵，以劳雷尔·汉密尔顿、尼尔·盖曼、乔·凯·罗琳为代表的一大批作家，基于他的"泰山"小说模式，并结合其他通俗小说要素，推出了许多新时代的奇幻小说——城市奇幻小说，并创造了这类小说连续数年高踞《纽约时报》畅销书排行榜的奇观。而且，自1918年起，"泰山"小说即被搬上银幕。以后随着续集的不断问世，每年都有新的"泰山"影片上映和电视剧播放，所改编的影视版本之多，持续时间之长，观众场面之火爆，创西方影视传播界之"最"。2016年，华纳兄弟影业又推出了由大卫·叶茨导演、亚历山大·斯卡斯加德等众多知名演员加盟的真人3D版好莱坞大片《泰山归来：险战丛林》。21世纪头十年，伴随迪士尼同名舞台剧和故事软件的开发，"泰山"游戏又迅速占领电脑虚拟世界，成为风靡全球的少年儿童宠爱对象。此外，西方各国还有形形色色的"泰山"广播剧、"泰山"动漫、"泰山"玩偶，等等。总之，今天的"泰山"早已超出了一个普通小说人物概念，成了西方社会的一种文化符号、一种文化象征。

优秀的文化遗产是不分国界的。为了帮助中国广大读者欣赏埃德加·赖斯·巴勒斯、读懂埃德加·赖斯·巴勒斯，了解当今风靡整个西方的奇幻小说的先驱，上海故事会文化传媒有限公司组织翻译了这套"人猿泰山系列"，这也将是国内第一套完整的"人猿泰山系列"。译者多为沪上高校翻译专业教师，翻译时力求原汁原味、文字流畅，与此同时，予以精编、插画。相信他们的努力会得到认可。

目　录

前言	人猿泰山驰骋的奇幻世界	1
1	泰山的初恋	001
2	泰山被俘	017
3	拯救巴鲁	032
4	上帝之谜	044
5	泰山和黑人男孩	062
6	巫医的复仇	087
7	布卡维之死	108
8	狮子来了	119
9	噩梦连连	133
10	为蒂卡而战	148
11	丛林恶作剧	169
12	泰山救月	188

人物介绍

蒂卡：克查科部落的母猿，泰山的初恋。

泰格：克查科部落的公猿，泰山忠诚的朋友。

阿赞：蒂卡和泰格的巴鲁（孩子），泰山守护的对象。

孟博拉：黑人村落的酋长，狡猾残忍。

穆雅：孟博拉村的村民，迪波的母亲，因母爱而坚强。

迪波：孟博拉村村民穆雅的孩子，泰山的养子。

布卡维：被驱逐出孟博拉村的邪恶巫医。

拉巴·科佳：孟博拉村的巫医，与孟博拉勾结作恶。

土哥：另一部落的公猿，掳走蒂卡、伤害阿赞的凶手。

布拉班图：孟博拉村的勇士，与泰山并肩作战。

泰山：人猿泰山，本系列的核心人物，强大的战士，丛林之王。

Chapter 1
泰山的初恋

热带丛林里，蒂卡在树荫下舒舒服服地伸了个懒腰，尽显她那迷人的青春魅力，至少人猿泰山是这么认为的，他蹲坐在低垂的树枝上，瞅着蒂卡。

泰山懒洋洋地坐在树上，炙热的太阳透过丛林密叶，晒在他黑黝黝的皮肤上，斑驳多变。泰山悠闲自在，从容而专注，灰色的眼睛闪耀着智慧的光芒，如痴如醉地盯着眼前的蒂卡。

你可知道，人猿泰山打小就没见过几个人，尤其是父母在礁石湾的林中小屋里丧生后，只记得儿时给他喂奶的母猿，满是毛发、面目可憎，还有克查科部落里爱发怒、爱咆哮的公猿和母猿。

你一定猜不到，此刻他健康活跃的脑海里掠过什么想法。对蒂卡的一瞥而产生的渴求和痴望更让人愿意相信他是个地地道道的猿，单从他的想法来看，你绝不会相信他是一位优雅的英国夫人和一位英国古老贵族的后裔。

令人猿泰山感到迷惑不解的正是他的身世。他是约翰·克莱顿，格雷斯托克勋爵，在上议院拥有一席之地。可他自己却全然不知，当然也不明白其中的含义。

是的，蒂卡的确漂亮！

当然，卡拉也很漂亮，谁都觉得自己的妈妈美。但是蒂卡有自己独特的美，一种泰山能朦朦胧胧感知的难以言喻的美。

泰山和蒂卡一直是多年的玩伴。虽然和蒂卡同龄的公猿性格乖戾暴躁，但她依旧贪玩。细细想来，正是因为泰山和蒂卡都爱玩耍，才让泰山对这个母猿的喜爱与日俱增。

但是今天，泰山坐在蒂卡旁，突然发现自己开始注意蒂卡的体形和容貌——这可是他之前从未注意过的。之前蒂卡在玩泰山发明的"追赶"和"捉迷藏"的简单游戏，敏捷地穿梭在丛林中的时候，谁会去注意这些呢？

泰山挠了挠头，手指深插在蓬乱的黑发中，头发盖住的是一张棱角分明和充满稚气的脸。他叹了口气，蒂卡的美让他突然间感到绝望。泰山嫉妒她那包裹住全身的好看毛发，而厌恶和鄙视自己棕色的光滑皮肤。多年以前，他一直期望自己有一天也能像其他的兄弟姐妹一样拥有一身毛发，但之后被迫放弃了这个令人愉悦的梦想。

然后就是蒂卡好看的牙齿，当然，她的牙齿肯定没有公猿的那么犀利，但和泰山脆弱的小白牙相比，仍是强悍健壮的。还有她那突出的眉骨，又大又扁的鼻子，她的嘴巴！泰山经常试着把嘴巴弄成圆形，鼓起腮帮，快速眨眼，但就是不能像蒂卡一样可爱迷人。

正当泰山迷惑地端详蒂卡时，一头行动笨拙的年轻公猿朝蒂卡缓缓走来。树下，腐烂的植被犹如一条又湿又暗的毯子，只见他懒散地在树底下寻找食物。热带丛林正午炎热，克查科部落的猿要么百无聊赖地四处走动，要么懒洋洋地躺在一处，有几头猿时不时地想靠近蒂卡，但泰山都没把他们放在心上。可是，为什么泰格紧挨着蒂卡蹲下时，泰山开始眉头紧皱、肌肉紧张了呢？

泰山一直很喜欢泰格，他们从小一起玩耍，还曾并排蹲坐在小河旁，用泰山撒在水面的虫子做诱饵，准备随时跳起来，用敏捷有力的手去抓那些机警的深水鱼。

他俩一起嘲弄过泰山的养父塔布拉特，还调戏过狮子。可是为什么一看到泰格坐在蒂卡旁，他颈后的汗毛就竖起呢？

泰格不再像以前那样爱玩了，每当他裸露结实的肌肉，露出巨大的獠牙时，很少能有人想起他也曾经和泰山一起在草坪上嬉笑打滚。如今的泰格已长成一头体形巨大、脾气暴躁、令人生畏的公猿，但他和泰山从未发生过冲突。

这个年轻的猿人盯着挨坐在蒂卡旁边的泰格有好几分钟了，泰格粗大的手掌充满爱意地抚摸着蒂卡圆润的肩膀，这时泰山像猫一样从树上轻轻跃到地面，悄悄靠近泰格和蒂卡。

只见泰山的上唇弯曲，露出好斗的牙齿，从胸腔中发出低沉的咆哮声。泰格抬头看泰山，眨了一下充满血丝的眼睛。蒂卡半站起来看了看泰山。她能猜到泰山是因为她而躁动不安吗？谁知道呢？但她毕竟是头母猿，明白这是怎么一回事。于是她抓了抓泰格又小又平的耳朵根。

泰山立马意识到，蒂卡不再是一小时之前的那个玩伴了，而是世界上最令人惊叹的事物，为了拥有她，泰山愿意和泰格或者其他任何威胁他要占有蒂卡的猿拼死一搏。

泰山猫着腰，浑身肌肉紧绷，健硕的肩膀直对泰格，然后侧着身子，不断地向前贴近。虽然脸转过去一点，但是锐利的灰色眼睛却从未离开过泰格。随着他慢慢接近，咆哮声也变得更为浑厚和响亮。

泰格站着，毛发竖起。他也露出尖锐的獠牙，四肢肌肉紧绷，咆哮着贴上来。

"蒂卡是泰山的。"泰山用猿语低吼着。

"蒂卡是泰格的。"公猿答道。

萨卡、纳格和甘塔都听到了两头公猿的咆哮，冷漠而又饶有兴致地看着他们。他们一方面昏昏欲睡，另一方面却又感受到战斗的气息。这样的搏斗会为他们无聊的丛林生活增添点趣味。

泰山肩头环绕着长长的草绳，手握猎刀，这把猎刀还是早已死去的生父留下来的。在泰格的小脑袋里，他对这把泰山能熟练运用的锋利金属怀着极大的敬畏。泰山曾用它杀死他暴戾的养父塔布拉特，还有大猩猩。泰格深知猎刀的厉害，他小心翼翼地围着泰山转圈以寻找突破口。相比之下，较小的体形和身体素质的不足也让泰山采取同样的策略伺机而动。

一般情况下，大多数部落成员发生争执后，其中一方会失去兴趣，以离开而告终，宣战事件差不多到这里就结束了。但两个公猿准备为蒂卡进行搏斗，这让她受宠若惊。蒂卡的生活中从未有过这种事情，以前她看到过公猿因为其他的母猿而大打出手，在她小小的狂野的内心里，她也渴求有那么一天，公猿会为了她把战斗的鲜血染遍丛林的草地。

蒂卡挺直了腰，对她的两个爱慕者张口大骂，耻笑、辱骂他们像蛇和鬣狗一样懦弱。她手挥棍子，称他们是木噶（木噶是头老猿，几乎爬不动了，牙齿也快掉光了，只能吃些香蕉和毛毛虫）。

几头猿在一旁笑着观看决斗，泰格被激怒了，他向泰山扑了过去，但泰山像猫一样，轻盈地跳到旁边躲避，灵巧地转移方向，之后又跳到了离泰格很近的地方。只见他把猎刀高高举过头顶，对准泰格的脖子狠狠地刺下，泰格一躲，刀锋撞歪，刺向了肩膀。

鲜血霎时迸发而出，蒂卡兴奋地尖叫起来。血是多么让人兴奋啊！她瞥了瞥周围，看看其他人是否见证了她此刻的人气。特洛伊的海伦也比不上蒂卡此时的骄傲。

如果蒂卡不那么虚荣的话，她也许会察觉，头顶树梢"窸窸窣窣"的声响并不是因为风的吹动。向上看，她能发现一个毛发光滑的身躯蜷缩在她头顶上方，一双黄眼睛透出一股凶残，饥渴地盯着她。但蒂卡全然不知。

受伤的泰格往后退了几步，痛苦地咆哮着。泰山紧跟其后，大声辱骂并挥着猎刀进行挑衅。蒂卡在树下跟着决斗者，不断移动。

树上的捕猎者紧跟蒂卡，被压弯的树枝不时晃动，嘴里溅出点点白沫，嘴角的唾液已流到下巴，它压低头，四肢伸展，准备随时发起猛攻。另外一边，泰格还在和泰山搏斗。泰格必须抓到泰山，才有打赢他的机会。而泰山是不会让他得逞的，他在泰格触不到的地方灵活地盘旋。

这个猿人男孩还从未和公猿有过力量上的较量，也不太清楚在这场生死搏斗中自己是否安全，毕竟这不是小打小闹。但这并不能让泰山害怕，泰山一向无所畏惧，只是出于本能，他得小心翼翼，仅此而已。除了必要时冒个险，其他时候他都勇往直前。

他的战斗策略同他的体形和装备配合得几乎天衣无缝。尽管牙齿锋利有力，但和类人猿强壮的獠牙相比，很难成为进攻的武器。泰山灵活地进出对手攻击的范围，不仅能用又尖又长的猎刀攻击对方，同时又能不落入公猿之手，以免受到致命的伤害。

泰格像公牛一样发疯似的吼叫，人猿泰山则用脏话大声辱骂泰格，用猎刀挑衅泰格，他跳来跳去，步伐轻盈。

第一回合结束,双方利用间歇稍作喘息,同时不忘紧盯对方并思索着,积蓄能量准备进行新一轮的猛攻。就在休息的时候,泰格有片刻时间将视线从对方身上转移开来,瞥见的事物让他立马解除了战斗的状态,愤怒从他脸上逐渐消失,取而代之的是无限的惊恐。

泰格大吼一声之后转身逃跑。其他猿听到这种警告声,也大惊失色。毫无疑问,他们的宿敌出现了。

和其他部落成员一样,泰山也准备逃窜,去寻找安身之处,可他突然听到,猎豹的嘶吼声中似乎夹杂着蒂卡惊恐的尖叫声。泰格也听到了,但他并没有停下脚步,而是继续逃跑。

和泰格不同的是,小人猿停下来,回头张望,确认是否有部落成员被捕,而眼前的一幕让他惊呆了。

蒂卡一声惨叫,然后朝部落成员相反的方向逃去,那是一块空地,一头猎豹步伐轻松优雅地紧跟其后,猎豹不慌不忙,觉得眼前的美味唾手可得,即使蒂卡爬到树上,也还是逃不过它的手掌心。

泰山注意到,此刻的蒂卡必死无疑,他一边向泰格和其他猿呼救援助,一边冲向紧追蒂卡的捕猎者,同时拿出绳子。泰山知道一旦猿群出现在丛林中,连狮子都会惧怕他们坚硬的獠牙。如果今天部落猿群都在的话,即使是猎豹这样大型的猫科动物,也会夹着尾巴落荒而逃。

泰格和其他猿都听到了泰山和蒂卡的呼救,但并没有过来帮忙。此时,猎豹加快速度,和蒂卡距离越来越近了。

小人猿一边在猎豹身后狂奔,一边大声呼叫,想让猎豹转移目标,哪怕只是稍微分散这头野兽的注意力,也好让蒂卡逃到更高的枝干上。泰山绞尽脑汁,用尽粗鄙的语言辱骂猎豹,并随时准备迎战猎豹。但猎豹充耳不闻，大步紧跟快要得手的猎物。

泰山穷追不舍，开始加速，但是猎豹离蒂卡太近了，想在它扑向蒂卡之前超越它是不可能的。小人猿一边跑一边右手在头顶上挥舞草绳，准备抛出去。奔跑途中多次试抛过，这会儿他和猎豹的距离最佳，正好是草绳的长度，而且目前他也只能用这种方法，必须孤注一掷了。

蒂卡刚跳到一棵低树杈上，身后的猎豹也准备纵身一跃，只见小人猿将手里的几圈草绳迅速抛向天空，草绳形成一条直线，末梢未收紧的套索盘旋在这头野兽的头顶上，说时迟那时快，套索牢牢套住了它那令人生畏的脑袋和利爪，不偏不倚地落在黄褐色的脖子上。泰山迅速收回绳子，拉紧套索，随时准备应对猎豹拉扯绳子时的惊慌。

正当猎豹的利爪快要抓住蒂卡光滑的屁股时，泰山紧收绳索，猎豹的捕猎行动被身后的力量硬生生地打断。猎豹立刻起身，怒目圆瞪，狠甩尾巴，张开血盆大口，可怕之极的愤怒和失落之情表露无遗。

猎豹注意到，就是那个离它仅有四十英尺的男孩，让它如此狼狈。猎豹转身朝男孩冲去。

蒂卡已经爬到树上，相对安全了。此时，猎豹向泰山发动猛攻。其实在一场实力悬殊的战斗中冒险不会有什么好结果，但是泰山能逃过这场争斗吗？如果必须应战，他又有多大的胜算呢？泰山的处境不容乐观，想爬到树上去避开猎豹是不可能的，因为树太远了，泰山只能硬着头皮应对这头可怕的野兽。他右手紧握猎刀——和猎豹颌下那两排獠牙与深嵌在肉垫中的利爪相比，这把小刀实在是显得微不足道，年轻的格雷斯托克勋爵犹如那些英勇战死在黑斯廷斯森拉克的祖先，面对猎豹，没有丝毫畏惧。

其他猿都爬到了树上，安全无恙，对着猎豹发出厌恶的叫喊，给泰山出主意。猿作为人类的祖先，具有许多人类的特征。蒂卡开始惊慌起来。她向其他猿不断呼救，求他们去帮助泰山，而那些公猿却只想出出主意，做做鬼脸。毕竟泰山不是一头真正的猿，他们有什么理由去冒险保护他呢？

猎豹转动身体，准备转向身材瘦小、没有毛发的男孩，可泰山比猎豹速度还快，迅速躲开了。眼看猎豹的爪子要抓住他，他灵巧地跳到一边，猎豹猛冲过去，扑个空，泰山已经飞速跑向离他最近的大树，落脚在那儿。

猎豹立马调整状态，转身朝猎物继续追赶，脖子上还挂着男孩的草绳。途经一处矮灌木丛，假如没有这条拖在身后的绳子，对于它这样体形和体重的丛林动物来说，穿过灌木丛根本不在话下，但是眼前猎豹被这条绳子绊住了脚。它刚想向人猿泰山扑去时，绳子勾住了一小片灌木，绳子和灌木乱作一团，硬生生地拉住了猎豹。就在这时，泰山已经安全地爬到一棵小树的更高枝丫上了。

泰山从树上使劲朝树底下的那头愤怒的大型猫科动物丢树枝，给它起绰号。其他部落成员也开始用硬壳水果和枯树枝袭击猎豹。猎豹被惹恼了，它对绳子又咬又抓，最终把绳子弄断了。它看了看他们，最后大吼一声，转身溜进了丛林深处。

半小时后，部落成员又回到地面觅食，好像什么事都没发生一样，单调无聊的生活又开始了。泰山重新编好绳子，打算做一个新的绳套。这时蒂卡在他后面蹲着，这意味着她已经做出了选择。

泰格很不高兴地看着他俩。他一靠过来，蒂卡就露出獠牙朝他咆哮，泰山也露出尖牙辱骂他，但泰格没再挑起战斗了。他似乎已经接受了在向蒂卡求爱的战斗中被击败的事实，而且已经默认她的决定了。

泰山用余下的时间编好绳子,带到树上捕猎。和他的同伴不同的是,其他猿只要吃一些比较容易获得的水果、草本植物和虫子就行,而泰山需要吃肉。泰山每天花大量时间捕猎,用猎物填饱肚子,为他灵巧而光滑的身躯和强有力的肌肉提供能量。

泰格看到泰山离开,这个庞然大物开始在寻找食物的过程中有意无意地向蒂卡靠近。最终,泰格离蒂卡只有几步的距离,他偷偷地看了她一眼,只见蒂卡正在打量他,脸上已没有之前的愠意。

泰格鼓起胸膛,短腿支撑的身躯摇摇晃晃,喉咙里发出奇怪的低吼声。他咧开嘴唇,露出獠牙。天哪,看看他那硕大又漂亮的牙齿!蒂卡忍不住看了又看。她倾慕的眼神又落到了泰格突出的眉骨和强壮的脖子上,实在是太漂亮了!

蒂卡眼神里毫不掩饰的敬慕之情让泰格骄傲得像只公鸡,他趾高气扬起来,开始不断地向蒂卡展示自己的傲人身姿,很快就陷入了和泰山的身体进行比较的想象画面中。

泰格感到无趣,因为他们俩没有可比性。谁能拿他一身漂亮的毛发和泰山那光溜溜的皮肤进行比较呢?看到泰格宽阔硕大的鼻孔之后,谁还能发觉泰山小鼻孔的美呢?还有泰山那双丑陋的眼睛!白色的,一点也不红!泰格知道自己的眼睛是血红色的,非常好看,以前在饮水地玻璃般的水面上看到过。

公猿离蒂卡越来越近,最终紧靠着她蹲下了。不一会儿,泰山从捕猎的地方回来,看到蒂卡正心满意足地为他的手下败将挠背搔痒。

泰山生气地看着他们。泰格和蒂卡都没注意到泰山。他呆呆地看了他们一会儿,面露悲伤。于是,泰山转头消失在繁茂树林和色彩斑斓的藓沼组成的迷宫般的丛林中。

他希望尽可能远离这个伤心地,泰山现在正受到第一次失恋的打击，而他却不清楚自己到底怎么了，原以为是因为生泰格的气，但不知道为什么自己不去和破坏他幸福的泰格打一架，而是选择默默地逃离这个现场。

他原以为会生蒂卡的气，可是她的美貌仍让他魂萦梦绕，在爱的光环下，泰山觉得她是世界上最值得被拥有的。

小人猿渴求关爱。从泰山婴儿时期到卡拉被库隆伽的毒箭射死，卡拉是唯一一个给予这个英国男孩关怀和爱护的人。

卡拉用她野蛮而又猛烈的方式爱护她收养的这个孩子，泰山也回报了她的爱，回报的方式和丛林里其他的动物相比并没什么区别。卡拉的离去才让男孩真切意识到自己对养母有多么依赖。

在过去的几个小时里，泰山把蒂卡当作卡拉，爱护有加，愿意为她战斗，为她捕猎。但是现在美梦破碎，他感觉胸口隐隐作痛。他把手放在心上，纳闷这到底怎么回事。他猜大概是因为蒂卡，他越是想蒂卡爱抚泰格的场景，胸口越是感觉有什么东西在不断地刺伤他。

泰山摇了摇头并嘶吼着。只见他荡起树枝，穿梭在丛林中。他走得越远，越是觉得自己委屈，甚至对母猿几乎到了忿恨的地步了。

两天之后他还在单独捕猎——非常郁闷和不开心。他决定不再回到以前的部落，他没法忍受看到泰格和蒂卡在一起卿卿我我。泰山停在一棵大树上，公狮和母狮从树下并排走过。母狮紧靠在公狮身旁，顽皮地蹭着它的脸颊，这也是爱抚。泰山叹了口气，朝它们丢了颗坚果。

之后他遇见几个孟博拉部落里的黑人勇士，原本打算用他的套索套住那个离他比较近的人玩玩，可是被他们忙忙碌碌的场景吸引了。他们在小路上搭建一个笼子，用繁茂的树枝盖住。忙完这一切，笼子已经看不到了。

泰山在想这个东西到底是干什么用的，为什么他们要搭建这个。笼子搭好之后，他们就顺着之前的路走回村庄了。

藏在树上的泰山已观察良久，他对村民的日常生活抱有极大的兴趣，尤其是他们跳舞的时候，篝火映着他们裸露的身躯，他们仿佛置身于战争中，不断地跳跃和旋转身姿。泰山原本期望能跟着这些村民回去看他们在篝火旁跳舞，但令他失望的是，那天晚上并没有他所期待的场景。

泰山从树上往下看，有一小群人围坐在小火把旁，讨论一天的事情，泰山也看到在某些黑暗的角落，经常会有一个年轻男孩和一个年轻女孩坐在一起开心地聊着天。

泰山把脑袋转向一边，蜷缩在村庄上空的大树干上准备睡觉。他满脑子都是蒂卡，梦中也还是她——梦里她正和黑皮肤年轻人一起说说笑笑。

第二天，泰格在独自觅食，不知不觉中已经远离了部落。他顺着一条大象走过的路往前走，不想前面被一片灌木丛挡住了。虽然泰格已经进入成熟期，但他本质上仍然是一头脾气暴躁的野兽。一旦前面有障碍，他唯一能想到的办法就是使用蛮力去解决。他气呼呼地撕扯挡在他前面的灌木，突然间陷入一个奇怪的泥潭。虽然他拼尽全身力气想往前走，却动弹不得。

泰格狂怒起来，对着灌木又是撕咬又是撞击，但一切都是徒劳，最后觉得只有转身才能离开这个地方。可令他懊恼不已的是，另一个障碍也阻断了他身后的路！泰格被捕了，他疯狂地挣扎，但都没有用。

一大早一群黑人从孟博拉村出发，径直向他们昨天设陷阱的地方走去，泰山在上面的树梢上好奇地看着他们。每当泰山在猴子身边走来走去时，猴子就会朝泰山"吱吱"乱叫，大声斥骂。尽管它们不惧怕这个和它体形相差无几的小人猿，但泰山从它身边走过去的时候，猴子还是想紧紧地抱住它同伴的棕黄色小身板。泰山见此哈哈大笑，可很快变得忧郁起来，接着又开始沉重地叹息。

远处，映入泰山眼帘的是一只羽翼丰满的小鸟，正在枝头欢乐地歌唱，这让他羡慕不已。之前丛林里看似寻常的东西好像如今都在提醒他，泰山已经失去了蒂卡。

那群黑人走到陷阱处，泰格开始骚动不安起来，只见他疯狂地晃动牢笼，不停地咆哮、怒吼。虽然这个陷阱不是为泰格专门搭建的，但这群黑人看到被捕的泰格，还是感到欢欣。

听到巨猿的吼叫，泰山便竖起耳朵，身体不断移动，定位陷阱的顺风向，仔细嗅了嗅空气中的气味，以追踪被捕者。不一会儿，风中那股熟悉的气味使泰山断定，被捕的正是泰格。是的，就是泰格，而且只有他一个被捕了。

泰山咧嘴笑了起来，他稍微往前凑了凑，看看黑人将如何对待俘虏。毫无疑问，他们会立即宰了泰格。泰山这时又笑了起来，这下他可以把蒂卡归为己有了，谁都无权过问。黑人勇士把笼子上面的灌木拿掉，用绳子系紧笼子，沿着小路朝着村庄的方向拖去。

泰格还在拍打牢笼，不断地怒吼，泰山望着他们渐渐消失。小人猿转身荡起了树枝，他想迅速找到部落，找到蒂卡。

在回去的路上，小人猿惊奇地发现猎豹和它的家人正在清洁身体。这头身形庞大的猎豹懒洋洋地躺在地上，而它的妻子正把爪子放在它那张残暴的脸上，舔着它脖子上松软雪白的毛发。

泰山加快速度飞快穿越丛林，不一会儿就找到了部落。他总是能在他们感觉有动静之前抵达，因为丛林里没有一个动物比人猿泰山行动更为不易察觉。卡玛和她的伴侣并排蹲坐着吃东西，毛茸茸的身体不断摩擦，而蒂卡在独自进食，泰山想，她很快就不用一个人单独吃饭了。一个弹落，泰山就在他们中间着陆了。

泰山猛冲到猿中间，猿的惊恐声和怨气声此起彼伏，不仅仅是因为泰山突然吓到他们，更多是因为泰山的身份经常让他们脊背阵阵发凉。

泰山像往常一样注意到这一点——他的突然来临总是会让猿群紧张好一阵，只有通过闻十几次甚至更多次气味确认是泰山之后，他们才能平静下来。泰山从他们中间挤过去，朝蒂卡走去，但是蒂卡躲开了。

"蒂卡，"他说，"我是泰山，你是我泰山的，我是为你而来。"

蒂卡向泰山靠近，仔细端详他。然后深深地嗅了一下，仿佛要再次确认是泰山。

"泰格呢？"她问道。

"那些黑人把他给抓起来了，"泰山说，"他们会杀死他。"

泰山告诉蒂卡有关泰格会死的事实，看到蒂卡面露思念，眼睛流露出悲伤的神情，但她最终还是靠近泰山，依偎在他旁边。泰山——格雷斯托克勋爵，则用胳膊搂着她。

这时泰山发现他和他的所爱胳膊完全不同，他的胳膊呈棕色且光滑，而蒂卡的却是黑色而且毛发多。他想起放在猎豹脸上的爪子，它伴侣的爪子和它的没有什么不同。他又想到小猴子拥入怀里的那个它，它们两个是极为相似的，即使那只傲娇的小雄鸟，和它安静的同伴也十分相像，有着同样的翅膀。而公狮和母狮都有蓬松柔软的毛发。雄性和雌性不同，这是毋庸置疑的，但差别肯定不会像泰山和蒂卡之间那么大。

泰山感到迷惑，中间肯定出了什么差错。他的胳膊从蒂卡的肩膀滑落，泰山慢慢地从她身旁走开。蒂卡侧着脸不解地看着他，泰山挺直身体，用拳头捶打着胸膛。他抬头望着天空，张大嘴巴，胸中发出奇怪而又激烈的嚎叫，这是公猿胜利时或者挑衅时发出的声音。整个部落的猿都在奇怪地看着他，因为他既没有杀死任何对手，也不需要挑衅其他人。的确没什么理由来这么一下，部落其他猿继续寻找食物，但不时地盯着这个猿人，唯恐他突然杀气腾腾地跑过来。

泰山荡到附近的一棵树上，消失在他们的视线中。很快，整个部落的猿都忘记他了，包括蒂卡。

由于拖着一个庞然大物，孟博拉的黑人村民汗流浃背，走走停停，朝着村庄方向一点点挪动。每当前行的时候，这头凶恶的野兽就在简陋的笼子里不断地嘶吼，他不停地拍打着笼子，涎水直流，怒吼声听起来非常可怕。

村民马上就要走到村子了，在剩下的这段路程做最后的休整，积蓄力量把笼子抬到村子里的空地上。还有几分钟就可以走出丛林了，这时，意想不到的事情发生了。

村民头顶的树枝上悄悄地出现了一个身影，那双锐利的眼睛在仔细观察笼子，清点人数。一个计划是否能够成功，取决于一个人的果敢和缜密的思维。泰山看到黑人懒洋洋地倚靠在树荫底下休息。他们累坏了，已经有几个人开始打盹了。他往前爬了一段距离，在村民休息的正上方的树枝上停了下来，秘密前行中没有弄出一点动静。和其他凶猛的捕猎者一样，泰山此刻具有极大的耐心。目前只有两个黑人是醒着的，而其中一个也昏昏欲睡。

泰山屏气凝神，正在这时，那个没有睡觉的黑人起身走到笼子的后面，泰山紧跟着他，爬到他头顶上方的树枝上。泰格盯着黑人，发出阵阵低吼。泰山怕他会把其他村民吵醒。

泰山以一种黑人听不见的方式叫泰格不要出声，泰格不再怒吼了。

这个黑人在检查笼子后面的门闩时,一头动物从头顶的树梢跳到他的背上。钢铁一般的手指掐住他的喉咙,以防他惊恐尖叫,强壮的牙齿紧紧咬住他的肩膀,有力的双腿缠住他的躯干。

受到惊吓的黑人慌忙驱赶黏附在他身上的这个怪物,他倒在地上使劲打滚,但泰山的手指愈发死死地掐紧他的脖子。

黑人的嘴巴咧开了,肿胀的舌头伸了出来,眼睛已深陷眼窝,而泰山掐脖子的手力量还在增强。

泰格静静地目击了这场搏斗,小脑袋肯定在想为什么泰山要袭击这个黑人。泰格还没忘记之前和泰山的搏斗,当然也没忘记为什么搏斗。黑人突然间软绵绵地倒下了,他抽搐了一阵,然后就一动不动了。

泰山从尸体上跳开,跑去开笼子的门,他用敏捷的手指快速解开缠在门上的皮带。泰格只能在旁边看着,他也帮不了泰山的忙。很快,泰山把门向上推了几英尺,让泰格爬出来,泰格本想杀了那几个沉睡的黑人,以解心头之恨,但被泰山阻止了。

泰山把黑人的尸体拖进笼子,斜靠在笼子的一侧。接着他把门向下拉好,和他们之前一样用皮带系好门。

做完这些,泰山脸上浮现出欢乐的笑容。他来这里的其中一个目的就是要逗孟博拉村的人玩玩。他能想象到那些勇士醒来后发现被锁在笼子里的是他们同伴的尸体而非被抓的公猿时的惊恐表情。

泰山和泰格一起走回丛林,泰格那粗浓杂乱的毛发轻触着这个英国贵族光滑的皮肤。

"回到蒂卡身边吧!"泰山说,"她是属于你的,泰山不需要她。"

"泰山找到其他伴了吗?"泰格问道。

泰山的初恋 | 015

小人猿耸耸肩。

"一个黑人会有另外一个黑人相伴,"他说,"公狮有母狮相依,猎豹也有和它长得一样的伴侣相随,小鹿的同伴是鹿,猴子的同伴也是猴子。丛林里所有的野兽和鸟类都有一个伴,但唯独人猿泰山没有。泰格是猿,蒂卡也是猿,回去找她吧。我是泰山,注定孤独。"

Chapter 2
泰山被俘

沉闷的热带丛林里异常潮热,一群黑人勇士在树荫下的古老小径上敲敲打打。他们用长矛捣松覆盖在地面的数层腐烂植被和厚实的黑土壤,用坚硬的指甲把已经松动的土块从道路中间挖走。他们经常会停下来,蹲坐在挖的深坑旁边休息和聊天,那里不时传来阵阵大笑声。

旁边的树干下,放着他们的盾和长矛。那些盾又长又圆,是用厚牛皮做的。汗水从脸颊滴落,光滑而黝黑的皮肤下,滚圆结实的肌肉灵活自如,大自然给予的身体洁净而又完美。

一头苇羚正顺着这条路小心翼翼地寻找水源。耳边突如其来的一阵大笑声让它惊恐不已。除了一对张合的鼻孔,此时它像一座雕塑般站着一动不动。不一会儿缓过神,它便飞快地从这个令人心惊胆战的地方悄无声息地跑开了。

三百英尺以外,在密不透风的丛林深处,狮子抬起它巨大的脑袋。它在睡觉前已经美美地吃了一顿，黎明的这个时候轻微的声响一般是吵不醒它的。而此时它用鼻子嗅了嗅，空气中有一股苇羚身上刺鼻的膻气和重重的人类气味。但狮子现在不饿，它厌恶地咕哝了一声，抬起身子晃晃悠悠地走了。

羽翼丰满的小鸟"叽叽喳喳"地穿梭在各个枝头间，吵吵闹闹的小猴子在黑人勇士头顶的树枝上荡起了秋千。但它们是孤独的。无数生命体构成的丛林生活看似丰富多彩，却和大城市里熙熙攘攘的喧闹大街一样，都是上帝创造的这个世界里几个最孤独的地方。

但是人类孤独吗？

黑人勇士头顶上方，泰山稳稳地躲在树干上，一双灰色的眼睛在叶子的隐蔽下仔细观察着黑人的举动。在对这群黑人在此劳作的目的一探究竟之前，泰山强忍住内心郁积的厌恶和怒火，因为黑人是杀死他最爱的卡拉的凶手。他们是泰山的敌人，但是泰山还是喜欢观察他们，希望获取更多关于他们的信息。

洞越挖越深，越挖越宽，挖好的洞非常大，可以同时容纳六个人。泰山实在不明白他们为什么要费这么大力气挖洞。接着，黑人开始砍长棍，把棍子的其中一头削尖，尖头朝上插在洞里，然后棍棒交叉放置放在洞口，最后用树叶和土埋住，直到路面看起来没有任何变化。泰山看到这些感觉更奇怪了。

完成这些工作后，村民开始了检查。很明显，他们对自己的杰作感觉很满意。泰山也在细细观察，可即便是泰山的火眼金睛，也丝毫看不出这条古老的道路已经被人动过了。

泰山对掩盖好的陷阱观察得如此聚精会神，以至于他没再像往常一样调戏这群黑人，而是直接放他们回村了。一般来说，他会逗逗这群易受到惊吓的孟博拉的村民，一方面是为卡拉复仇，另一方面也是为了找点乐子。

尽管他备感疑惑,他还是不知道这个隐藏的陷阱是干什么用的,因为泰山对黑人的举止还是很陌生的。在这批黑人进入丛林之前,他们的祖先早已开始挑战那些丛林动物的霸主地位。对于狮子、大象、类人猿以及所有丛林生物来说,人类的生活方式都是新奇的。它们需要向这些皮肤黝黑、浑身无毛、靠后腿直立行走的生物学习太多的东西。很遗憾的是,它们学得太慢了。

黑人走后不一会儿,泰山来到那条路上。他疑惑地闻了闻,绕着陷阱边走了一圈,然后蹲下拨开洞口的土壤,一根交叉放置的棍子露了出来。他闻闻又摸摸,头侧向一边,思考了好几分钟。之后他又小心翼翼地把土埋上,如黑人那般仔细。做完之后,他荡起树枝,回到树上,打算去找克查科部落的伙伴们。

途中看到狮子,泰山停下来朝它的脸丢水果,不断嘲笑和侮辱它,骂它是吃烂肉的家伙,是鬣狗的亲兄弟。狮子怒目圆睁,黄绿色的眼睛里似乎有一团怒火,死盯着在它面前欢呼跳跃的泰山。它发出阵阵低吼,面颊震颤着,弯曲的尾巴像鞭子一样快速抽打着。但从之前的经验来看,远距离地和泰山争执并没什么结果,于是狮子转身消失在丛林中。泰山最后又骂骂咧咧了一会儿,朝着狮子做了个鬼脸,就继续往前走了。

泰山又走了几步,一阵风吹来,夹杂着熟悉而又刺鼻的味道。不一会儿,他隐约看到树下有一头巨大的灰白动物缓缓地走在路上。泰山抓住并折断一根树枝,折断树枝的声音让这个笨重的家伙突然间停了下来。硕大的耳朵来回忽闪着,长长的鼻子灵活地摇来摇去,以此追踪敌人的气味。两只脆弱的小眼睛疑惑又警惕地张望着,究竟是谁扰乱它平静的步伐呢?

泰山哈哈大笑,一下子跳到这个皮糙肉厚的庞然大物正上方的树枝上。

"丹托！丹托！"泰山喊道，"小鹿都比你强！你可是大象，是最厉害的丛林生物啊，力量比我脚趾和手指加起来那么多头狮子还大。你都能连根拔起大树，却被折断的小树枝吓了一跳。"

不知是轻蔑还是松了口气，大象发出"咕隆咕隆"的声音，上扬的鼻子和竖起的耳朵放了下来，翘起的尾巴也正常摆动起来，但它的眼睛还在四处张望，寻找泰山的踪影。没等多久，泰山轻盈地跳到老朋友宽大的脑袋上，他全身舒展开来，光着的脚丫悬空来回摆动，他的手指抓住大象大耳朵底下较为柔软的皮肤，跟它讲丛林里发生的事情，就好像大象能听懂他说的每一句话似的。

泰山多多少少能让大象听懂一些。尽管大象不太理解泰山的闲聊，但体形巨大的它眨巴着眼睛，轻轻晃动长鼻，似乎带着无尽的喜爱和欣赏，好像要把泰山说的每一句话每一个字都记在心里。事实上，让它欢喜的是泰山友好又悦耳的声音和爱抚的双手，还有泰山从小就爱在它的背上玩耍的那种亲密无间，都让大象备感亲切。

这么多年的相处，泰山隐约发觉自己拥有一种说不清道不明的力量，可以控制和支配他这个非常强大的朋友。只要他一声令下，大象就能从老远的地方赶来——只要它的双耳能感知这个猿人清脆的召唤声。骑在背上的泰山只要下达命令，它就会按照泰山的指示走到丛林的任何地方。这个力量可以使人脑凌驾于动物大脑，而且可以被施展得恰到好处，似乎能让人和动物完全意识到自己的起源并摆正位置，尽管他们自己都还不了解这些。

泰山躺在大象背上快半个小时了，不过他俩都没什么时间观念。正如他们所见，生活主要是为了填饱肚子。和大象相比，泰山寻找食物不那么费力，因为他的胃口比较小，而且吃的东西也很杂，食物也很容易获取。如果一种食物找不到，也可以用其他的代替。而大象却对食物很专一，只吃一年中某个季节里特有的几种树皮、一些树干，再者就是一些树叶。

大象生活中很大一部分时间都用来寻找食物，填饱它那巨大的胃，健硕它那强大的肌肉。正是在这种低等需求的驱使下，它们要么忙于觅食要么忙于消化，几乎没有时间考虑其他事情。毫无疑问，这是它们的一个弱点，不能像人类一样行动敏捷，并且有时间思考。

这个能支配大象的力量问题困扰着泰山，但对大象却没什么影响。泰山只是能感觉到每次和这头大象相处时都很开心，但他并不知道原因。他之所以不明白是因为他是一个正常的人——一个健康的普通人，他有关爱其他生物的本能。在克查科部落中，泰山儿时的玩伴如今已经成长成巨型且脾气暴躁的猿，他们并不能激发泰山爱护的欲望。泰山偶尔还会和一些年轻的猿一起玩耍，他喜欢他们野性的一面。但他们绝非可以静静相处的朋友。大象如同一座大山，安静又稳当。泰山四仰八叉、舒服地躺在它的脑袋上，迷茫地向它吐露自己的希望和抱负。大象的大耳朵来回忽闪着，好像真的听懂了泰山的话似的。所有的丛林伙伴当中，大象是卡拉死后泰山最关爱的一个伙伴。有时候泰山会想大象会不会报答他，谁知道呢？

肚子发出饥饿的信号——所有的丛林生物都知道这是最迫切最强烈的信号。泰山还是回到树上，准备寻找食物，而大象则朝着相反的方向继续前行。

泰山搜寻了一个小时，由于在丛林高处，收获颇丰。虽然水果、浆果还有车前草都不是他寻找的主要目标，但这些东西他也可以食用。肉、肉、肉！肉才是泰山的目标！但有时的确找不到肉吃，就像今天这样。

泰山漫游在丛林中，活跃的大脑忙于搜寻食物的同时还在思考其他事情。他有个习惯，就是回顾一天或者几小时之前发生的事情。他回忆起和大象一起玩耍，也想到挖洞的那帮黑人，还有那个被隐藏好的大洞。他一遍又一遍地思考这个洞到底是干什么用的。泰山每次思考时，首先对比感觉和看法，然后得出判断，接着对比判断，最终得出结论——虽然并不是所有的结论都正确，但至少证明上帝为其创造的大脑用对了地方。对泰山来说，思考并得出结论并不难，因为他是根据事实进行判断的，并没受到其他错误信息的干扰。

泰山还在苦苦思索着那个被隐藏的洞，突然间庞大的灰白身影缓缓地走在路上的情景闪现在他的脑海中，泰山猛地感到一阵惊恐。猿人一向是做决定的同时开始行动，而此刻在尚未完全明了黑人挖洞的意图之前，泰山就已经慌不迭地荡起了树枝。

枝条摇曳，泰山从一棵树荡到另外一棵树，途经树干密集的地方他便加速前行。只见他身影轻盈，从树上跳下，脚尖轻点地面，然后飞快地在腐烂的植被铺成的地毯上狂奔，地面有障碍时他又会跳到树上继续前行。

惊慌之下泰山早已把平时的谨慎抛到九霄云外。他身上原有的警觉性不见了，取而代之的是人类特有的忠诚。此时，他已经跑到一块没有树木的空地，也无暇考虑这里可能出现的障碍。

泰山顺着空地跑了大概一半的路程，突然，在前面几英尺的高草地上，看到六只小鸟在"叽叽喳喳"地叫唤着。泰山立刻快速地转到一边，他非常清楚这些小哨兵的出现意味着什么。很快，一头犀牛颤颤巍巍地站起来准备发动攻击。一般情况下犀牛很少发动攻击。它的视力很弱，即使是近距离的东西它也看不太见。

但究竟它的横冲直撞是因为害怕准备逃跑呢？还是泰山触动了它的暴脾气呢？我们不得而知。不过犀牛的挑战对于泰山来说也并非小事，如果被犀牛伤到了，泰山也会从此对它另眼相看。

犀牛径直横穿过过膝的草地，冲向了泰山。一开始攻击时，偏离了方向，接着它瞅准了对手，大吼几声直接向泰山快速逼近。小鸟扑棱着翅膀，围着它们巨型的卫士飞来飞去。空地边缘的树干上，一群受惊的猴子跑到更高的地方嬉笑怒骂。只有泰山，表现得非常沉着和冷静。

他直直地站着，看着犀牛朝自己冲来。想去空地旁边的树上躲避已经不可能了，而且他也不想因为犀牛延缓他的行程。他之前就碰到过这头愚蠢的野兽，现在对它只有满满的厌恶。

犀牛已步步紧逼泰山，只见它压低了硕大的脑袋，准备用又长又重的犀牛角发动进攻。正当它铆着劲向前冲时，牛角像耙子一样在空气中划拉了一下，扑了个空。此时的泰山犹如一只灵巧的猫，步态轻盈地跳到了犀牛的身后，落地之后，便像只小鹿一样朝着树林飞快地跑开了。

犀牛对突然消失的猎物感到愤怒和疑惑，它发疯似的朝着另外一个方向发动攻击，好在这并非泰山逃跑的方向。泰山安全地跑到树上，继续荡起树枝朝森林赶去。

大象沿着破烂不堪的道路缓缓前行。前方，一个黑人蜷缩在路中央细听动静。此时，他听到了他一直等待的声音——踩在地面重重的"咔嚓"声，这表明大象来了。

隐蔽在丛林里的其他黑人也在注视着大象。他们一个接着一个地低声传递着信号，告诉最边上的人他们蹲守的猎物已经来临。紧接着，他们飞快地朝路旁边的树上聚集，躲在大象必经之路的下风向，静静地等待这头巨型大象进入视线，长长的象牙让这群贪得无厌的人心颤不已。

不一会儿，大象走到黑人预期的位置，他们立刻从树上的隐蔽处爬出来跳到地面，不像之前那样保持沉默，而是不断鼓掌和奋力疾呼。受惊的大象鼻子抬得高高的，尾巴也翘了起来，它竖起大耳朵，拖着重重的步伐沿着路快速地跑了起来——正是朝着表面有尖刺的陷阱方向跑去。

大象身后紧跟着一群大声呼喊的黑人，这使得它不得不狂奔起来，完全没机会细细检查脚下的地面状况。大象原本可以发动进攻，转身吓退那些敌人，但此刻它却惊慌得像头小鹿，朝着可怕又痛苦的死神手中奔去。

这时，在他们身后，泰山赶来了！一听到黑人的呼喊声，他便意识到自己担心的事情果然发生了。他像只松鼠一样快速穿越丛林，动作敏捷又灵活。泰山立马向大象发出警告，清脆的声音回荡在整个丛林。但大象可能在慌乱中没听到，或者是即便听到了也不敢做任何停留。

大象离隐藏在路上的陷阱只有几英里了，胜券在握的黑人已经兴奋地开始舞蹈起来，他们挥舞着战矛，提前庆祝即将要获取的象牙，还有今晚多得吃不完的象肉。

他们是如此沉浸在胜利的喜悦中，以至于他们根本没有注意到泰山已经悄然抵达他们头顶的树枝上。大象也没任何察觉，虽然泰山之前已经向它发过信号。

再往前走几步，大象就要落入陷阱了。泰山马不停蹄地在树丛中穿梭，直到和这头飞奔的大象并排，接着赶超了它。泰山从树上跳到路中央，在陷阱的边缘截住大象。在它的小眼睛认出老朋友之前，大象几乎要撞上泰山了。

"快停下！"泰山举起手大喊，这头庞然大物停了下来。

泰山转身踢走埋在陷阱上面的树枝，大象一看，立刻明白了是怎么一回事。

"战斗吧！"泰山低吼着，"他们就在你身后。"但是神经紧张的大象已经慌乱不已了。

大象前面就是陷阱，但它不知道离它多近，它的左右两边都是未被人类动过的原始丛林。伴随着长长的尖叫声，大象猛地朝右边跑去，厚厚的植被形成的坚固城墙也无法阻挡它的步伐。

泰山站在陷阱边上，微笑地看着大象不太光彩地逃跑了。黑人很快就会过来了，泰山最好别被他们发现。他试着在陷阱旁边走了一步，正当他准备把身体的重量放在另外一只脚上时，脚下的土塌了。泰山拼尽全力想往前迈步，但是已经太迟了。只见泰山的身体后仰，开始朝着陷阱深处滑落。

不一会儿，黑人赶上来了，他们从远处就看到大象已经躲开了，便猜想是因为陷阱太小了，容不下大象庞大的体形。起初他们以为猎物一只脚已经踩在陷阱上面，然后发觉有问题，又把脚缩了回来。但他们走到陷阱边，往里面看的时候，惊恐地睁大了他们的眼睛，因为陷阱底部，一动不动地躺着一个裸露的白色躯体。

他们当中的一些人之前见过这个森林之神，此时吓得连连后退。因为这些人对泰山怀有极大的敬畏之情，他们一度以为泰山拥有如魔鬼般神奇的力量。而另外一些人直接走向前去，他们认为泰山只是一个落网的普通俘虏。他们跳进陷阱，把泰山拉了上来。

泰山身上没有伤口，只有被撞的后脑勺鼓了一个包。他掉进陷阱时撞到棍子上，失去了意识。这群黑人也发现他只是暂时昏迷，于是，在泰山恢复清醒之前，他们迅速捆住这个俘虏的胳膊和腿，因为他们对这个经常和树上的多毛动物混迹在一起的半人半兽还是抱以谨慎的态度。

泰山被俘 | 025

黑人抬着泰山朝村子走去。快到村庄时，猿人的眼皮颤了一下，他睁开眼睛，迷茫地看了看四周。过一会儿恢复意识后，他开始察觉到目前自己处境的严重性。从小到大，泰山一向依靠自己，此时此刻他也没想寻求外界的帮助，而是在思索如何凭借自己的力量逃出去。

他不敢在黑人抬着他的时候感受绳子的捆绑力度，唯恐黑人发现会绑得更紧。这时，捕获者发现泰山已经醒来，他们已经没什么力气把泰山抬出炎热的丛林了，于是把泰山放下来，强迫他走在黑人中间，不时地用长矛刺他几下。但他们捆绑泰山的方式中又表现出对他迷信般的敬畏感。

他们发现用长矛刺泰山时，他并没有表现出外在的痛感。这又让他们增加了敬畏之情，他们不再用长矛刺他，因为他们相信这个奇怪的白色巨人是一个超自然的物种，而且是感觉不到痛的。

他们快抵达村庄时，黑人们开始发出胜利的呼喊，因为他们到达村口，挥动长矛跳起舞时，村里的男人、女人和孩子就会聚集在一起迎接他们的凯旋，聆听他们的探险故事。

村民的目光落到这个俘虏身上时，他们开始沸腾了，村民惊恐地张大嘴巴，不可置信地看着泰山。数月以来他们一直生活在这个奇怪的白色魔鬼带来的未知惊恐之中，很少人见过他，也没办法描述。在村人的视线范围内，有些黑人勇士在同伴的眼皮底下神秘地消失，仿佛他们被脚下的土地吞噬一样。而到了晚上，他们的尸体像是从天而降，被抛到了村子里的路上。

这个令人恐惧的生物每天晚上出现在村中的小屋里，把人杀死之后又消失，整个小屋被他制造的一种离奇又恐怖的气氛所笼罩着。

但是现在他落入他们手里了！他没法再恐吓他们了。村民逐渐意识到这一点,一个女人尖叫着朝泰山跑来并给了他一巴掌。随后,村民一个接着一个开始打骂泰山。很快,泰山被这群张牙舞爪、歇斯底里的村民给团团围住了。

这时,村长孟博拉过来了,把他的长矛重重地放在村民的肩头上,把他们从猎物旁边支开。"今晚再处置他!"他说。

遥远的丛林深处,惊慌的大象慢慢平静下来,硕大的耳朵竖起,长长的鼻子如波浪般起起伏伏。此刻它那颗脑袋里在想些什么呢?它会去寻找泰山吗?它能记起泰山为它做的事吗?毫无疑问,它肯定能记得。但是它会有感激之情吗?它能像泰山一样明知道有危险还是奋不顾身地去搭救它的朋友吗?这个就不一定了。所有熟悉大象的人都对此抱有怀疑的态度。在印度猎杀大象的英国人会告诉你,他们从未见过大象会救一个身处险境的人,即使这个人曾经是大象的好朋友。所以,大象能否克服自身对黑人的恐惧去拯救泰山,我们还不得而知。

愤怒的村民刺耳的尖叫声传到大象敏感的耳朵里,它不安地转动身体,似乎又想逃跑。但是某种东西又让它安定下来,它又一次地转身,高高地抬起象鼻,发出震耳欲聋的尖叫。

紧接着,它驻足细听。

此时,遥远的村庄里,在孟博拉的命令下村民安静下来,恢复了秩序。村民听不到大象的尖叫声,但泰山灵敏的耳朵捕捉到了大象想要传达的讯息。

村民把泰山关进一间小屋里并派人看守,等待他的是有着无尽折磨的死亡宣判和村民的彻夜狂欢。听到大象的讯号后,泰山仰头发出吼声,声音如此恐怖,愚昧的黑人听到后感到脊背阵阵发凉。尽管泰山被牢牢地捆住,但护送他的勇士还是赶忙从他身边跳开了。

泰山被俘 | 027

勇士举起长矛围住他，而泰山只是静静地站着等待回应。不一会儿，远处又传来微弱的回应声，泰山满意地转身，朝着即将囚禁自己的小屋走去。

午后，时间飞逝，猿人听到村民准备晚宴的喧闹声。透过门缝，他看到女人们在生火，往他们的大土锅里加水。但泰山最留心的还是丛林里的动静，他在等待大象的到来。

泰山也不确定大象能不能来。泰山比大象自己还要了解它，泰山知道它大大的身躯里藏着一颗胆小的心，泰山也清楚这头野生动物一闻到黑人的气味就会吓得惊慌不已的事实。夜幕马上降临了，泰山心中希望的火苗渐渐熄灭，此时的他犹如丛林中的野生动物，平静地等待命运的宣判。

整个下午，泰山都在试图弄断缠在腰间的皮绳。绳子松得非常慢，但在被带出去屠杀之前，他可以解开绑在手上的绳子。如果他能做到的话——泰山期待地舔了舔嘴唇，嘴角露出冷漠而又残忍的微笑。他想象到将黑人柔软的身体抓在指尖的触感和他雪白的牙齿插入敌人喉咙的痛快。在他们控制自己之前，泰山会让他们尝尝自己的厉害！

最终，脸上涂有色彩、戴着羽毛装饰物的黑人勇士过来了，他们看起来比本来面目更加丑陋。他们推搡着泰山把他带到空地，泰山的出现引起早已聚集的村民疯狂的喊叫。

黑人粗鲁地把他绑在树桩上面，准备围着他跳死亡之舞。这时泰山肌肉收紧，用力猛地一扭，绑手的皮绳被扯断了。就像之前想象的那样，泰山敏捷地跳到一个离他最近的勇士身旁，一拳将他打倒在地。泰山怒吼着又跳到另外一个黑人的胸前，牙齿迅速咬住敌人的喉咙。五十多个黑人跳上前来，把泰山打倒在地。

冲撞、抓挠、撕咬，猿人在战斗——一如他的祖先教授的那样，做困兽之斗。他的强壮,他的敏捷,他的勇气,使得他徒手跟六个黑人战斗起来毫不费力,但和几乎半百个黑人搏斗,即使是泰山,也没有胜利的希望。

渐渐地,黑人占了上风,几十个人伤口在不断地流血,但他们还在围着泰山移动。他们颤抖的脚下,两个黑人已经一动不动地躺在地上。

他们也许会战胜平时的泰山,但是他们能击败此时愤怒的泰山吗?半个小时精疲力竭的打斗让他们意识到他们做不到。和其他指挥者一样,孟博拉站在安全的地方,命令其中一个黑人勇士,朝泰山靠近,用长矛攻击。穿过战斗的人群,接受命令的勇士渐渐地靠近了泰山。

他站立着,将长矛高举头顶,准备在不伤害其他黑人的情况下,随时攻击猿人暴露出的脆弱部位。他越来越接近扭打混战在一起的人。猿人的怒吼声让这个勇士脊背发凉,他小心翼翼地朝前走。他必须抓住第一次投掷长矛的机会,不然就会暴露在泰山锋利牙齿和强有力的双手攻击范围内。

最终,他发现了一个缺口。他肌肉紧绷,光亮的乌木盾下,手中举高的长矛不断转动。可就在这时,靠近丛林那边的栅栏发出巨大的破碎声响。黑人举起长矛的手停了下来,快速地朝栅栏那边看去,其他没有参与战斗的人也往那边看了一眼。

借助火光,他们看到一头巨大的动物跨过栅栏,肚子一摇一晃地朝前走。只见它冲破阻挡在前的东西,就像踩稻草一样不费吹灰之力。很快,大象迈着雷点般的步子过来了。

左右两边的黑人快速逃窜,惊恐的尖叫声此起彼伏。有些在跟泰山搏斗的黑人听到声音立马就跑了,但还有几个人还在和泰山进行疯狂的血战,以至于他们都没有注意到这头庞然大物的突然降临。

大象发出阵阵怒吼声，开始发动攻击。但是碰到这群人时，大象停了下来，灵巧的鼻子在他们中间蹿来蹿去，在最底下，发现了伤痕累累但仍在奋战的泰山。

混战中，一个黑人勇士抬眼看了看。头顶上，大象的小眼睛中反射着火光——可怕又恐怖，让人不寒而栗。黑人尖叫起来，这时大象用长长的鼻子卷住他的身体，高高举起朝着逃跑的人群用力丢下。

大象把扑在泰山身上的黑人一个接一个地用鼻子卷起，扔在左右两边。他们要么痛苦地呻吟着等待死亡，要么已经安静地死去了。

远处，孟博拉在集结他的勇士。一双双贪婪的眼睛全部注视着巨大的象牙。酋长的惊慌稍微减轻之后，他下令黑人用长矛攻击大象。但是黑人勇士围过来时，大象已经把泰山卷起放在它宽厚的脑袋上，从刚刚踏平的栅栏处返回，朝着丛林方向跑开了。

那些捕杀大象的人也许说得对，大象不会为一个人去冒险。但是对于大象来说，泰山不是人，他是丛林伙伴。

这就是大象，忠于泰山，他们之间的友谊更加深厚了。其实在很久以前，在赤道天空中星星的闪烁下，小毛孩泰山骑在大象厚实的背上，漫步在月光笼罩的丛林时，他们的友谊就已经开始了。

泰山被俘 | 031

Chapter 3

拯救巴鲁

蒂卡已经成为妈妈啦！泰山对此怀有极大的兴趣。事实上，他比已经成为爸爸的泰格还要兴奋。泰山很喜欢蒂卡，不久就要有母亲身份的蒂卡并没有完全丢掉年轻时的无忧无虑和喜欢玩耍的本性。克查科部落中，其他同龄的母猿进入成熟期后脾气已经变得暴躁，但蒂卡性格仍旧温和如初。在泰山发明的"追赶"和"捉迷藏"游戏中，蒂卡犹如儿时一般，还是和泰山玩得不亦乐乎。

在树顶玩"追赶"游戏是非常刺激的。泰山特别乐在其中，但他小时候的玩伴早就不玩了。蒂卡有小宝宝前不久，她也非常喜欢这个游戏。但随着她第一个宝宝的降临，蒂卡也和以前大不一样了。

蒂卡的改变让泰山感到奇怪，这也深深地伤害到了他。一天清晨，泰山看见蒂卡蹲坐在一个低树杈上，把一个东西紧紧地抱在毛茸茸的胸口——那个东西非常小，还在不停地蠕动。泰山好奇地往前凑了凑，动作就像一般生物凑向前去看清楚东西一样，普通得不能再普通了。

蒂卡朝着泰山看了看，把胸前不停扭动的小东西抱得更紧了。泰山又凑过来一点，蒂卡躲开，面露狠色并龇出獠牙。泰山感到纳闷，因为在他的印象中，蒂卡在玩耍之余的其他场合都没出现过这种情况。但是今天她好像并不是在和泰山玩。泰山棕色的手指搔了搔乌密的头发，脑袋歪向一边，盯着她看。接着，他又往前挪了一点，伸长脖子好让自己看清楚蒂卡怀里抱着的究竟是什么东西。

又一次，蒂卡咧开嘴，发出警告的低吼声。泰山小心翼翼地伸出一只手，想去摸摸那个小东西。蒂卡愤怒地咆哮起来，突然向泰山发动攻击，她的獠牙狠狠地咬住泰山的前臂，不让泰山碰它。蒂卡追着泰山跑了一小段距离，泰山不可遏制地向树林逃跑。带着孩子的蒂卡是跑不过泰山的。在和蒂卡保持安全距离之后，泰山停下来转身看着他从前的那个玩伴，脸上现出隐藏不住的震惊。是什么改变了性格温和的蒂卡？她把臂弯里的小东西藏得如此隐蔽，泰山到现在还没有认出那到底是什么。但当她转身不再追泰山时，泰山突然间看到了。他不顾之前的伤痛和懊恼，笑了起来，因为泰山以前见过年轻的猿妈妈们，几天之后她就不会那么多疑了。但泰山还是有点心痛，蒂卡不应该和其他猿一样惧怕他，他怎么可能伤害她或者她的巴鲁（巴鲁是猿语中孩子的意思）呢？

此刻，泰山不管胳膊的伤痛和受伤的自尊心，想走近并瞧瞧泰格刚出生的儿子的愿望更加强烈了。也许你会惊讶，强大的战神泰山本该在易怒的母猿进攻之前灵巧地闪躲开，或者重新考虑是不是一定要在此时满足自己的好奇心。因为对于他来说，战胜一个有幼崽的母猿简直易如反掌。其实你大可不必惊奇。如果你

拯救巴鲁 | 033

是一头猿,你就会了解,只有深陷疯狂和剧痛的公猿才会对母猿大打出手,而不是轻轻地责骂。在我们中间也会偶尔出现这种人,他们乐于殴打另一半,因为比起他们,她们更加弱小。

泰山又朝着年轻的妈妈靠近,这次他谨慎地规划好逃离路线。蒂卡又咆哮起来,泰山劝她。

"泰山不会伤害蒂卡的巴鲁的。"他说道,"让我看看。"

"滚开!"蒂卡命令道,"滚开,不然我会杀了你。"

"让我看看。"泰山催促道。

"滚开!"蒂卡重复道,"泰格来了。他会让你滚蛋的。他会杀了你。这是他的巴鲁。"

身后,阵阵咆哮声告知泰山,泰格已经靠近了。事实是泰格听到妻子的警告和威胁声,跑过来救她的。

泰格和蒂卡一样,之前也是泰山的玩伴。泰山曾经救过泰格的命,但是猿的记忆时间不长,也不会报以感激之情。泰山和泰格曾经较量过,最后是泰山赢了,泰格对这件事仍耿耿于怀。但尽管如此,他也会为他的儿子再次奋战——如果他心情不错的话。

泰格的咆哮声变得浑厚又响亮,看来他心情的确不错。泰山既非害怕泰格,也不是因为要遵守丛林里不成文的规定——除非有不得已的原因必须应战之外,只要碰到公猿就得逃走。他不逃走也不应战是因为泰山喜欢泰格。泰山一点儿也不妒忌他,他的大脑能得出类人猿所无法推断出的结论——泰格现在的态度绝不是厌恶泰山,而是公猿出于保护伴侣和幼崽的本能反应。

泰山不想和泰格打斗,身上流着英国祖先的血液的他也从未想过逃跑。公猿向他发动进攻,泰山敏捷地跳到一边,泰格扑了个空。受到刺激的泰格加速向前,又开始了进攻。也许之前成为泰山手下败将的事实激怒了他,也许坐在旁边观战的蒂卡引起了泰格在她面前征服泰山的欲望。因为一个异性观众总能激发雄性动物心中拼死搏斗的勇气，展现他们的自负。猿人在一侧摆动着他的长草绳——这个昨日的玩具此时已俨然成为武器。泰格发动第二次进攻，泰山又一次灵巧地躲避开这头笨拙的野兽的攻击。与此同时，泰山把盘旋在头顶上方的套圈轻盈地抖了出去。在公猿转身之前，泰山已经跳到更高的树枝上去了。

已经怒不可遏的泰格发疯似的跟着泰山。蒂卡在上面盯着他俩，很难说她是否对此感兴趣。泰格没有泰山爬得快，在他能向泰山发动攻击之前，泰山早就爬到高树枝上了。一般体格巨大的猿是不敢爬上去的。泰山停下来，向下看了看追他的泰格，朝他做鬼脸，用脑海里随便冒出的名字叫他。他的行为激起泰格一阵狂怒，这头巨大的公猿在下面弯弯的树枝上几乎要跳起来。泰山的手突然向外伸出，宽松的套圈从空中飞速落下，套圈在圈住泰格的膝盖时被猛地收紧。这头类人猿毛茸茸的双腿被套圈稳稳地绑住了。

迟钝的泰格现在才明白泰山要折磨他的意图，他想仓促出逃，但猿人奋力猛拉绳子，直接将泰格从枝头推了出去。不一会儿，泰格头朝下，被悬挂在离地面三十英尺的地方。

泰山把绳子绑在结实的树枝上，跳到和泰格比较近的地方。

"泰格，"他说，"你和犀牛一样愚蠢。在你的榆木脑袋想清楚之前先把你吊在这里吧。让你吊着看我和蒂卡聊天。"

泰格又是咆哮又是威胁，但泰山只是朝他笑，他轻快地跑到离地面更低一点的地方，再次靠近蒂卡，而迎接他的仍是獠牙和威胁的嘶吼声。他试图去抚慰她并表明自己友好的意图，然后伸长脖子去看蒂卡的巴鲁。但是母猿蒂卡并没有为泰山所动。刚刚成为母亲的她一切靠本能而非理性去判断。

蒂卡知道她追不上也打不过泰山,她试图逃跑。她跳到地面,笨重地朝着一小块空地走去。部落里的猿经常在这块空地休息或者寻找食物。泰山此刻打消了劝说蒂卡让他近距离看巴鲁的念头,一看到它,泰山心中的一种奇怪的渴望之情就会被唤醒。他多么希望能拥抱和爱抚这个令人怜爱的小猿啊,它是蒂卡的巴鲁,那个泰山年少时曾经喜欢过的蒂卡。

此时,泰山的注意力被泰格的声音吸引了。声音里没有之前的威胁,取而代之的是一声声哀求。紧紧的套圈隔断了腿部的血液循环,他现在开始痛苦起来。几头猿坐在他旁边的树枝上,兴致勃勃地看着他窘迫的样子。他们用难听的话辱骂他,因为他们每个人都曾被泰格有力的手掌打过或者被他巨大的嘴巴撕咬过,他们乐于报复。

蒂卡看到泰山转身回到丛林,她在空地中央停住了,然后坐下来紧紧抱住她的巴鲁,多疑地这儿看看,那儿瞧瞧。巴鲁诞生后,蒂卡无忧无虑的世界里仿佛突然多了数不清的敌人。即使是一直身为最好朋友的泰山,也被她视为非常危险的敌人。就连又老又可怜的木噶——木噶眼睛半瞎,牙齿几乎快掉光了,在倒在地上的树下找虫子吃都要找个老半天——对于蒂卡来说也是一个不怀好意想杀掉小巴鲁的敌人。

蒂卡警惕地提防这些假想敌,却对空地另外一边的灌木丛后紧紧盯着她的一双充满恶意的黄绿色眼睛浑然不觉。

饥肠辘辘的猎豹贪婪地凝视着唾手可得的美味,但是看到公猿后,它停了一下。

要是这头母猿和她的巴鲁能再靠近一点点就好了!一个快速的跳跃,它就可以抓住他们,然后在被公猿发现并阻止之前跑掉。

猎豹褐色的尾巴尖有一阵没一阵地摆动着,只见它下颌低垂,露出血红的舌头和黄色的獠牙。但这些蒂卡都没注意到,包括在她身旁觅食和休息的其他猿,在树上的猿和泰山也都没看到。

泰山听到其他公猿朝着无助的泰格恶言相向后,迅速爬到他们中间。一头猿侧着身子,缓缓地朝前移动,想伸手去抓被吊得晃晃悠悠的泰格。他想到之前被泰格殴打过,现在越想越恼火,准备报复泰格。他一抓住悬着的泰格,就快速地用牙齿咬住他。泰山见状,非常生气。他喜欢公正的较量,但这头猿的行为让他很反感。猿的一只手已经抓住无助的泰格。泰山一声低吼,然后一跃跳到这头猿旁边,一巴掌狠狠地把他从树干上扇了下去。

惊愕的公猿被激怒了,朝一边倒下去的时候疯狂地乱抓,他动作敏捷,抓住并落到了下面几英尺的树枝上。只见他握住树枝,迅速调整位置,飞快往上爬想要反击泰山,但是泰山正忙于其他事,此时也不希望被打扰。因为泰山又在向泰格大说特说他的极度无知,并向他炫耀自己比泰格还有其他猿更厉害、更强壮。

他最终会放了泰格,但是要等到泰格承认是他的手下败将才行。那头愠怒的公猿从底下爬上来了。泰山看到后,立即从一个性格和善、爱开玩笑的年轻人变成了一头咆哮凶残的野兽。只见他怒发冲冠,上唇向后扯,露出他好斗的尖牙。没等这头猿扑向他,他就开始发动进攻。这头公猿的出现和嘶吼声所激发的猿人的好斗欲望不容小觑。泰山冷酷地嘶吼一声之后,便径直朝攻击者的脖子跳去。

泰山这么一扑,身体的重量和动作的冲力把公猿推了出去,他们一起降落,穿梭在茂密的树枝当中,公猿的两只爪子在空中胡乱挥舞着想寻找支撑。泰山的牙齿已经咬到了对方的颈部,大概十五英尺后,他们落到了一根结实的树干上,泰山还抓着那头公猿,没在树干上停留一会儿,便一起重重地落向地面。

压在身下的公猿撞到树枝后，泰山顿时感觉轻松起来。只见公猿翻了个身，又开始朝地面落去，泰山及时伸手够到树枝停了下来，而公猿却像一个铅球一样直直地朝树底下坠落。

泰山朝下看了看地面上已经躺着不动的对手，然后站直身子，挺起宽大的胸膛，用紧握的拳头不断捶打，同时发出属于公猿胜利的神秘挑衅的号叫。

即使是蹲伏在空地边上准备纵身一跃的猎豹，听到回荡在丛林中的强有力的吼叫声，也变得不安起来。它紧张地左右瞅了瞅，仿佛在确认逃跑路线似的。

"我是人猿泰山！"人猿呐喊道，"我是最强有力的捕猎者，最强悍的斗士！丛林里没人比我更厉害！"

他径直朝泰格的方向走回去。蒂卡看到了发生在树上的一切，她甚至把她珍贵的巴鲁放在柔软的草地，朝他们走近一点以便能更好地观看。在她心目中，她还仰慕那个身上没毛的泰山吗？目睹他打败其他公猿之后，她的心中是不是升起了一股自豪感呢？这你得问问蒂卡自己。

猎豹看到母猿把幼崽放在草丛中离开了。此时，它又摇了摇尾巴，朝距离最近的巴鲁发动攻击，似乎能找回它刚刚消失的勇气。猿人胜利的嘶吼声还在牵动着它的神经。它需要缓一缓，才敢在猿人的视线里发动进攻。

泰山整理了一下便走到泰格身边，他爬到高处系草绳的地方将绳子解开，慢慢把公猿放下。泰格在空中摇摇晃晃，直到双手抓紧了一根树干。

很快泰格找到一个安全的位置并解开绳套，此时，他愤怒的内心是不可能对猿人存在感激之情的，他能回忆起的只有泰山带给他痛苦的侮辱。他会报复，但此时他的双腿已经麻木，脑袋也晕乎乎的，这使得他不得不将报复的事情延后。

泰山一边收起绳子一边教育泰格：和比他身体与脑力更厉害的对手战斗是徒劳的。蒂卡靠近树下，盯着上面看。而猎豹腹部紧贴地面，鬼鬼祟祟地朝前行走。不一会儿，它将从灌木丛中跳出，迅速攻击后飞速撤离，最终结束巴鲁短暂的生命。

泰山无意中朝空地的方向瞥了一眼，表情里善意的戏谑和浮夸的自吹自擂立马消失了。只见他一言不发，快速朝着地面飞奔。蒂卡眼见他要过来，以为是冲着他们娘俩，她怒吼着准备应战。谁知他飞速从她身边跑过，蒂卡顺着他跑的方向看去，才明白刚刚他突然从树上跑到地面并朝着空地飞奔的原因。此时，已经完全进入视线当中的猎豹正偷偷接近，离它几十码的草地上躺着的正是不停蠕动的小巴鲁。

蒂卡发出惊恐的尖叫和警告声，她紧跟泰山跑了起来。猎豹看到正朝着这边赶的泰山，又看了看在它前面的幼兽，它知道泰山一定会过来抢它的猎物。一声愤怒的低吼，猎豹冲向小巴鲁。

与此同时，泰格听到蒂卡的警告声，笨重地朝这边赶来。其他的猿也不断号叫和低吼，都在朝着空地凑近，但都不及泰山和猎豹离得近。泰山和猎豹几乎同一时间接近蒂卡的幼崽，他们各站一边，彼此露出獠牙并在小巴鲁旁边发出嘶吼声。

猎豹不敢去抓巴鲁，这样一来，它就会给泰山留下攻击的机会；泰山也迟迟不敢从猎豹处抢夺巴鲁，因为一旦他弯腰去夺，这头猛兽就会立即扑上来。他们按兵不动时，蒂卡横穿空地，非常缓慢地接近猎豹。在大自然的天敌面前，即使是母爱也难以抵挡与生俱来的恐惧。

在她身后是泰格。他小心翼翼地走走停停并发出咆哮声，身后其他公猿也发出野蛮的嘶吼和令人畏惧的挑衅声。猎豹的一双黄绿色眼睛恶狠狠地盯着泰山，同时它也瞥见了泰山身后克查科部落其他猿的身影。谨慎的本能促使它想转身逃跑，但是饥饿和眼前草地上这个唾手可得的小猎物又让它留了下来。它向蒂卡的巴鲁迈了一步，泰山发出可怕的嘶吼，立马扑向猎豹。

面对泰山的袭击，猎豹转身应战。只见它用力摆动身体，朝着泰山猛地一挥，如果身体落地并击中泰山的话，泰山的脸会被打得稀巴烂。但在这之前，泰山早已躲在猎豹的身下并靠近它，一只强劲有力的手紧握那柄他那个未曾谋面的生父留下的长刀，随时准备攻击。

此时，巴鲁已经被猎豹遗忘在一边了。猎豹现在只想用它的利爪把它的敌手撕成条状，将它那长长的黄色獠牙插进这个猿人柔软而又光滑的身体里。泰山曾跟有利爪的丛林生物打过架，也和带有獠牙的野兽打斗过，但不是每次都毫发无损。他深知这次战斗是冒着很大的危险的，但对于对受伤和死亡已经司空见惯的泰山来说，他从不怯懦，因为泰山无所畏惧。

泰山躲闪开猎豹的攻击后，立马跳到它的身后，又跳到它茶褐色的背部，用牙齿咬住猎豹的脖子，一只手紧紧掐住喉咙，另外一只手拿刀刺向猎豹。

只见猎豹在草地上滚来滚去，不断咆哮着乱抓乱咬。它想把泰山从身上甩掉，或者借机咬住泰山。

泰山扑向猎豹和它混战时，蒂卡迅速跑过来把巴鲁抱回。此刻，她跑到高高的树枝上坐着，远离猎豹，紧紧地把小东西抱在她毛茸茸的胸口，两只丑丑的小眼睛望着空地上正在厮打的泰山，她发出尖叫声，呼唤泰格和其他猿加入战斗。

其他猿闻讯赶来，他们的叫喊声越来越大。但是猎豹完全在战斗状态，根本没有听到吼叫声。它成功地把猿人从后背甩下来，泰山立即被甩到猎豹的利爪下，还没等泰山再次抓牢对手，猎豹的后爪已经斜刺进泰山的大腿。

也许是因为看到血迹，闻到血腥味，凑上前来的猿变得胆怯了。但除去他们，泰格才是应该对此事负有责任的那个。

前一秒还对泰山恼怒不已的泰格此时站在混战双方跟前，一双丑陋的血红色小眼睛紧盯着他们看。他那个野蛮的脑袋里现在在想些什么？他是不是对之前折磨他的人目前的处境感到幸灾乐祸呢？他不是很早就想看到猎豹巨大的獠牙咬住猿人那柔软的脖子了吗？又或者，他能意识到驱使泰山飞奔去解救蒂卡和自己的巴鲁的是泰山的勇敢和无私吗？感激只是人类独有的，还是更低等级的动物也懂得的一种情感？

此时的泰山鲜血四溅，接下来泰格用行动解释了以上一切问题。一声嘶吼，只见泰格拖着笨重的身躯，猛地跳向猎豹。长且强劲的獠牙咬住了猎豹雪白的脖子，强有力的胳膊不断击打和撕扯猎豹，猎豹被抓下来的毛发在丛林的微风中不断地飞扬。

其他猿见状，也学泰格一样发动攻击，猎豹被湮没在猿群的撕咬当中，整个丛林充斥着战斗的喧嚣声。

啊！多么令人惊奇和备受鼓舞的场景——这是原始的猿群和一个伟大的白皮肤猿人同他们自古以来的敌手猎豹之间的战争。

蒂卡是如此兴奋，以至于她在向其他公猿发出信号时激动地在树枝上跳起舞来。还有萨卡、木噶和卡玛等克查科部落里的其他母猿，也朝着混战的猿喊叫。兴奋的尖叫声响彻整个丛林。

猎豹撕咬着猿的同时也被猿撕咬着，它在为它的性命做拼死抵抗，但是抵不住这么多公猿的步步紧逼。即使狮子也会惧怕同等数量的克查科部落的公猿的袭击。此时，半英里之外的狮子听到可怕的战斗声，这个野兽之王不安地从午睡中醒来，站起身子

042

偷偷溜回丛林了。

此时，猎豹浑身是血，已被撕烂的身躯已经停止了挣扎，只见它抽搐了几下之后便一动不动了。但公猿仍继续撕咬，把猎豹美丽的皮毛撕得粉碎，最后因为疲惫不得不停了下来。这时，在这群混战的猿当中，一个浑身是血的身躯站了起来，直挺挺犹如一支利箭。

他一只脚踏在猎豹的尸体上，抬起他那布满血渍的脸，朝着赤道蔚蓝的天空，发出属于公猿胜利的吼叫。

克查科部落里的同伴一个接一个地模仿他叫了起来。母猿们从安全的树枝上下来，不断地击打和辱骂已经死了的猎豹。年轻的小猿也学着他们强大的前辈在打闹。

这时，蒂卡靠近了泰山。泰山转身看到她，还有被紧紧抱在怀里的巴鲁。他伸出手要去抱那个小东西，以为蒂卡还会朝他露出獠牙并和他打架。但此刻的蒂卡却把巴鲁放在他的臂弯，然后贴近他，为他舔舐伤口。

另外，只有几处抓伤的泰格也朝泰山走来并蹲在他旁边，看着泰山和巴鲁玩耍。最后，他也贴近泰山，帮着蒂卡一起为猿人清理和治疗伤口。

Chapter 4

上帝之谜

港湾旁边的小木屋里,泰山在他生父留下的书中发现好多让他迷惑不解的东西。在耗费不少体力和耐心之后,没受到任何援助的泰山最终明白了满满地印在纸张上的那些小符号的作用。他意识到这些符号的多种组合实际上是一种无声的语言,以一种奇怪的腔调讲述着一些奇妙的事物。此时的小人猿虽然并不能完全理解其中的奥妙,但这足以激发他的好奇心,引发他的想象力,对知识的强烈渴求填满他的整个灵魂。

词典是一个存储信息的神奇宝库。几年来在泰山不知疲倦的努力下,他已经知晓了词典用途的奥秘和使用方法。他还发明了一种游戏——在由许多定义组成的迷宫里,对新的想法中出现的新单词寻踪觅迹。就像在丛林里对猎物紧追不舍一样,单词是猎物,而泰山是永不懈怠的猎人。

当然,由于某个或某些原因,有些单词更能引起泰山的好奇心,激发他的想象力。比如，God 这个单词的含义就非常难把握。泰山一开始对它感兴趣是因为这个单词非常短，而且和其他单词不一样的是，首字母是个大写的符号——对于泰山来说，大写的 G 是代表雄性的符号，而其他小写的字母表示雌性。除此之外，还有一个原因是描述这个单词的释义中有许多雄性符号。这肯定是一个非常重要的单词，他应该仔细观察。事实上，泰山也是这么做的。但经过数月的思考和学习，他还是被这个单词困扰着。

然而，泰山并没觉得投入在这个猎取知识的探险游戏里的时间被浪费了。因为他遇到的每一个单词、每一个定义都会让他发现新的地方，进入新的世界。看的次数多了，就会遇到之前一些熟悉的老单词。泰山总是把这些单词存储在他的知识库里。

不过，他对上帝的含义还是有疑问。他曾经以为已经掌握了这个单词的含义——他认为，上帝是一名强大的首领，是所有黑人村落的国王。但当泰山意识到这样解释意味着上帝比自己还要强大时——这是丛林中无出其右的泰山不肯妥协的，他就无法确定其含义了。

尽管泰山渐渐相信上帝是一个伟大而又无所不能的个体，但他在所有书里都没看到上帝的面容。他看到几张照片，是上帝被膜拜的地方，但都没有看到上帝。以至于到最后，他开始纳闷上帝是不是跟他长得一样。于是，他下决心去找上帝。

一开始，他先去问木噶。木噶已经很老了，在她漫长的生命中一定经历过许多奇奇怪怪的事情。但身为一头猿的木噶只能回忆起一些鸡毛蒜皮的小事。甘塔错把刺虫当成甲虫吃的事，可比她见过的上帝数不清的壮举印象深刻多了。当然，她也不懂这些。

一旁的纳格，偶然间听到泰山的问题后，不再去抓跳蚤，而是开始向泰山宣扬产生闪电雷雨的力量是来自月亮的理论。他说

上帝之谜 | 045

他知道这个是因为那些愚蠢的黑人经常在月光底下跳舞。这个论调虽然能让纳格和木噶感到满意,但说服不了泰山。不过它给泰山从新的角度做进一步调查提供了基础,他以后也会研究月亮。

当天晚上,泰山就爬到了丛林里最高树木的顶峰。赤道的圆月又大又亮,猿人站在一根不断摇曳的细枝条上,古铜色的面庞望着天上的银盘。现在泰山已经爬到最高的地方,令他感到奇怪的是,月亮像他在地面上看到的一样,还是离他那么远。他觉得月亮似乎是在躲着他。

"月亮你过来呀!"他大喊道,"泰山不会伤害你的!"但月亮仍冷漠地在天上挂着。

"告诉我,"他继续喊道,"你是不是那个伟大的国王,是你发射闪电,弄出巨大的声响和刮来大风的吗?是你在天黑变冷时给丛林里的我们送来水源吗?月亮,告诉我,你是上帝吗?"

当然,泰山不会像你我一样可以读出"God",因为他对他英国祖先使用的口语一无所知。但是他用他自己发明的新名称为每个由字母组成的小符号命名。和类人猿不一样的是,他不满足脑海中仅仅只有已知事物的图像,他必须还要用单词来描述每个事物。泰山阅读生父留下来的书时,他会从整体上记住这个单词。但在念的时候,他会根据单词的前缀是雄性还是雌性以及单词中出现的小符号的音进行发音。

泰山独创的"上帝"发音令人印象深刻。在猿语中,雄性前缀是 bu,雌性前缀是 mu,g 发成 la,o 发成 tu,d 为 mo。所以"上帝"最后是念成"巴拉木土木莫",用英语解释就是 he-g-she-o-she-d。

同样地,泰山也在拼写自己的名字中找到了乐趣和新鲜感。Tarzan 来源于猿语中的两个单词 tar 和 zan,意为白色皮肤。这是他伟大的养母卡拉给他取的名字。泰山一开始想用英国祖先留下的语言拼写他的名字，但他并没有在词典中碰到"白色"或者"皮肤"等词。后来，他在一本识图认字的书中，看到一个白色皮肤的小男孩，所以就把他的名字写成bumude-mutomuro，用英语即为he-boy。

去探索泰山的这个奇怪拼写方法不但耗力，而且也没什么用。所以接下来还是像以前一样，用我们学校语法课本上最熟悉的形式讲述吧。记住do的意思是b，tu是o，ro是y等等会让你逐渐感到烦琐。比如he-boy，你必须把猿语中雄性前缀bu加在整个单词前面，然后把雌性前缀mu加在boy这个单词中每个字母前面——这会让人觉得麻烦，感觉就像打了几次低于标准杆的高尔夫球之后就直接想去酒吧喝酒了一样。

泰山对着月亮滔滔不绝地说着，可月亮一直没有回应，这让泰山感到愤怒。只见他挺起胸膛，朝着这个一动不动的星球龇牙咧嘴，开始了属于公猿的挑衅。

"你不是巴拉木土木莫，"他大喊道，"你不是丛林之王，你不如泰山伟大，泰山是强大的战士，伟大的捕猎者。这里没谁能比得过泰山。即使有巴拉木土木莫，泰山也会杀掉他。下来啊，月亮，你这个胆小鬼！来打一架吧！我会杀了你！泰山是杀手！"

面对猿人的吹嘘，月亮并没有反应。这时，一朵云飘过来挡住了月亮的脸庞，泰山以为月亮害怕了才躲起来。于是他从树上爬下来去叫醒纳格，告诉他泰山有多厉害——告诉纳格他是如何把月亮吓得心惊肉跳并从天上赶跑的。泰山用"他"来形容月亮，因为对于在猿群中长大的泰山来说，所有庞大的或者令人生畏的事物都是雄性的。

纳格并没有对此提起兴趣，他现在很困。他让泰山走开，不

上帝之谜 | 047

要打扰老前辈。

"但是我去哪里找到上帝呢?"泰山继续问道,"你年纪那么大,如果存在上帝的话你肯定见过。他长什么样啊?他住在哪里啊?"

"我就是上帝,"纳格回答道,"现在去睡觉,不要再打搅我。"

泰山静静地盯了纳格几分钟,漂亮的脑袋在两肩之间稍稍往下沉,方形下巴朝前伸出,短短的上唇往后扯,露出他洁白的牙齿。泰山低吼一声,便跳到纳格身上,用牙齿咬住他的肩头,强有力的手指紧紧掐住老猿的粗脖子,猛晃了几次老猿,才松开牙齿。

"你是上帝吗?"他质问道。

"不,"纳格哀号道,"我只是一头又穷又老的猿,不要来烦我了。去问问黑人上帝在哪儿。他们和你一样浑身没毛,而且也很有智慧。他们应该知道。"

泰山放开纳格,转身走开了。向黑人打听的这个建议触动了他。尽管他和酋长孟博拉是敌人,但至少他可以监视这些令他厌恶的人并观察他们是否和上帝打过交道。

于是,泰山在林中穿梭并朝着黑人的村落赶去,兴奋地憧憬着将会看到上帝——这个至高无上的神,万物的创造者。他一边前行一边在脑海里回顾他的装备——猎刀的现状,箭的数量,肠子做的弓弦是否全新,还有他之前举过的孟博拉的勇士曾引以为傲的战矛。

他随时做好去见上帝的准备。谁都说不准草绳、战矛和毒箭哪个能更有效地对付这个不太熟悉的敌手。泰山感到很满足——如果上帝准备战斗的话,猿人也会毫不犹豫地应战。泰山有好多问题想要问这个宇宙的创造者,所以他希望上帝不那么好战,但是生活的经验以及生存之道提醒他,所有有能力进攻和抵抗的生物一般情况下都有可能发动攻击。

泰山抵达孟博拉村落时天色已晚。泰山的动作犹如夜色一般寂静，只见他悄无声息地在村落上方的枝头找到常来的栖身之所。树底下，男男女女走在村子的路上，男人脸上画着丑陋的妆容——比平常还要丑。在他们中间，有个举止怪异的家伙。只见他个头高高的，却是牛头人身，身后的尾巴来回扫动脚踝，他一手拿着斑马尾，另一只手握着一把短箭。

泰山像被电击了一样。现在是瞻仰上帝容颜的机会吗？它既不是人也不是动物，那它肯定是宇宙的创造者——上帝！猿人仔细观察这个奇怪的生物的每个动作。它朝前走时，男人和女人纷纷往后倒退，好像在惧怕什么神秘的力量似的。

这个神秘的家伙开始说话了，所有人都静静地听他讲话。泰山确定只有上帝才会让黑人感到如此敬畏，无须用箭或者长矛去堵住他们的嘴。泰山看不起这些黑人多半是因为他们咋咋呼呼的。只有弱小的猿才会讲一大堆，然后从敌人面前逃走。狮子从不多说一句话，但整个丛林都没有谁能打得过它。

当晚，泰山目睹了很多让他难以理解的怪事。也许是因为这些事情很怪异，泰山认为他们肯定是在和上帝做一些他不太了解的事情。他看到在神秘的仪式中，三个年轻人从巫医手中接受了人生中的第一支战矛。

泰山抱着极大的兴趣继续观看。三个年轻人分别割破棕色的胳膊，和酋长孟博拉歃血为盟。巫医先围着煮水的大锅跳了几圈神秘的舞蹈，然后把斑马的尾巴浸在水中，撒在三个新手的前额和胸膛上。如果泰山知道这是为了让接受者在敌人的攻击面前毫发无损以及在面临危险时无所畏惧的话，他会毫不犹豫地跳到路上，拿起斑马的尾巴就往身上洒锅里的水。

泰山不单单对看到的事物感到疑惑，让他纳闷的还有巫医裸露的脊背像是在上蹿下跳。毫无疑问，这个令人亢奋的让所有黑人连大气都不敢出的场景对泰山也有着同样催眠的作用。

泰山观看的时间越长，他越是相信眼前的就是上帝，他决定和上帝聊聊。泰山总是想到就要做到。

目前孟博拉村子的人精神尤为亢奋。一言不发的巫医令人生畏，让人不得不高度集中注意力，似乎没有什么能够缓解目前所产生的精神压力。

一头狮子突然嘶吼起来，声音洪亮，听起来仿佛就在近处。黑人一开始感觉不安，后来便彻底地安静下来，因为他们听到有人重复说道："还是之前那个吓人的熟悉的声音。"在黑人杂乱的脚步声停下来后，巫医也在此刻开始保持身体一动不动，狡猾地想着如何利用黑人不安的情绪和这个恰如其分的骚乱。

今夜，巫医已经收获颇丰。刚刚通过仪式获得勇士资格的三个年轻人会为他献上三头山羊，除此之外，他还从毕恭毕敬的黑人群众那里得到了一些谷物和珠宝，还有一根铜线。

狮子的嘶吼声仍然回荡在神经紧绷的人群当中，突然一个女人传出惊恐的尖叫声，打破了整个村庄的宁静。此时，泰山轻盈地从树上跳下来，无所畏惧地站在敌人当中。比许多黑人勇士还要高大威猛的泰山，身躯像一支利箭一样笔挺，肌肉和狮子一样健硕发达。

泰山直勾勾地盯着巫医。所有的眼睛都盯着泰山，但是没人敢动——惊恐让他们不敢采取任何举措。泰山打破了此时的宁静，只见他晃着脑袋，径直朝戴着水牛头的家伙走去。

黑人的神经快要崩溃了。数月以来，他们一直被笼罩在这个奇怪的白色丛林之神营造的惊恐氛围里。他们在村庄中心的箭被偷走，他们的勇士在丛林里被悄悄地杀害之后，又在晚上被神秘地抛在村子的路上。

许多黑人都曾见过这个刚刚到访的魔鬼。整个村子里的人都相信泰山是引发多种疾病的罪魁祸首。如果是在白天或者在其他情况下，这些黑人勇士肯定会跳上前去发动攻击，但是在这个特殊的夜晚，在神秘气氛的笼罩下，神经紧绷的他们已经非常疲惫了，他们现在既害怕又感到无助。泰山往前走时，村民立马转身逃跑，纷纷逃回他们的小木屋里。不一会儿，路上就只有一个人留下来。这个人就是巫医。被自己的江湖骗术成功催眠的他，此时站在即将破坏他赚钱的古老行当的泰山面前。

"你是上帝吗？"泰山问道。

巫医完全听不懂泰山说的话。只见他奇怪地走了几步，然后跳到空中转一个大圈之后，俯身落到地面，两脚大大岔开，头伸向猿人，保持姿势后立马大喊一声"嘣"，想把泰山吓跑。但事实证明一点用都没有。

泰山并未停止脚步，他上前去要观察上帝，没有什么能阻挡他。巫医可笑的动作对这个来访者并没有什么作用，于是，他准备尝试用一些新的药方。他朝着手中斑马尾吐了口口水，并在尾巴上方不断画圈，另一只手同时握住短箭；同时他又谨慎地远离泰山，自信地对着毛茸茸的尾巴念念有词。这个药方肯定是用来缩短距离的，因为这个不知是神还是鬼的怪物一直不停地朝巫医走近，使两者之间的距离不断缩短。只见巫医画圈画得越来越少，速度越来越快。动作结束后，巫医故意露出令人敬畏的神情，在泰山面前不断地舞动斑马的尾巴，最终在他和泰山之间故作玄虚地画了一条虚构的线。

"你不能越过这条线，因为我的药药效很猛，"他大喊道，"快停下，否则你会因为踩到这个点而死去！我的母亲是伏都教徒，我的父亲是一条蛇；我住在狮子的心脏和猎豹的肠子里；我会把你的小孩当早餐吃掉，丛林里所有的恶魔都是我的奴隶。我是世界上最强大的巫医；我无所畏惧，因为我死不了。我……"他没有再继续说下去，而是在泰山越过那条虚构的死亡之线还活着的时候，转身逃跑了。

巫医逃跑时，泰山几乎要暴怒了。这绝对不属于上帝的行为，至少在泰山的想象中上帝绝不会逃跑。

"回来！"泰山大喊，"上帝你回来，我不会伤害你。"但是巫医拼命逃跑，他高高地越过蒸煮的罐子和村民屋前燃尽的灰烬，以恐惧激起的前所未有的速度，径直地朝自己的屋子逃去。但这只是徒劳——猿人以小鹿的速度冲向了巫医。

巫医在快要到自己房子的时候被截住了，一只强有力的手搭在他的肩膀上，把他往后拖。但泰山抓住的是牛皮，恰好把巫医头上的牛头给摘了下来。泰山夜晚潜行到村子里寻找的上帝竟然是个黑人。

这就是让泰山误认为是上帝的家伙！泰山愤怒地吼叫起来，他紧随巫医跳到屋子里。此时，巫医已经吓得魂不附体，躲在黑暗中缩成一团。泰山把他拖到有月光的地方。

巫医乱抓乱咬，企图逃跑，但脑袋上挨过几拳之后他意识到反抗是没有用的。月光下，泰山举起双腿颤抖不已的胆小鬼。

"你是上帝？！"泰山大吼道，"如果你是上帝，那泰山比上帝更强大。"猿人也的确是这样想的。"我是泰山，"吼叫声传到了黑人的耳朵里，"不论是在丛林里、丛林上方，还是流水、死水、大河、小溪中，谁都没有泰山伟大。泰山比黑人更强。他亲手杀死了狮子和猎豹。没有谁能比得过泰山。泰山比上帝更强大，你们看！"泰山猛扭了一下黑人的脖子，黑人痛苦地哀号了一声，

上帝之谜 | 053

便无声地落到了地上。

猿人的脚踩在巫医的脖子上,朝着月亮抬起面庞,发出属于公猿悠长而又恐怖的胜利嘶吼声。他弯腰从已经没有知觉的巫医手中捡起斑马的尾巴,头也不回地沿着之前的路折回丛林。

门缝里的几双眼睛惊恐地盯着泰山。酋长孟博拉是其中一个目睹了发生在巫医身上的惨剧的人,孟博拉感到非常忧虑。作为一名智慧的村落元老,他很少相信巫医的所作所为,至少随着岁月而增长的智慧不会让他全部相信巫医。但是作为一个酋长,他完全相信巫医有如统治者的左膀右臂,孟博拉往往利用村民的迷信般的恐惧,通过巫医来达到自己的目的。

原来,孟博拉和巫医合作,一起分赃。如果其他人看到孟博拉所看到的一切后,巫医的"脸面"就会永远不复存在,以后也不会有人相信巫医了。

为了减少丛林魔鬼打败巫医的消极影响,孟博拉必须得做点什么。他举起重重的战矛,不声不响地从他的屋子里爬出来,紧跟着原路折返的猿人。泰山从容不迫、大摇大摆地走在路上,好像身边是友好的克查科部落里的猿,而非整个村子全副武装的敌人。

泰山看似漠不关心,但训练有素的警觉性却从未消失。鬼鬼祟祟的孟博拉悄悄地跟踪着这个拥有千里耳的丛林生物。即使是耳朵无比灵敏的小鹿,也难以捕捉到孟博拉靠近的声音。但是黑人孟博拉跟踪的不是小鹿,而是猿人泰山,他只能尽量不弄出声响。

他越来越接近慢慢朝前走的泰山了。此刻,他将手中的战矛举过右肩。这一下会让酋长孟博拉和他的村民彻底地摆脱这个令人胆寒的敌人的威胁。他暗下决心一定不会失手,全力投掷出手中的武器,永远地结束这个恶魔的生命。

还在盘算的孟博拉犯了一个错误。他也许认为他在跟踪一个人——殊不知，这是一个拥有低等动物的灵敏感知的人。泰山背对着敌人往回走时，已经注意到人类在狩猎时考虑不到的东西——风。风朝着泰山前进的方向吹，泰山灵敏的鼻子已经嗅到身后的气味。泰山知道自己被跟踪了。在各种臭气熏天的南非村庄里，猿人从各种臭味中辨别出孟博拉的味道并精确地判断出其具体位置，这实属不易。

泰山知道跟踪者离他越来越近，而且已经判断出他的意图。所以，孟博拉的战矛瞄准泰山准备刺向他时，泰山突然一个急转身，速度之快，以至于孟博拉猝不及防地把战矛提早一秒钟就抛了出去。丢出去的战矛比预想的位置高出一点点，泰山弯下腰，战矛就从他的头顶掠过。紧接着，泰山跳向酋长。孟博拉没有在原地等他，转身就朝最近的屋子的黑色大门逃去，同时大声召唤他的勇士去袭击并杀死这个陌生人。

孟博拉不断地大叫来寻求帮助，年轻的泰山快如疾风，速度像一头正在捕猎的狮子，大步跳向孟博拉，同时像狮子一样，不断发出嘶吼的声音。孟博拉听到泰山的咆哮声，全身血液冷凝，他能感受到自己脑中的神经开始僵硬，脊背开始阵阵发冷，仿佛死神已经来临，并用冰冷的手指抚摸孟博拉的后背。

其他人躲在黑暗的小屋里，看到了此时发生的一切。那些脸上涂满颜料的勇士手握重重的战矛，手指已经失去了知觉。如果面对的是狮子，他们会无所畏惧地向前应战，会像以前一样跑去保护他们的酋长，但是这个奇怪的丛林魔鬼让他们胆寒不已。没有哪个人的胸膛会发出野兽般的嘶吼，也没有哪个人在作战时会露出牙齿，或者像猫一样跳跃。

孟博拉的勇士感到非常恐惧，一方面他们不敢离开貌似安全的小屋子，另一方面又看到兽人整个身体已经跳到老酋长的后背。

孟博拉发出一声惊恐的尖叫，便倒了下去，他已经吓得无力抵抗了。此时，被对手按在下面的他因为恐惧而动弹不得，一直扯着嗓子乱喊乱叫。泰山上半身直立，半蹲在黑人身上。他把孟博拉翻过来面朝着他，黑人的脖子也露了出来。这时，泰山把又尖又长的猎刀拿了出来——这是约翰·克莱顿·格雷斯托克勋爵多年前从英国带来的猎刀。泰山拿起猎刀紧贴在孟博拉的脖子上。这个年老的黑人害怕地呜咽着，他以一种泰山无法理解的语调苦苦哀求泰山放过他。

泰山头一次这么近距离地观察这个酋长。他看到了一个老人，一个脖子瘦削、满脸皱纹的老人。他那张像羊皮纸一样干巴巴的脸让泰山想起了那些他再熟悉不过的小猴子的脸。他看到这个人眼中的惊恐——他之前从未在任何动物的眼中见过如此惊恐的眼神，也从未在任何动物的脸上看到如此乞求怜悯的表情。

此时，似乎有什么东西抑制了猿人的手。他很困惑为什么他会在捕猎时犹豫，以前他可从来没有过任何耽搁。在泰山的注视下，老人似乎渐渐衰弱得缩成了一团骨头。他是如此弱小和无助，又是如此惊恐不安，这些都是泰山嗤之以鼻的。但是另外一种感觉却悄悄地爬上他的心头——一种对于敌人的新感受，是怜悯——是对这个可怜而又惊恐的老人的怜悯。

泰山站起来转身离开，留下毫发无损的酋长孟博拉。

泰山高昂着头走出村庄，荡起垂在村子护栏边的树枝，在村民的视线中消失了。

回猿群的路上，泰山对停留在他手中并制止他杀死孟博拉的神奇力量感到百思不得其解，好像有一种更强大的力量命令他对那个老人手下留情。泰山不明白，因为他想不到任何东西或者任何人有权命令他去做或者不去做什么事情。

天色已经很晚了，克查科部落的猿在树下已经睡下了，泰山在树上找了根摇晃的树枝做摇椅，一直在想这个问题的答案，直到进入睡眠。

泰山醒来时太阳已经挂在天上了。部落的猿都在寻找食物，只见他们懒洋洋地从腐蚀的土壤中扒出臭虫、甲虫和蛆，或者从树枝上找到鸟蛋和一些幼鸟，还有一些汁多味美的毛毛虫。

一支悬在泰山头上的兰花，在温暖和煦的阳光下，缓缓地绽放精美的花瓣，现在又静静地合拢了起来。泰山无数次地目睹了这个美丽又神奇的现象，但如今这个现象却激起泰山的好奇心，因为猿人对之前习以为常的种种现象开始思考了。

是什么让鲜花盛开？又是什么让它从一个小小的花苞全面盛开为怒放的花朵呢？为什么它是这样的呢？那自己呢？狮子从哪里来？是谁种下了第一棵树？月亮是怎么走到黑暗的天上然后为整个夜间丛林发出友好的光亮的呢？还有太阳！太阳是不是凑巧就在那儿的？

为什么丛林里的生物不是树呢？为什么树木是其他东西呢？为什么泰山和泰格不一样，泰格和小鹿不同，小鹿和猎豹也不同，猎豹和犀牛又不一样呢？丛林里的树木、花儿、昆虫还有数不尽的其他生物都是从哪里来的呢？它们是怎么过来的呢？

不经意间，泰山脑袋里突然冒出一个想法。他想到词典里"上帝"的定义里面的许多衍生词之一"创造"——"使其成为存在，从虚无中形成"。

泰山的想法几乎要成形时，远处传来的一声哀号把沉浸在思考中的泰山拉回了现实。哀号声是从丛林中离泰山的摇椅不远的地方传来的，是一只小巴鲁发出的悲鸣。泰山立马听出是蒂卡的孩子阿赞的声音。他们叫他阿赞是因为他柔软的毛发是不同寻常的红色，阿赞在猿语中意为红色皮肤。

哀号声之后，阿赞小小的胸膛又发出一声惊恐而又真实的尖叫声。泰山像触电般立即采取行动，他就像一支在箭上的弦，飞速地朝着声音的方向跃到树上。泰山前方，一头成年母猿发出狂怒的咆哮声。原来是蒂卡赶来救援了，看来阿赞是真的有危险。因为泰山已经听出她咆哮声中夹杂的恐惧。

泰山顺着垂下的树枝，从一棵树荡到另一棵树上，加速跑过树间的地面，朝着声音的方向飞奔。小猿的尖叫声几乎震耳欲聋。克查科部落的猿听到巴鲁和母猿的求救后，从四面八方赶过来，类人猿的咆哮声回荡在整个丛林。

和笨重的同伴相比，泰山体态轻盈，已经把他们甩在了后面。泰山第一个抵达现场，映入眼帘的东西让人咋舌。即使是身强体壮的他，也都不寒而栗，因为这个敌人是所有丛林生物最为厌恶和害怕的。

只见一条巨蛇缠在一棵大树上，体形庞大而笨重，皮肤粘滑。它死死地缠住蒂卡的小巴鲁阿赞。丛林里没有什么能像可怕的蛇一样，会让泰山在近距离接触时心生恐惧。猿也非常厌恶这种爬行动物，对它的恐惧感比对猎豹和狮子还要有过之而无不及。在所有的敌人当中，类人猿最怕蛇。

泰山深知蒂卡尤其害怕这个安静而又可怕的敌人，但眼前，蒂卡的举动却让他大吃一惊。刚刚抵达的蒂卡直接跳向这条通体白花的巨蟒，瞬间就被它紧紧地缠住了，她的孩子也被蛇缠住而不能动弹。但是她没有设法逃跑，而是费力去撕扯盘绕在小巴鲁身上的蛇身，可这并没有什么用。

泰山太了解植根于蒂卡内心对蛇深深的恐惧感了。他简直不敢相信眼前看到的这一幕，蒂卡竟然会奋不顾身地投入蛇致命的怀抱。泰山对蛇的恐惧也并不比蒂卡小，他之前从未主动跟蛇较量过。他说不上原因，因为泰山从不承认他害怕任何事物。其实这不是害怕，而是内心里一种本能反应，是数代文明的祖先遗留下来的。如果再往上追溯的话，也许是无数个像蒂卡一样的猿，心中对这种粘滑的爬行动物有着无以言喻的恐惧感。

泰山和蒂卡一样，没有任何犹豫。像猎杀小鹿一样，泰山加快速度全力冲向蛇，蛇被撞得疯狂地扭动和翻滚着，但根本不松开缠在身上的两个猎物。泰山跳到它身上的那一刻，也立即被冰冷的蛇身死死缠住了。

蛇仍盘绕在树上，这个强壮的爬行动物看起来非常轻松，好像缠着三个没有任何重量的猎物一样，毫不费力，它准备结束三人的生命。泰山拿出猎刀，快速刺向敌人的身体。但是在他能给蛇致命一刺之前，就已经被蛇缠得非常虚弱了。尽管如此，泰山仍继续战斗，并不是要让自己尽快摆脱此时面临的可怕的死亡局面。此时，他唯一的目的就是杀死这条蛇，把蒂卡和她的巴鲁救出来。

这条巨蛇张着大嘴，盘旋在泰山的上方。它那收缩自如的嘴能吞下一只兔子甚或跟他同样体形的长角雄鹿。巨蛇开始朝泰山咬去，但只把注意力放在猿人身上的巨蛇却没注意到它的头已经在泰山猎刀能攻击的范围内。说时迟那时快，泰山伸出棕色的手，一把握住巨蛇那斑驳的颈部，另外一只手紧握刀柄，将重重的猎刀狠狠刺向巨蛇的小脑袋。

蛇疯狂地扭动着，身体一会儿发紧，一会儿又全身松弛，巨大的身体不断地抽打和舞动，最后失去了知觉。蛇要死了，可即使在剧痛中死去的它也可以轻易击倒十几个猿或者人。

泰山迅速抓住蒂卡,把她从已经松弛的蛇身中拉出来,放在地上。接着把巴鲁拉出来并丢向他妈妈。蛇仍在抽打着身体并死死地缠住泰山。泰山经过几番努力,最终挣脱出来,跳出奄奄一息的蛇的攻击范围。

一群猿围着打斗场面观战,但在泰山安全地从敌人那突破出来之后,猿群又安静地撤离,开始之前的觅食。蒂卡和他们一起走的,显然是忘记了刚刚发生的事情,除了她的巴鲁之外。事实上,就在刚才,蒂卡在觅食时正好发现了一个隐蔽的鸟巢里有三个完好的鸟蛋。

泰山和他们一样,对于已经结束的战斗同样漠不关心。他只是对还在不停扭动身体的蛇瞥了一眼,之后便朝着为巨猿部落提供水源的小水池走去。令人奇怪的是,在征服蛇之后,他并没有像之前打斗结束后那样发出胜利的嘶吼。他肯定没法向你解释原因。其实,对于他来说,蛇算不上一个动物。他有对丛林生物分门别类的独特方式,泰山只是知道他非常厌恶蛇。

泰山在水池边喝饱了之后,在一棵大树下的柔软草地上四仰八叉地躺着。他的思绪又回到了和蛇的打斗场面上。他对蒂卡竟然跑向那个可怕的魔鬼这件事感到迷惑不解。蒂卡为什么要这么做呢?那自己又为什么要这样做呢?蒂卡并不属于他,她的孩子也不是泰山的。他们都是属于泰格的。为什么自己要做这些事?死后的蛇也不能作为食物来填饱肚子。泰山不断思考这些事情。对于他来说,好像没有什么能够解释他做这些事情的原因。目前他做这些事都是出于不自觉,就像前天晚上他把老黑人放了一样。

是什么促使他做这些事呢?一定有比他更强大的东西时不时地在推动他。"无所不能。"泰山想道,"那些小符号说上帝是无所不能的。一定是上帝让我做这些事,因为我没有主动去做。肯定是上帝让蒂卡跑向蛇的,蒂卡肯定不愿接近蛇。也是上帝控制了我的猎刀,不让我杀死老黑人的。上帝做这些奇怪的事情是因为他是无所不能的。我看不到他,但我知道这些事肯定是上帝做的。不管是猿还是人都不会做这些事。"

还有那些花儿——是什么让它们生长的?啊,现在都明白了——花儿、树木、月亮、太阳还有他自己,以及所有丛林里的生物——他们都是被上帝创造出来的。

上帝是干什么的?上帝长什么样呢?他对这些没什么概念,但是他确定一切美好的事物都源于上帝。他对可怜又无助的老黑人手下留情的善举;让蒂卡奋不顾身跑向死亡怀抱的蒂卡的爱;还有促使泰山冒着危险去解救蒂卡生命的忠诚。花儿和树木是美好的,上帝创造了它们,他也创造了其他的生物,而且每个生物都有赖以生存的食物。他创造的猎豹有一身漂亮的皮毛;他创造的狮子拥有高贵的头颅和蓬松柔软的毛发;他创造的小鹿高贵而优雅。

是的,泰山已经找到上帝了,他花了一整天赞美上帝创造了大自然中所有美好的事物。但还有一个问题困扰着他,这个用他新发现的上帝理论是解释不通的。

那就是,是谁创造了邪恶的蛇呢?

Chapter 5
泰山和黑人男孩

泰山正坐在一棵大树下编织一条新的草绳,身边还放着之前的那条,由于猎豹的撕咬和乱抓,已经变得残缺不全。旧的草绳只剩下一截了,余下的部分被发疯似的猎豹带走了,因为在它跳回丛林时,草绳上的套圈还套在它的脖子上,但另外一端被留在地面的灌木丛中。

一想到猎豹愤怒地想从套圈中挣脱出来,可怕的嘶吼声中掺杂着厌恶、恼怒和恐惧时,泰山就笑了。一方面是因为回想到敌人狼狈不堪的样子,另一方面又期待接下来他可以给他的新绳子重新加一个套圈。

这会是泰山编过最结实、最重的绳子。猎豹被紧紧套住的场景让猿人激动不已。他现在很满足,因为他的双手和脑子都在忙碌着。在空地和泰山四周觅食的克查科部落里的猿也很满足,他们对未来没有什么复杂的想法,只是偶尔回忆起最近发生的事情。

他们只追求用美味的食物来填饱肚子的最原始的满足感。然后他们就要睡觉了——这就是他们的生活,他们喜欢这种生活,就像你我享受我们各自的生活一样——也和泰山喜欢他自己的生活一样。也许他们比我们更喜欢自己的生活。谁说丛林里的动物被创造出来时,在履行命运安排方面比经常在陌生领域出现偏差或者经常违反自然规律的人类差呢?还有什么能比完成使命获得更多的满足感和幸福感呢?

泰山编草绳时,蒂卡的小巴鲁阿赞在他旁边玩耍,而蒂卡在空地的另外一边寻找食物。身为母亲的蒂卡和爱发怒的父亲泰格都不会怀疑泰山对他们第一个孩子有任何的图谋不轨。难道不是泰山冒着生命危险从猎豹的獠牙和魔爪下救回阿赞吗?他难道没有像蒂卡一样对这个小东西怀着无限的爱意地抚摸他、拥抱他吗?他们的顾虑早就消除了,而泰山现在觉得自己经常扮演一个小猿保姆的角色——一个让他一点都厌烦不起来的职业,因为阿赞一直是给泰山带来惊喜和快乐的源泉。

就在刚刚,小猿在练习爬树的本领,这对年少的他很有用。在他的肌肉还未长好,战斗的獠牙还不能使用时,能快速爬向较高的地方就显得尤为重要。距离泰山编草绳的树枝下面二三十英尺的树干上,阿赞快速向前爬,朝着低一点的树枝敏捷地攀登。他会在上面蹲坐一小会儿,骄傲地欣赏他的成就,然后再爬回地面,不断重复。作为一头猿,他的注意力有时候——事实上是经常——会转移到其他的事情上面,比如发现一只甲虫、一条毛毛虫或者一只小田鼠之后,他就会去捉。他总是能捉住毛毛虫,有时候会捉住甲虫,但从来没捉住过田鼠。

现在,他又发现了泰山正在编的草绳。他把绳子的一头抓在小手中,像抓着一只活泼的橡皮球,从泰山手中夺走草绳之后,朝着空地逃跑了。泰山立马跳起来去追，在叫调皮的小巴鲁放下他的草绳时，声音里没有丝毫恼怒，脸上也没有不满。

阿赞直接朝着他妈妈跑去，泰山紧跟在后面。蒂卡从觅食中停下来，起先她意识到阿赞在逃跑，另外一个人在后面追，她露出獠牙怒吼着。但是看到追着的人是泰山时，她转身继续寻找食物了。就在她脚下，猿人一把抓住巴鲁。尽管他在那儿又是尖叫又是撕咬，蒂卡只是偶尔朝这边看看。她不再害怕猿人对她的孩子会造成什么伤害。他不是救过阿赞两次吗？

夺回他的草绳之后，泰山回到树上，继续他的劳动。不过接下来他还要时刻提防那只调皮的小巴鲁。只要阿赞觉得那强壮的无毛哥哥有稍微的松懈，他就会立马去偷那条草绳。

虽然有小巴鲁在捣乱，但泰山最后还是编好了草绳。这条长而灵活的武器比之前所有的草绳都要坚固。他把原来的那条旧的送给了阿赞让他玩。泰山有意按照自己的想法来训练巴鲁——但只有蒂卡的巴鲁足够成熟和强壮时才能从泰山的训令中受益。目前小猿与生俱来的模仿能力已经完全能让他熟悉泰山的行为和武器，于是猿人荡回到丛林，新编好的绳子挂在肩头，而小阿赞则在空地上拽着旧绳子蹦蹦跳跳，玩得不亦乐乎。

泰山前行时，想寻找一个足够大的猎物来试试他的新武器，但他的脑袋里经常浮现出阿赞的身影。猿人意识到他对蒂卡的巴鲁有深深的喜爱之情，部分是因为这是他的初恋蒂卡的孩子，还有一部分是因为小猿本身。和其他人一样，泰山也渴望对那些有感情的生物表达自己的喜爱之情。泰山嫉妒蒂卡。阿赞对泰山的喜爱之情的确有诸多回应，他甚至把泰山当成他自己的父亲，但小东西在受伤或者害怕时，在疲惫或者饥饿时，总会去找蒂卡。泰山因此感到在这个世界很孤独，他非常渴望有个人能在第一时间跑向他寻求援助和保护。

泰格有蒂卡,蒂卡拥有阿赞。克查科部落的几乎每头公猿和母猿都有爱着的一两头猿或者被爱着。当然泰山肯定不会这么精确地描述这些感觉,他只知道他在渴望一些得不到的东西,似乎体现在蒂卡和她的巴鲁之间的亲密关系。所以他嫉妒蒂卡而且想要一只属于他自己的巴鲁。

他看到了猎豹一家三口。炎炎夏日,环绕山丘的内陆深处,在一处茂密杂乱靠近悬石阴凉面的灌木丛中,泰山发现了公狮和母狮的藏身之处。他还看到它们的一群小巴鲁——它们在玩耍着,浑身长满和花豹一样的斑点。他看到小鹿的小巴鲁,看到犀牛行动笨拙的孩子。丛林里的每个生物都有自己的巴鲁,除了泰山。泰山每次一想到这件事时都很沮丧,又难过又孤独。但目前泰山不再想着其他事而是在专心捕猎。只见他像猫一样爬到狩猎路径上面一根低垂的树枝上,小径直接通向为这个野蛮的世界里的野生动物提供水源的古老的饮水池。

千百年来,在残破不堪的森林道路上方,这根枝繁叶茂、古老而又强壮的树干,为多少残暴的捕猎者提供了栖身之所!它对猿人泰山、猎豹和蛇都非常了解,他们已经把树干上的树皮磨得光溜溜的了。

今天,一头野猪朝着隐蔽在老树上的观察者的方向走来。除了最凶残或最饥饿的大型食肉动物之外,它那极其锋利的獠牙和暴躁的脾气使得一般动物都不敢靠近。

但对于泰山来说,肉就是肉。那些不能吃或者不美味的动物也许不会受到饥饿的泰山的攻击。饥饿状态下的猿人,即使是和丛林里最凶猛的动物战斗,也会奋力厮杀。他没有害怕或者怜悯的情感,除了一些少有的场合,那个令人难以言喻的奇怪力量控制着他的手。这个他说不清道不明的力量也许是因为他对自己的出身一无所知，而他的出身则让他顺理成章地拥有了所有人道主义的博爱和文明的力量。

今日，这个力量没有阻止泰山获取这个送上门的美味，泰山把新的绳套抛向野猪的脖子。这是试试这根绳子的绝佳机会。套住野猪后，泰山把绳子系在比投掷位置稍高的树干上，被套住的野猪发疯似的四处乱撞，但每次都被新绳子勒住。

野猪哼唧着，到处乱咬，强有力的獠牙把丛林里最古老的大树的树皮掘得四处都是。泰山跳到它的身后，手中握着那把又长又锋利的猎刀。它曾直直地刺向猩猩的身体，让泰山从死亡手中解救出那个被撕咬得浑身是血的自己。从遥远的那天起，它便是战斗中的常胜将军。

泰山走向野猪，野猪已经转过身面向泰山。尽管泰山身强体壮，但他手中只有一把细长的猎刀，这样只身前去面对这头最凶残的野兽，他一定是最疯狂的傻瓜。每个人都多多少少了解野猪，而泰山好像不知道一样。

有那么一瞬，野猪面对着猿人一动不动。深陷的小眼睛闪烁着愤怒的光。它晃了晃已经低下的头。

"吃泥巴的东西！"猿人嘲笑道，"就只会在污秽不堪的泥土里打滚。你身上的肉都是臭的，但是尝起来不错，还能让泰山变得强壮。大獠牙王！我今天要吃了你的心脏。好让我的心脏跳动直击我的肋骨！"

野猪听不懂泰山说的话，所以不能被这些话激怒。它看到的是一个像人一样的东西，浑身裸露，也没有毛发。和自身野性的身体素质相比，泰山的牙齿小小的，肌肉松松的。接着，野猪冲了上去。

泰山一动不动，直到野猪的一只獠牙直逼他的大腿，他才动了一下，大腿差一点就被伤到了。

但是他移动的速度比闪电还快。移动的同时，他弯下身子，右胳膊使尽全力，用父亲留下的猎刀直接插入野猪的心脏。然后迅速跳出野猪垂死挣扎的攻击范围。不一会儿，热乎乎、血淋淋的心脏就落入他的手中。

饥饿的泰山对此感到满意。他没有像往常一样找到可以休息的地方，而是继续在森林里寻找食物，因为今天他有点焦躁不安。于是他朝着黑人酋长孟博拉的村落走去。自从酋长的儿子库隆伽杀死了卡拉，泰山就开始毫无悔意地折磨这个村子里的人。

一条小河蜿蜒在黑人的村落旁边，泰山抵达小河的一侧，河边的空地旁边坐落着黑人的茅草屋。水里的生活对猿人来说好像更有吸引力。观察笨拙又滑稽的河马，还有折磨那条正在晒太阳的懒洋洋的鳄鱼，都让泰山感到开心。他也乐于吓唬那些坐在河边洗衣服的黑女人和手拿粗糙玩具的小孩们。

和往常不同的是，这天他走到在小河下游的一个女人和她的孩子旁边。那个女人在河岸旁边寻找淤泥中的贝壳。那个年轻的黑肤色女人大概有三十岁。她的牙齿被磨得很锋利，因为他们是吃人肉的。由于常年戴着铜质垂饰，已经穿孔的下嘴唇被拖拽得很长，露出她下半边的牙齿和牙龈。她的鼻子上也穿了一个木质竹签，她的耳朵、额头和脸颊上都戴着金属装饰物，颧骨和鼻梁上有彩色的刺青，因为时间久远而逐渐地褪色。她全身裸露，除了在腰间缠了一根草制腰带。总的来说她觉得自己很漂亮，甚至孟博拉村的男人们也觉得她很好看，尽管在她还是少女时就已经作为战争的战利品属于其中一个孟博拉的勇士了。

她的孩子十岁，体态轻盈挺拔，在黑人里算是比较英俊的。

泰山从灌木丛的隐蔽处朝着两个人的方向看。他本打算大吼一声然后跳到他们面前，幸灾乐祸地看着他们惊恐地仓皇逃跑。但突然间，脑袋里冒出一个奇特的想法。这个巴鲁和他很像。当然男孩的皮肤是黑色的，但是又有什么呢？泰山从未见过白人。到目前为止，他觉得自己是这个世界上唯一一个有这种奇怪体征的人。虽然泰山没有自己的巴鲁，但这个黑皮肤男孩完全可以出色地胜任。泰山会好好照顾他，喂养他，像保护自己一样保护他，把他所了解的人性和动物方面的知识，以及丛林中的秘密——从腐蚀的地表植被到丛林的最高点，全部倾囊相授。

泰山解开他的绳子，丢出套索。面前的两个人对出现在他们面前的这个可怕的东西一无所知，他们继续寻找贝壳，用短棍在淤泥里戳来戳去。

泰山从他们身后的丛林里走出来，打开的绳套被丢在地上。突然，他右胳膊快速一挥，套圈被优雅地抛到了空中，盘旋在还未起疑的小孩上方，然后落下。套圈滑到男孩肩膀下方时，泰山迅速把套圈收紧，绑住男孩的胳膊并拉向泰山。男孩被吓得大哭，女人转身朝他看时，嘴巴里发出惊恐的尖叫。她看见一个白色巨人站在离她大概有十几步的大树树荫下，正快速地拖拽着她的孩子。

女人惊恐的尖叫声中夹杂着愤怒，她勇敢地扑向泰山。她展现的决心和勇气，即使是死亡也不会让她有任何退缩。在她处于平静时，她的样子是非常丑陋而且吓人的，但是盛怒之下震颤的脸，表情则非常凶残。即使是猿人，也不得不后退了几步。这是因为反感而非害怕——泰山从不知道什么是害怕。

泰山把黑皮肤女人的巴鲁夹在胳膊底下，消失在离他上方很近的树梢中。黑人男孩对他又咬又打，同时愤怒的母亲向泰山冲去，企图抓住他并跟他战斗。泰山抱着仍在挣扎的战利品消失在丛林深处时,不由自主地在想那些黑皮肤的男人是否和女人一样英勇无畏。

泰山跑了一段距离之后,已经远离孩子母亲的攻击范围,也听不到她那震耳欲聋的尖叫声。此时,他停下来观察他的俘虏。男孩已经被吓得停止了反抗和尖叫。

受惊的孩子害怕地转动着眼睛,惊恐地望着俘虏他的人。白人眼中闪烁着彩虹似的光芒。

"我是泰山,"猿人用猿语说道,"我不会伤害你,你将会是泰山的巴鲁。泰山会保护你的,我会为你觅食。丛林里最好的事情就是成为泰山的巴鲁,因为泰山是强大的捕猎者。你不要怕,狮子也不用怕,因为泰山是强大的斗士。没有人比卡拉之子——泰山更强大。不要害怕。"

但是小孩只是抽泣着,不断地瑟瑟发抖。他不明白猿人的语气。对他来说,泰山的声音就像一头野兽的嘶吼。另外,他也听说过关于这个白色丛林恶魔的故事,就是他杀死了库隆伽还有孟博拉村落里的其他勇士。就是他夜晚潜入村庄,使用魔法偷走了箭和毒药,还吓唬村里的小孩和妇女,甚至是那些强壮的勇士。毫无疑问,这个恶魔肯定是吃小孩的。他妈妈难道之前没跟他说过,只要调皮或者表现不好,她就要把他送给这个白色的丛林之神吗?黑人小男孩迪波浑身打着寒战。

"你冷吗,巴鲁?"泰山问道,"天气这么热,你为什么还在发抖?"

迪波听不懂,哭着喊妈妈,乞求这个强大的白色丛林之神放了他,并发誓如果答应他的请求,就一直做一个好孩子。泰山摇了摇头,他一个字也听不懂。这样可不行!他必须教这个黑人男孩一种能听得懂的语言。对于泰山来说，黑人男孩讲的东西肯定不是能交流的语言，听起来就像是一群愚蠢的鸟在"叽叽喳喳"乱叫。猿人想最好是把男孩带到克查科部落，让他听听猿是怎么说话的。这样，他就会很快说出能让泰山听得懂的话了。

泰山站起来，朝着地面上方摇晃的树枝走去，并示意小孩跟着他，但迪波只是紧紧地抱着树干大哭。作为一个当地的非洲男孩，他当然爬过很多次树。但是像泰山一样，在森林中从一根树枝跳跃到另外一根树枝，让他幼小的心灵惊恐不已。

泰山叹了口气。他刚得到的巴鲁有太多需要学习了。令人感到遗憾的是，巴鲁的能力同自身的个头和力量相比，相差太多。他尝试去诱哄迪波跟着他，但是小男孩不敢。于是泰山把他抱起放在后背上。迪波不再抓咬了，逃跑是不可能的。即使把他放在地上，机会也很渺茫，因为他不认识回孟博拉村的路。即使知道回家的路，迪波也清楚路上可能会遇到特别喜欢吃黑人小孩的狮子、豹子和狼。

到目前为止白色丛林之神还没有伤害过他。小男孩不明白这个恐怖的吃人魔鬼为什么到现在还没有任何动静。泰山背着他时，他没有像之前有如小恶魔般，对泰山又抓又咬。

泰山飞快地在树间穿梭，小迪波害怕地闭起了眼睛，不敢长时间看下面令人恐惧的深邃森林。迪波从未如此惊慌，但和白色巨人一起穿越森林时，猿人真实地跳跃，抓住并精准地更换手中摇曳的树枝，在丛林中间远离可怕的狮子的安全地带穿行时，男孩心中却涌起了一种难以言喻的安全感。

泰山来到部落觅食的空地，跳到猿群中间，刚捉来的巴鲁还紧紧地趴在他的肩膀上。在迪波发现四周都是有毛发的猿之前，或者说在其他猿发现泰山并非一个人之前，泰山还是他们其中的一员。但猿看到趴在他背上的小黑人时,他们开始噘着嘴,低吼着好奇地朝这边走来。

一小时之前,小迪波还可以说他知道最大的恐惧,但是现在,当他看到这么多头令人恐惧的野兽围着他时,他才意识到和此时相比,之前的那些都不算什么。为什么这个强大的白色巨人看起来满不在乎呢?为什么他不在这些可怕的多毛的树人扑到他们身上并将他们撕成碎片之前逃离呢?迪波不禁陷入了回忆。他听到孟博拉的族人口口相传的恐怖故事——这个强大的白皮肤恶魔是一头没有毛的猿。他此时看到的不就是这样吗?

迪波惊恐地瞪大眼睛,看着朝他走来的猿。他看到他们突出的眉骨,巨大的獠牙还有小小的眼睛。他注意到丑陋的外表下藏着健硕的肌肉。每个人的表情和态度都是威胁性的。泰山也注意到了。他把迪波放在他的前面。

"这是泰山的巴鲁,"他说道,"不要伤害他,不然泰山会杀了你。"说罢,他朝着最近的猿龇着牙。

"这是个黑人。"猿回答道,"让我杀死他!他是个黑人。黑人是我们的敌人,让我杀死他。"

"滚开!"泰山怒吼道,"我告诉你甘塔,这是泰山的巴鲁。滚开!不然泰山会杀了你。"猿人朝那头靠近的猿迈了一步。

猿侧身而行,傲慢而又自大。行为就像一只碰到对手的狗,高傲地不屑战斗的同时,又害怕地转身逃走。

接下来是蒂卡,好奇心驱使她凑上来。阿赞在她身边跳来跳去。他们和其他人一样都感到惊奇,但蒂卡却没有露出獠牙。泰山看到并示意她过来。

"泰山现在有自己的巴鲁了。"他说道,"他可以和蒂卡的巴鲁一起玩。"

泰山和黑人男孩 | 071

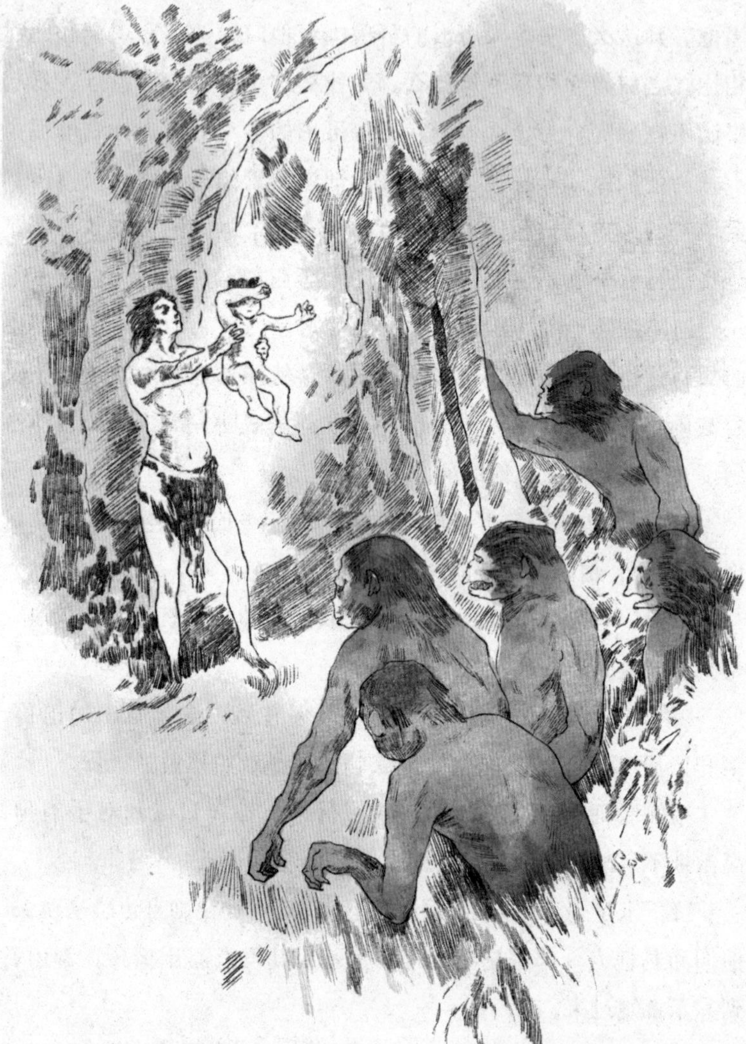

"这是一个黑人,"蒂卡说,"他会杀死我的巴鲁的。把他带走吧,泰山。"

泰山大笑:"他连老鼠都不会抓。他只是一个受惊的小巴鲁。让阿赞和他玩吧!"

蒂卡仍感不安,类人猿虽然强壮但是很胆小。最终,对泰山的信任让蒂卡把阿赞推向黑人男孩。小猿本能地缩回到妈妈身边,露出小獠牙并嘶吼着,尖叫声中夹杂着恐惧和愤怒。

迪波也没有任何想要和阿赞有进一步的亲密的表现,泰山只好作罢。

接下来一周的时间,泰山的时间被排得满满的。他对巴鲁要承担的义务比想象中的多很多。泰山一刻也不敢离开他,因为只要泰山不一直看着,除了蒂卡,整个部落的猿都想杀死这个倒霉的黑人男孩。猿人打猎时,他必须带着他的巴鲁一起。令泰山感到厌烦的是,这个黑人男孩很愚蠢而且很惊恐。即使面对丛林中的一些弱小的生物,他也无能为力。泰山纳闷他是怎么活下来的。泰山不断地教他一些东西,黑人男孩掌握了猿语中的几个单词,爬到较高的枝头上不会再害怕地尖叫了,这些让泰山又抱有丝丝希望。但是有一点让泰山感到不安,那就是黑人男孩经常朝着村子的方向望去。泰山经常看到小孩子在一起玩时开心地大笑,但黑人男孩从来没有过。泰山只会冷笑,因为自己从未大笑过,所以对大笑很陌生。但黑人都会大笑的啊,猿人思考道。这难道不属于黑人的表达方式么?

他也注意到这个小东西经常拒绝吃东西,小身板越来越瘦。有时候他会奇怪地看到小男孩轻轻地抽泣。泰山想安抚他,就像小时候卡拉细心地安抚泰山一样,可都无济于事。小巴鲁只是不再害怕泰山,仅此而已。他害怕丛林里的其他一切生物。他害怕每天长时间地穿梭在令人眩晕的高树上,也害怕在半空中的危险树枝上度过每个夜晚,下面还不时传来大型食肉动物的嘶吼和咳嗽声。

泰山不知道该怎么办。尽管他不得不承认他的巴鲁并不是他所期望的那个,但让有着英国血统的他对原来的想法妥协也是很困难的一件事。尽管他对强加在自身的任务充满信心,并发觉自己越来越喜欢黑人小巴鲁,他还是不能欺骗自己,对黑人男孩的喜爱并非来自内心深处,就像蒂卡对阿赞,还有那个黑人妈妈对黑人男孩的爱一样。

黑人男孩对泰山的态度从一开始的恐惧到逐渐信任和佩服。一方面他从这个强大的白皮肤恶魔得到关爱,另一方面他又看到这个友善的绑匪对其他的生物是多么凶残。一头公猿老是想过来抓他,还想把他杀死,泰山跳到这头公猿身上,锋利的白牙狠狠地咬住敌人的脖子,战斗中,他那强有力的肌肉不断凸起。迪波惊恐地发现,他已经分不清战斗中可怕的嘶吼和咆哮声中,哪个是他的保卫者发出的,哪个是那头猿发出的。

泰山猎杀雄鹿时,就像狮子一样,迅速跳到雄鹿的背上,用牙齿紧紧地咬住鹿的脖子。迪波惊恐地看着眼前发生的一切。他愚蠢的脑海中第一次隐隐约约冒出一个想法,那就是模仿他威猛的养父。但黑人男孩迪波没有泰山身上所具有的优良品质。只有具备这些品质,才可以通过训练让他从中受益。他的确想获得这些本领,但不是光想想就可以具有超能力的。

想象力可以建起桥梁、城市和王国。但野兽没有想象力,迪波对想象力也了解得不多。在地球上强大的种族当中,只有十万分之一的物种才会被赐予想象力,而不是通过学习获取的。

泰山思忖着巴鲁的未来,而命运却准备把这件事从他的手中接管过来。失去迪波的妈妈穆雅悲痛不已，于是向部落里的新巫医求救，但没什么用。新巫医调制的药剂一点也不好使。穆雅已经向他献了两头羊，但巫医的药还是没有将她的儿子迪波带回，甚至没有给出去哪儿可以找到她儿子的指示。来自另外一个族群的穆雅脾气暴躁，对她丈夫所在部落的巫医并没有多少尊重。所以，在巫医建议再送两头肥羊过来，好让他制出更强的药剂时，她立刻对着巫医破口大骂，巫医就拿着他的马尾和神奇罐子溜了。

巫医走后，穆雅的愤怒稍微减轻了一些，她开始陷入思索。自从她的儿子迪波被绑架之后，她经常会沉浸在思考当中，希望自己能发现一些可行的办法，找到他所在的位置，或者至少让她知道迪波是生还是死。

黑人都知道泰山不吃人肉。他杀死了不止一个黑人，但从未把他们当作食物。另外，村民总是能找到那些尸体，有的时候尸体会从天而降，被抛到村里的中央。迪波的尸体一直没有被找到，穆雅推断他可能还活着，但是在哪儿呢？

接着，她突然想起了不洁的布卡维。布卡维住在朝北的山坡上的一个洞穴里，大家都知道在他的邪恶洞穴里有魔鬼。几乎没有人敢拜访老布卡维，首先是因为他的黑色魔法，还有跟他住在一起的两条鬣狗，被认为是魔鬼的化身。其次是因为布卡维得了一种脸被不断腐蚀的怪病，也是这种病使得他被驱逐出村庄。

自以为是的穆雅认为，只有布卡维知道她儿子的去处。布卡维和各路神灵、魔鬼都有较好的关系。而她的孩子就是被其中的一个恶魔或者神灵偷走的。但即使是伟大的母爱也很难让她有勇气去穿越黑色丛林，抵达遥远的山丘，去神秘的洞穴找到不洁的布卡维，还有他的恶魔们。

然而，母爱在人类情感中几乎等同于不可抗拒的力量。女子本弱，为母则刚。穆雅虽然身体并不虚弱，但她是个女人，而且又是一个无知又迷信的非洲野蛮人。她相信魔鬼的存在，相信有黑魔法，相信巫医。对于穆雅来说，丛林里有比狮子和豹子更让人害怕的事情——那些不知名的，伪装成各种无辜的事物，却极具杀伤力的东西。

她向村落里一个曾去过布卡维巢穴的勇士打听如何找到那个地方。洞穴靠近一湾泉水，泉水蜿蜒至两座山丘之间一座岩石小山上。小山峰的东边很好辨认，因为最高处有块巨大的花岗岩。相比之下西边要矮一些，山上光秃秃的几乎没有植被，除了一棵孤零零的含羞草，长得比山峰稍微低一点。

那个勇士告诉她，在她抵达之前，距离很远的地方就能看到两座山丘。两座山丘可以指引她最终到达目的地。不过，他警告她尽早放弃这种愚蠢的想法，特地强调这是非常危险的旅程。穆雅非常清楚，即使她能从布卡维和他的魔鬼手中逃离，在来回穿越森林的路上，她也不会那么幸运地免受丛林食肉动物的攻击。

那个勇士又去找穆雅的丈夫，她丈夫也想说服这个凶悍的女人。于是她的丈夫又去找酋长孟博拉。孟博拉把穆雅召唤过来，恐吓她如果执意要开始这段邪恶的旅程的话，她会受到最严酷的刑罚。老酋长关心这件事只是因为巫医和他之间有长时间的联盟关系，巫医比谁都要清楚自己的药有几斤几两，他害怕其他在制造药剂方面颇有成就的巫医。他很早就听说布卡维的力量，唯恐后者成功地找到穆雅丢失的孩子后，部落里捐献给他的钱物就会转移到那个不洁的人手中。酋长孟博拉能从巫医那分到一部分财物，但从布卡维手中却得不到什么好处。自然，他的心和灵魂都在一心维护他部落的这个巫医。

但是，无畏的穆雅一心想要穿越丛林去拜访布卡维恐怖的住所,她不可能因为老孟博拉利用手中的职权威胁她,并扬言对她惩罚而耽搁行程。事实上,她是瞧不起孟博拉的。但此刻她似乎听从了他的禁令,乖乖地回到她的屋子。

她当然希望白天就走,但这是不可能的。她肯定要带一些食物和武器在身边。而一旦带了这些东西,她就不可能不引人耳目,而且消息会很快地传到孟博拉的耳朵里,所以她无法在白天离开村庄。

穆雅等到晚上,在村里的大门快要关闭之前,在夜色中偷偷地溜进了丛林。尽管她非常害怕,但还是坚定不移地朝着北方走去。她经常屏住呼吸,惊恐地停下脚步,注意到大型动物的动静,之后便马不停蹄地接连几个小时往前走。突然,从穆雅右后方传来一声低吼,她瞬间定住了。

女人站在那儿,心怦怦直跳,吓得大气也不敢出。尽管很微弱,但她灵敏的耳朵还是准确无误地听出,那是动物嵌有肉垫的爪子踩在树枝和草木上发出轻微的"吱嘎"声。

穆雅身边都是热带丛林里的巨树,树上爬满各种各样的藤蔓和附着在上面的苔藓。她抓住离她最近的一棵,像猿一样飞快地往上爬。正当她刚刚爬到树枝时,身后一个巨大的身影突然冲过来,一声威胁似的嘶吼震彻大地。有什么东西被吼声震碎了,掉在她紧抓的藤蔓下方。

穆雅安全地转移到茂密的树枝上,暗自庆幸自己的先见之明,把风干的人耳用绳子串好挂在了脖子上。她一直都知道这只耳朵是一个绝佳的秘方。在她还是个小女孩时,她部落里的巫医把它送给了她,这是孟博拉的巫医制作的药所没法比的。

整整一个晚上,穆雅都紧紧地靠在树上。尽管狮子没过一会儿就去找其他的猎物,但她还是不敢在黑夜里落到地面,怕再次遇到狮子或者其他食肉动物。天亮了之后，她便从树上爬下来，又开始了一天的行程。

人猿泰山发现他的巴鲁在部落的猿面前始终很恐慌，而且大部分成年猿对黑人男孩一直构成威胁。所以泰山不敢把他独自留下，总是带着黑人男孩打猎，逐渐地远离了类人猿的领地。

慢慢地，泰山出行的地方离部落越来越远了。一天，他跑到离猿群最远的北边。他从未来到这个地方狩猎，也没见过这么丰富的水源、猎物和水果，以至于他都不想回部落去了。

黑人男孩对这个地方也表现出很大的兴趣，不过他是因为终于可以远离克查科部落的猿而感到开心。泰山走在地面上时，他跟在泰山后面小步快跑。在树上时，他也竭尽所能跟上他那强大的养父。小男孩到现在还是很伤心，很孤独。自从来到猿群，他瘦小的身体变得越来越弱不禁风。尽管他是一个食人族，对食物并没有那么挑剔，但他还是吃不下猿群那些奇怪的食物。

迪波本来的大眼睛现在看起来更大了，他的脸颊深陷，身上的每一根肋骨几乎都肉眼可见。因为没有合适的食物，迪波身体状况很差，这也导致他会经常性地恐慌。泰山看到他的变化，感到忧心忡忡。他希望看到他的巴鲁变得结实和强壮，这让泰山感到失望。黑人男孩唯一让泰山看到进步的地方就是，他逐渐掌握了猿语。现在他和泰山可以用寥寥几句猿语外加手势进行愉快的交流。但是大多数时候，黑人男孩对许多问题避而不答，总是沉默着。他似乎一直陷入无尽的悲伤之中。他在思念穆雅。对于我们来说，泼辣丑陋的穆雅也许令人讨厌，但对迪波来说，她是一个毫无保留地给予孩子无私的爱的伟大母亲。

两个人一起打猎时，或者说泰山在打猎，小男孩在他的看护下紧跟其后时，猿人注意到许多事情，也在不断地思考。有一次，他们撞见母狮在高高的灌木丛中呻吟。它的身边有两头毛茸茸的小狮子在嬉戏玩耍。但是它的眼睛却盯着躺在它前爪之间一动不动的小狮子。这头小狮子没有在玩耍，而且也不会再起来玩耍了。

泰山深深地体会到这头母狮的悲痛。他想逗逗它，于是就悄悄地爬到它头顶上面的树梢。但是在他看到母狮对着已经死去的幼崽不断地哀号时，他内心好像感觉到了什么。有了巴鲁的泰山意识到这是身为父母的责任和悲痛，而非愉悦。泰山对母狮充满了怜悯。如果是几周之前，泰山肯定不会这样。他看着母狮时，眼前突然浮现了穆雅的身影。扎着鼻钉的鼻子，因戴着装饰物被往下撕扯的下唇。泰山没觉得她很讨厌，他只是想起了她脸上流露出和母狮一样的悲伤。泰山变得不安起来，脑海中那个名为"联想"的奇怪功能又不时地让他想到蒂卡和阿赞。要是有个人跑来从蒂卡身边带走阿赞怎么办？一想到这，泰山立马发出低沉而又凶狠的嘶吼声，好像阿赞是他自己的孩子一样。小黑孩紧张地到处看看，以为泰山发现了敌人。母狮突然跳起来，黄绿色的眼睛里似乎有一团怒火，尾巴不断地摇晃着，两耳竖起并抬起鼻子，去嗅空气中的危险气息。两头刚在玩耍的幼崽，惊惶地向它跑去，站在妈妈的身下，从它的两条前腿中间探着脑袋往外看。它们竖起了大耳朵，小小的脑袋首先侧向一边，然后又转向另外一边。

泰山甩了甩浓密的黑发，转身朝另外一个方向去捕猎。但是一整天，母狮、穆雅和蒂卡一个接一个地出现在泰山原本不受影响的脑海中。泰山意识到她们都是有着同样身份的母亲。

已经是第三天的中午了。穆雅终于看到不洁的布卡维所住的洞穴了。洞口有老巫医交叉摆放的树枝，用来防止野兽的侵袭。树枝现在被搁置在一旁，黑暗的洞穴里充满神秘和恐怖。多雨季节的一阵冷风吹来，穆雅不禁打了个寒战。洞穴里似乎没有生命的迹象，可是穆雅却感觉有一双她看不见的眼睛在恶狠狠地瞪着她，她又打了个寒战。她强迫一双已经不听使唤的双脚努力朝前迈，突然从洞穴深处传来可怕的声响，听起来既不像野兽也不像人类发出的，是一种类似于冷笑的怪异声。

穆雅强忍住尖叫，转身逃回丛林。她惊恐地跑了大概一百码之后停了下来，又仔细听了听洞穴里的动静。难道费了这么大力气，经历过这么多恐惧和危险，努力全部要付诸东流了吗？她努力让自己镇静下来，再次走回洞穴。可恐惧又一次征服了她。

又难过又沮丧的她沿着回孟博拉村的路慢慢地挪动。年轻的肩膀无力地下垂，犹如一个承担了许多年的痛苦和悲伤的老妇人一样。她艰难地迈着疲惫的步伐，颤颤巍巍地走着。年轻的气息已经永远地远离了穆雅。

她拖着步子又走了一百多码路，她的大脑已经因为恐惧和痛苦变得麻木了，脑海里不断浮现的是在怀里吃奶的小婴儿，在她身旁玩耍、大笑的瘦小的男孩。他们都是迪波，她的迪波！

她挺直了肩膀，猛地摇了摇脑袋，转身又勇敢地朝不洁的巫医布卡维所在的洞穴走去。

洞穴里又一次传来可怕的类似笑声的声音。这次穆雅意识到原来是鬣狗发出的奇怪号叫。这次她不再发抖，而是紧握准备好的战矛，大声叫布卡维出来。

布卡维并没有出现，洞口探出一条鬣狗的头。穆雅用战矛刺向它，凶恶丑陋的野兽缩了回去，发出恶狠狠的咆哮声。穆雅又叫了一声布卡维，这一次洞穴里传出的声音，像是在低喃，但和那些野兽的声音相比，也没有多少人情味在里面。

"谁在找布卡维？"低沉的声音问道。

"我是穆雅。"女人回答道，"来自酋长孟博拉的村子。"

"你想要干什么呢？"

"我想要一副好药，效果比孟博拉的巫医的药要好。"穆雅回答，"可怕的白色丛林之神把我的迪波抢走了，我想用药把他带回来，或者可以用药找到他被藏的地方，这样我就可以去找他，把他带回家。"

"谁是迪波？"布卡维问道。

穆雅告诉他迪波是她的儿子。

"布卡维的药效非常猛，"他说道，"你要用五头羊和一个新的睡毯才勉强足够换取我的药。"

"换你的药，两头羊足够。"穆雅说道。黑人在谈价格方面着实厉害。

讨价还价的乐趣如此之大，把布卡维引诱到了洞口。穆雅看到他时，立即后悔当时为什么没让他继续留在洞穴内。因为有些东西实在是太可怕、太丑陋、太难以形容了。而布卡维的脸就是这种情况。穆雅看到他的那一刻，便立即明白为什么他说话时口齿不清。

他身边是两条鬣狗，有谣言说它们是他唯一的同伴。他们形成了完美的三足鼎立——两个最令人厌恶的野兽和一个最令人讨厌的人。

"五头羊和一个新睡毯。"布卡维咕咕哝哝地说道。

"两头肥羊和一个睡毯。"穆雅加价道。但是布卡维非常顽固。他谈了半个小时，坚持要五头羊和一个睡毯，身边的鬣狗不断地嗅来嗅去，嘶吼和号叫着。穆雅决定，如果她谈不下来的话，就答应布卡维的全部要求。但讨价还价几乎是黑人的天性，最终谈判的结果还是让她占到一点便宜——三头肥羊、一个新睡毯和一根铜丝。

"今天晚上再过来。"布卡维说,"月亮出现在天上两个小时的时候。那时我会做出强劲的药剂,能把你的迪波还回来。今晚带着三头肥羊、一个新的睡毯和一根铜丝,铜丝要有一个成人的前臂这么长。"

"我现在不能给你这些东西,"穆雅说,"你必须过来拿。你把迪波还给我时,你就可以去孟博拉的村子里取这些东西。"

布卡维摇摇头。

"不拿到羊、毯子和铜丝,我是不会做药的。"他说。

穆雅又是祈求又是威胁,但都无济于事。最后,她转身回到丛林,沿着路走回孟博拉的村庄。怎样才能从村子里拿出这些东西,然后再穿过丛林,把这些东西拿到布卡维的洞穴呢?她没有办法,但是她乐观地认为她会做到的——要么去做,要么就死路一条。迪波必须要回到她身边。

泰山带着他的黑人男孩,懒洋洋地穿越丛林,正好看到了鹿。泰山一直心心念念想着鹿肉,没有什么比这个更能吊动他的胃口了。但是带着巴鲁去追鹿是不行的。于是他把小孩藏到一根树杈上,迪波就被隐蔽在茂密的枝叶里了。接着,泰山就悄无声息地飞快地跑去跟踪鹿了。

被单独留下的迪波比在猿群的时候还要恐慌。想象中的危险总是比现实中可以看到的更令人惶恐不安。只有迪波眼中的上帝才知道此时他有多么害怕。

他躲在树上没过多长时间,就听到有什么东西慢慢靠近丛林。蜷缩在树上的他又朝着树枝上方挪了挪,祈祷泰山赶紧回来,睁大的眼睛不断地望着那个朝丛林方向移动的生物。

万一是头猎豹,而且闻到了他的气息怎么办?!猎豹肯定会立马抓住他。热泪从小迪波的大眼睛中滑落,手边像窗帘一样的树叶"沙沙"作响。那个东西离藏他的那棵树只有几步的距离了！迪波马上要看到可怕的生物即将从藤蔓中露出令人恐惧的面容，他的眼珠子几乎要从黑色的脸上瞪出来。

窗帘般的藤蔓被拨开，一个女人走进他的视线。迪波"哇"的一声大哭起来，立马从藏身处下来，朝着她飞奔。穆雅突然间退缩，举起她的战矛。可当她看清楚时，她立刻丢掉长矛，把瘦小的迪波紧紧地抱住。

心碎的穆雅又是哭又是笑，开心的热泪和迪波的夹杂在一起，顺着她那裸露的胸部向下滑落。

在附近的灌木丛中，睡梦中的狮子被如此近距离的声音吵醒了。透过杂乱的灌木，它看到了一个黑皮肤女人和她的儿子。它舔了舔嘴巴，稍微估算了一下和他们之间的距离。一个猛冲和一个长长的跳跃，它就可以抓住他们。它突然摇动着尾巴，发出一声叹息。

突然，一阵飘忽不定的风打着旋地朝另外一个方向吹去，泰山的气味被小鹿敏锐的鼻子捕捉到了。惊恐的小鹿肌肉紧绷，耳朵竖起，瞬间跳开了。泰山的美味就这样没了。猿人气愤地摇了摇头，转身朝着放黑皮肤巴鲁的地方走去。在他还没到达那个地方时，他就听见了一个女人大笑和哭泣的声音，中间还夹杂着一个小孩呜咽的声音。糟了！泰山立马加速返回刚刚的地方。泰山加速前行时，只有鸟类和风才能比得过他的速度。

泰山靠近那些声音所在的位置时，他又听到了一个叹息的声音。穆雅和迪波都没有听到，但拥有一双和小鹿一样灵敏的耳朵的泰山听出了是谁的声音。于是他解开悬在身后的沉重的战矛以备不时之需。尽管他朝着树枝方向飞奔，泰山把系在皮带上的战矛拿出来时就像你我在乡间小路上懒洋洋地从口袋中摸出手帕一样轻松自如。

狮子并不急于攻击。它再次估算并确定猎物跑不掉之后，巨大的身体冲了出去，撞开树枝，邪恶地盯着快要得手的猎物。

穆雅看到它时不禁打了个寒战，迅速把迪波拉进怀里。刚刚找到她的孩子，顷刻间又要失去他！她举起战矛，抓住战矛的手往后越过肩头。狮子咆哮着步步紧逼。穆雅投出手中的武器。战矛刺中了狮子黄褐色的肩头，血淋淋的伤口让这头野兽愤怒不已，它开始发动进攻。

穆雅想闭上眼睛，但是她不能。眼前，这个体形庞大的动物像闪电一样飞快地扑过来，死神似乎已经来临。可是紧接着，一个强壮的浑身裸露的白色男人从天而降，跳到正发动攻击的狮子面前。在赤道太阳的照射下，树影斑驳间，泰山健壮的胳膊上的肌肉反射着光芒。一支战矛重重地刺向已经跳到半空的狮子。

狮子半抬起身子，痛苦地嘶吼着抽打已经刺入身体的战矛。战矛最终被它的巴掌捏成了一团。蹲伏在一旁的泰山握着手中的猎刀，警惕地围着这头狂躁的狮子打转。瞪大眼睛的穆雅，站在刚刚的地方一动不动，惊恐地观看这场打斗。

狂怒的狮子突然扑向猿人，身体灵巧的他快速侧向一边，在躲避了这头体形庞大的野兽的进攻之后，便加速向前。被战矛差点刺中心脏的狮子力量已经大大减弱，之后泰山两次将闪闪发光的猎刀举向空中，第一次刺入狮子的背部，第二次又刺中这头野兽的脊椎骨。被刺中的狮子四肢不断地挣扎，已经无法接近泰山，最终躺在地上奄奄一息。

布卡维害怕他会失去好不容易谈判得到的酬劳，一直跟着穆雅，想要说服她把她身上的铜质和铁质装饰物留下来，等她过来拿药的时候再还给她——就像是聘请律师时，先付给律师的定金。

布卡维知道他的药剂有几斤几两，还不如提前先搜刮点东西。

巫医正好看到泰山直接跳向狮子的那一瞬间，然后惊奇地目睹了打斗的全过程。他立马断定他就是那个奇怪的白皮肤魔鬼。在穆雅过来找他之前他就已经听说有关这个恶魔的谣言了。

狮子已经伤害不到穆雅了。她又害怕地看着泰山。就是他偷走了迪波，他肯定还会夺走她的孩子。穆雅紧紧地抱住小男孩。这次她宁愿死，也不愿意忍受迪波被再次夺走的痛苦。

泰山静静地看着他们。男孩紧紧地黏住母亲，不断地呜咽着。泰山心中涌起了一股悲伤的孤独感。从来没有谁能那样紧紧地贴近泰山，泰山是那么渴望得到一个人或者某个事物的爱。

迪波终于抬起头看到泰山，丛林里突然安静了下来。这次他没有害怕地发抖。

"泰山，"他用猿语说道，"别把我从妈妈这里带走，不要再把我带回长毛树人的巢穴，我很怕泰格、甘塔还有其他的猿。让我和妈妈在一起吧，泰山，丛林之神！让我和妈妈在一起，我们会一直为你祈祷，把食物放在孟博拉的村口大门那，你以后就不会饿了。"

泰山叹了口气。

"走吧，"他说，"回到孟博拉的村庄吧，泰山会一直护送你们到家。"

迪波把这些话翻译给他的妈妈听。于是，两人转身朝着村子走去，泰山在后面跟着。穆雅心中一方面很恐惧，因为她之前从未和丛林之神待在一起过；另一方面却又很激动，她从未像今天一样这么开心。她把迪波朝身边拉紧，摸着他瘦小的脸蛋。泰山看到又叹了口气。

"蒂卡有蒂卡的巴鲁。"泰山喃喃自语，"母狮有它自己的孩子，即使老鼠也有。但泰山从来没有，既没有伴侣，也没有巴鲁。人猿泰山是一个人，他必须孤独前行。"

　　布卡维看见他们走了，满脸腐烂的他咕哝着，发誓他一定要得到三头肥羊、一个新的睡毯和一根铜丝。

Chapter 6
巫医的复仇

格雷斯托克勋爵正在狩猎，确切地说，他正在凯姆斯顿赫丁捕野鸡。他服装整洁合身，全身每一处细节都很时髦。当然，他的武器是很先进的，可他的狩猎技术却不能与之相配，而他英俊的相貌则完全弥补了其技术上的不足。等到一天结束之时，他能捕到很多鸟，十分令人钦佩。而这也是毫无疑问的，因为他有两把猎枪和一个智能装填手。捕的鸟多到他一年也吃不完，尽管他原本不饿，但看到餐桌，他似乎有点饿了。

助猎者——有二十三人，身着白色工作服——把鸟赶进了一块荆豆地后，走向另一边，压低身子去取猎枪。格雷斯托克勋爵十分激动，他以往从未如此激动过。这种运动让他有种难以言喻的兴奋。助猎者们离鸟越来越近了，他感到血管里的血液在沸腾。在这种场合里，格雷斯托克勋爵常常有种模糊又愚蠢的感觉，这种感觉就像自己回到了史前时代——毛发浓密、半身赤裸的远古祖先，他们以狩猎为生，祖先的血液使他感到一阵温热。

远在茂密的赤道丛林里，另一位格雷斯托克勋爵——真正的格雷斯托克勋爵也在狩猎。按照他的审美标准，他的衣着也很时髦——十分时髦，就像上帝驱逐亚当和夏娃之前的原始祖先那样时髦。天气闷热，这天他没有穿豹皮。当然，真正的格雷斯托克勋爵没有两把猎枪，甚至一把也没有，他也没有智能装填手，但他有更有效的东西，比猎枪或装填手甚至是二十三个助猎者还有效——他满腹欲望，熟练掌握森林生活技巧，还有着如钢簧般结实的肌肉。

那天晚些时候，英格兰的格雷斯托克勋爵吃着丰盛的食物——但这不是他狩猎到的，伴随着嘈杂声，开瓶喝着酒。他用雪白的亚麻布轻轻拭去留在嘴唇上的饭菜痕迹，丝毫不把自己冒名顶替了别人这件事放在心上，而这个高贵称号的正当拥有者此刻在遥远的非洲刚刚吃完晚饭。很明显，泰山没有用雪白的亚麻布。他用褐色的手背和前臂抹了抹嘴巴，把带血的手在大腿上蹭了蹭。之后，他穿过丛林，悠闲地来到饮水处。他和其他三个同伴都在喝水，它们是丛林里的其他野兽。

他喝饱了，这时，住在这个幽暗森林的另一位居民沿着小路来到了泰山身后的溪水边。是狮子，它浑身黄褐色，颈上有一撮黑色的鬃毛。它皱着眉，一脸凶恶，发出低沉的吼叫和咆哮声。人猿泰山在狮子还没有走进其视野范围内的时候，就听到了它，但他仍在喝水。不一会儿，泰山受够了狮子的咆哮，他慢慢地站起身，不慌不忙中带着野兽的一丝优雅和他与生俱来的临危不惧的威严。

看到泰山站在首领的位置上喝水，狮子停了下来。它伸出下巴，眼睛里闪烁着凶残的光。它怒吼着，慢慢向前移动。泰山也回以怒吼,慢慢地向另一边后退,他观察着,但不是在观察狮子的脸,而是它的尾巴。如果它的尾巴猛地从一边移动到了另一边,那么他最好要更加警惕了;如果它的尾巴突然直挺挺地立了起来,那么他要么得逃跑,要么得与其一战。但是狮子的尾巴没有出现以上任何一种变化,因此泰山只是后退了几步,狮子走了过来,在距泰山不足五十英尺的地方喝水。

也许明天,他们之间会有一战,但今天,二者达成了一种奇怪的令人费解的停战协议,而这在野蛮的丛林中却是常事。没等狮子喝够,泰山就转身进了丛林,拉着藤条,向黑人首领孟博拉的村子荡去了。

人猿泰山在黑人村庄那儿至少待了一个月。当他把小迪波带回其悲痛欲绝的母亲身边时,心中忽然闪现出了一个念头。发生在被收养的巴鲁身上的这件事与自己的遭遇十分相似。蒂卡十分喜爱巴鲁,泰山试图让蒂卡把对巴鲁的关爱寄托于另一个孩子,可这个小黑孩短暂的经历让人猿泰山清楚地意识到他不可能让蒂卡做到这一点。

泰山曾一度像对待他自己真正的巴鲁那样对待这个小黑孩,但这丝毫不能减弱他要为卡拉复仇的心情。他与黑人是彼此不共戴天的敌人,除此之外,二者不会再有第二种关系。如今,泰山存在的唯一目的就是折磨黑人,这令他感到兴奋,他希望能从中得到一丝宽慰。

泰山来到村子时,天还没黑,他坐在一棵枝条悬垂在栅栏上方的大树上。树底下的不远处有座小屋,里面传出了巨大的哀号声。吵闹声非常刺耳——这让泰山十分难受。他不喜欢这种声音,所以他暂时走开了,期待它一会儿能停下来。几个小时后,泰山返回这里,可哀号还在继续。

泰山悄悄地从树上滑了下来，来到窗户下面，他想用暴力终止这令人厌烦的噪声。他匍匐着，小心翼翼地借着小屋的掩护向前行进，找到了悲恸声音的源头。村子里所有小屋的门前都点着熊熊的火焰。几个女性黑人四散蹲坐着，不时用悲痛的号哭为她们内心的艺术大师增加灵感。

如果自己快速地跳到这几个女性当中，再从火焰上奔驰而过，一定会使她们万分错愕，想到这儿，人猿泰山微微笑了一下。之后，他又借着这股兴奋劲儿，一股脑儿冲进屋子，掐死了带头号哭的那个人，在这些黑人还没有回过神来攻击自己之前，跳进森林。

泰山在孟博拉的村子做过很多次类似的事情。泰山相貌神秘奇特，每次都会吓到那些穷困迷信的黑人。而且，他们似乎永远也适应不了泰山的样子。而正是他们表现出的这种惊愕，给予了人猿泰山内心作为人类那部分所渴求的东西，使得他更加兴奋开心了。仅仅杀了那个带头号哭的人，这还不够。泰山看惯了杀戮，但他却没有从中得到丝毫的快感。自从他为卡拉的死报了仇以来，他就从折磨黑人中找到了乐趣，并且乐此不疲。

泰山用原始的嗓门号叫了一声，当他正要起身离开的时候，一个人影出现在了小屋的门口。她一来，所有人都停止了恸哭。这是个年轻女人，鼻孔隔膜中间穿着一根木扦子，下嘴唇上戴着一块沉重的金属装饰物，导致了十分丑陋且令人厌恶的畸形，她的前额、脸颊和胸前都文了奇异的文身，头发用泥土和金属线固定着，十分古怪。

火焰突然变大了，把奇怪之人的轮廓照得更加分明，泰山认出了穆雅，她是迪波的母亲。火焰忽高忽低，不时照到泰山潜伏着的窗边，他浅棕色的身形从周围漆黑的环境里凸显了出来。穆雅看见了他，她认识他。她大叫一声，往前一跃，泰山也朝她的方向走了过来。其他女人转过身，也看见了泰山，但她们没有朝他走去。相反，她们一边尖叫一边齐刷刷地站起身，全都逃走了。

穆雅来到泰山跟前，举起双手，哀求着，用她畸形的嘴唇不停地念叨着什么，她说的话并不是每个人猿都能听懂的。泰山低头看着这个抬着头乞求他的女人，她面容惊恐。他是来杀人的，却被穆雅连珠炮似的话语搞得不知所措，心里生出一丝惊惶与敬畏。泰山忧虑地瞥了带头号哭的那人一眼，然后转向穆雅。一阵强烈的憎恶占据了泰山。他不能杀死迪波的母亲，他也不能在这儿听着她的连珠话语。眼前这一情景让泰山十分扫兴，他有些不耐烦了，突然转身，跳进了夜幕之中。泰山在漆黑的丛林里越荡越远，不一会儿，远处穆雅的叫喊恸哭渐渐模糊了起来。

泰山长舒一口气，他终于到了一个听不见她们号哭的地方了。他找了一枝舒服的高树杈，极力使自己平静下来，好好地睡上一觉，最好是一夜无梦。这时候，在泰山栖息的那棵树下，有一头狮子在呻吟低吼。而在遥远的英格兰，另一位格雷斯托克勋爵正在男仆的帮助下宽衣，在一尘不染的大床间爬来爬去，对着窗下"喵喵"叫的小猫破口大骂。

第二天早上，泰山跟随着一头野猪新留下的足迹，偶然发现了两组黑人的足迹，一大一小。人猿泰山有个习惯，他不受感性的支配，而是对所观察到的事物进行仔细地思考。他停下来，认真研究着松软的泥土里所蕴含的信息。如果偶尔有人指点一二，那我们或许能找出一点线索。我们能看到泥土上的凹痕，但凹痕有无数条，它们相互交织在一起，完全理不出任何头绪。但是在泰山看来，每一条凹痕都有着不同的意义：大象在三天前路过了这里；狮子在夜晚降临时在这儿狩过猎；野猪不到一个小时前从这条路上缓缓走过。然而，引起泰山注意的却是那组黑人的足迹：

巫医的复仇 | 091

一天前，一位老人和一个小孩朝着北方走去了，还有两条鬣狗跟着他们。

泰山困惑地挠了挠头。从相互交错的足迹来看，那两条鬣狗并不是在跟踪这一老一小，有时候一条走在他们前面，另一条在后面；有的时候，两条都走在他们前面，或者都在后面。这一点十分奇怪，也很难解释，特别是在较为宽阔的路段，两条鬣狗分别走在两人的两边，且距离他们很近。从小黑人的足迹中，泰山读出了孩子对于身旁鬣狗的畏缩和恐惧，而老黑人却没有丝毫的害怕。

起初，泰山只注意到了鬣狗和黑人那组不同寻常的并列的足迹，现在，他锐利的眼睛又在小黑人的脚印里发现了新的线索，他突然停了下来。那感觉就像是你在路上捡到了一封信，却突然间发现这熟悉的字迹其实是出自一位朋友之手。

"巴鲁！"人猿泰山惊叫道，那一景象立刻在脑海里浮现了出来：前一天晚上，在孟博拉的村子，穆雅赶到泰山跟前，不停地向他哀求着。顷刻间，一切都解释得通了——恸哭声，黑人母亲的恳求声，火焰周围女人们同情的哀号声。小巴鲁又被人偷走了，然而这次不是被泰山，而是另一个人。毋庸置疑，巴鲁的母亲以为自己的孩子又落在了人猿泰山的手里，因此她恳求他，想让他把巴鲁还给自己。

是的，如今这一切都很清晰了，但这次又是谁把巴鲁偷走的呢？泰山围着鬣狗的足迹思考着。他得进行一番调查。这个足迹是一天前留下的，向北方延伸去了。泰山开始跟随着足迹往前走。有的地方，野兽的脚印完全覆盖了他们的足迹；还有的地方满地岩石，即使是人猿泰山也感到困惑。但是训练有素的泰山具有超强的感知能力，他还是嗅到了人类脚印留下的微弱气息。

只短短两日，这一切就发生在了小迪波身上，来得突然又难以预料。一开始，来的是巫医布卡维，他的脸快要腐烂了，但粗糙的皮肤还紧贴在上面。他一个人来的，赶在白天到达了穆雅和她的孩子迪波每天洗澡的河边。距离穆雅不远处，长着一棵巨大的灌木，布卡维突然间从灌木后面跳了出来，吓得迪波哭号着跑进了母亲的怀里。

穆雅也吓了一跳，但她转身，像一头陷入绝境的母老虎般，野蛮凶残地瞪着眼前这个可怕的人。当她看清他是布卡维后，稍稍松了一口气，但她还是紧紧地抱着迪波。

"我来这儿，"布卡维张口就说，"是来取那三头肥羊、新编的睡毯和与一个人手臂等长的铜丝的。"

"我没有肥羊，"穆雅厉声说道，"也没有睡毯或铜丝，你的巫术没有用，我的迪波是白皮肤的丛林之神救回来的，你什么忙也没帮上。"

"我帮了，"布卡维说道，他那没有血色的下巴上下动着，"是我把白皮肤的丛林之神叫来拯救迪波的。"

穆雅看着他，笑了起来。"骗子，"她大声地说，"和你的鬣狗一起，滚回你们肮脏的老窝去吧，回去把你让人厌恶的脸藏在大山底下，以免让太阳看见了，它得用乌云遮住自己的眼睛。"

"我来这儿，"布卡维又说了一遍，"是来取那三头肥羊、新编的睡毯和与一个人手臂等长的铜丝的。这是你许给我的，如果我把你的迪波带回来，就付给我。"

"是人的前臂那么长，"穆雅更正道，"但你什么也得不到，老贼。除非我提前付钱，否则你是绝不会施法的，而当我回到村子时，伟大的丛林之神就把迪波还给我了——他把迪波从狮子嘴里救了

巫医的复仇

出来。他的巫术才是真正的巫术——而你,一个脸上有个窟窿的老头,你的巫术真是没用。"

"我来这儿,"布卡维耐心地重申道,"是来取那三头肥——"穆雅早已知晓他接下来的台词,没等他说完,就一手紧抱着迪波,匆匆朝着孟博拉首领的村子走去了。

第二天,穆雅和部落里的其他女人们一起在芭蕉地里劳作,小迪波在丛林边上练习投掷标枪,他期待着自己有一天能有资格成为一名战士。这时候,布卡维又来了。

迪波看到有一只松鼠在一棵大树的树干上蹦跳。他孩子般的想法转变成了敌人般可怕的念头。小迪波举起他的小标枪,心中被自己种族里那股野蛮的欲望所充斥,他想象着,夜晚狂欢时,在自己所杀的人类尸体旁跳舞,部落里的女人为接下来的盛宴准备着肉食。

他投出了标枪,但既没击中松鼠,也没击中树干,标枪插在了远处丛林中相互缠绕在一起的矮树丛里。那株矮树丛位于丛林禁地里面,但离入口不远,只有几步而已。女人们都在地里。附近也有站岗的士兵,只要喊一声,他们就能听到。所以小迪波鼓起勇气,走进了黑暗之中。

就在攀缘植物和毫无光泽的树叶后面,潜伏着三个可怕的身影——一个很老的老头,他像煤炭那般黑,一边的脸被麻风病侵蚀了,他的牙如锉刀般锋利,就像是食人族的牙,鼻子和嘴之间有一个豁开的黄色大洞,让人恶心。在他旁边,站着两条同样令人害怕的鬣狗——两个整日与腐尸厮混的腐食者。

迪波低着头,在茂盛的攀缘植物间艰难地寻找着他的标枪,直到这时,他才看见他们,可一切都太迟了。迪波抬头看着布卡维的脸,这个老巫医一把抓住他,用手捂住迪波的嘴以防他乱叫。

迪波不停地挣扎，却无济于事。

不一会儿，迪波被拉进了这个黑暗可怕的丛林，这个恐怖的老头依旧捂着迪波的嘴，两条鬣狗跟在旁边，时而走在这一老一小的两边，时而都在其前面或后面。它们不停地徘徊、咆哮、撕咬、怒吼，最可怕的是，它们还会大笑。

小迪波还没几岁，就遭遇了很多人一生可能也不曾有过的经历，这一段向北的行程简直就是一段恐怖的噩梦。当时，迪波心里想着，伟大的白皮肤丛林之神与自己同在，他用自己小小身体里所有的灵魂祈祷——白皮肤的巨神和他的树人伙伴会把自己带回家的。周围的环境使迪波心惊胆战，但如果和他现在的经历比较，那简直是不值一提的。

一整天，这个老头几乎都不和迪波说话，但他却一刻不停地一个人咕哝着。迪波从布卡维重复的话语里听见了几个词"肥羊、睡毯、铜线"。"十头肥羊，十头肥羊！"这个黑人老头一遍遍地嘟囔着。听到这儿，小迪波猜到换回自己的赎金提高了。十头肥羊？他的母亲上哪儿去找十头肥羊来赎回儿子呢？她连十头瘦羊也凑不齐。孟博拉绝不会给樛雅肥羊的，迪波也知道，父亲一辈子也没能同时养过三头羊。十头肥羊！迪波抽噎了一下。这个邪恶的老头会把自己杀死，然后吃掉，因为作为赎金的山羊永远也不会到来。布卡维会把自己的骨头喂给鬣狗。这个黑人小孩打着哆嗦，他越来越虚弱，几乎站不住了。布卡维一巴掌打在了迪波的耳朵上，接着猛地把他拉向了一边。

这一路对于迪波来说极其漫长。他们终于到达了目的地，两座岩石山之间有一个洞口。入口又低又窄。几棵小树相互缠绕，上面挂了一连串生皮鞭，以防游荡的野兽进入。布卡维挪开粗糙的大门，把迪波推了进去。鬣狗怒吼着，在二人前面冲了进去，不一会儿就消失在了黑魆魆的洞里。布卡维把小树苗摆回原处，粗暴地提着迪波的胳膊，把他拉进了狭窄且布满岩石的通道。地面相当光滑，上面累积的一层厚土已经被足迹踏平，极少有不平坦之处。

道路曲折黑暗，两边的墙壁上全是粗糙的岩石，迪波身上到处都是刮伤和淤青。然而，布卡维在这蜿蜒的坑道里却行进得很快，就像大白天走在一条熟悉的小路上似的。他对这里的每一处转弯，如同母亲知晓自己孩子的面容那般了如指掌。布卡维似乎很着急，他掌控着行进速度。他比刚才更冷酷，拽着迪波往前走，其实他没必要这么着急，但这个老巫医是为人类社会所遗弃之人，他患了病，时刻躲避着，他憎恨，也恐惧，他永远也不会拥有一颗纯洁的心灵。造物主虽然给予了他一些人类的温和性情，却被命运完全泯灭了。如今的老巫医布卡维精明狡猾，凶恶残忍，充满仇恨。

人们口耳相传，说一旦有人落在布卡维手里，就会遭受极其残忍的折磨。孩子们一听到布卡维的名字，立马就会变得乖巧听话。迪波以前也被这样吓唬过，而现在他饱尝着母亲无意间在他心里种下的恐怖的恶果。眼前一片黑暗，老巫医面容骇人，身上的撞伤疼痛着，脑海里预兆的恐怖未来挥之不去，身边的鬣狗也令人十分害怕，这一切的一切都发生在这个小孩子身上，他被吓得目瞪口呆。他蹒跚跟跄着，布卡维一把拉过迪波，不是指引着他，而是拖着他往前走。

一会儿，迪波看见前面有了一丝光线，之后，他们走进了一个房间，房顶几乎是圆形的，布满岩石的天花板上有一条裂缝，那微弱的光线就是从那儿射进来的。鬣狗在他们前面等着。布卡维和迪波一进来，这两头野兽就鬼鬼祟祟地朝他们走了过来，露出黄色的尖牙。它们饿了。它们向迪波走来，其中一头突然咬住了迪波赤裸的双腿。布卡维从房间地板上抓起一根手杖,凶狠地给了它重重一击,嘴里还一个劲儿地咒骂着。鬣狗快速闪开,跑到了房间的另一边,不停地号叫。布卡维暴跳起来,朝鬣狗走去。只见它那双凶恶的眼睛里透露着恐惧与憎恶,但幸运的是,在布卡维面前,恐惧占了上风。

另一条鬣狗看到布卡维没有注意自己,迅速向迪波扑去。孩子尖叫了一声,赶紧躲在巫医后面。现在布卡维注意到这条鬣狗了。他用沉重的手杖不停地敲打它,直到把它赶到了墙边上。两个腐食者开始在房间里转着圈逃窜,而人类腐尸——它们的主人布卡维这时已经暴跳如雷,他一边四处奔跑,用木棍截住这两个家伙,一边痛骂着,只要是他此刻能记起来的,上帝也好,魔鬼也罢,他都召唤着他们的名字,讲述他们祖先犯下的丑行,场面十分恐怖。

好几次,一条鬣狗转向布卡维,反抗这个巫医,每当这时,迪波就屏住呼吸,精神紧张,恐惧不堪。布卡维和鬣狗的脸上刻满了仇恨,在迪波短短几年的人生里,他从未见过如此恐怖的面容。但这两头野兽对布卡维的害怕总会超过对其的仇恨,因此它们继续逃窜,一边号叫一边龇牙,迪波一度以为它们要扑上去咬住布卡维的喉咙。

终于,巫医厌倦了这场没有意义的追逐游戏。他发出了一声野兽般的怒吼,转身朝向迪波。"我要去取那十头肥羊、新编的睡毯和两卷铜丝,你妈妈答应付给我这些东西的,如果我把你带回她身边,她就得给我,"他说,"你必须待在这儿。喏,就那儿,"他指了指他们到达这个房间时经过的那条坑道,"我把鬣狗留在这儿。要是你想逃跑,它们就会把你吃了。"

布卡维把手杖扔在一边,呼唤着鬣狗。它们吼叫着,尾巴夹在两条后腿中间,小心翼翼地走了过来。布卡维将它们赶进了坑道。

然后，他走出房间，拖了一个简陋的格架挡在门前。"这样它们就不能靠近你了，"他说，"但如果我没有拿到那十头肥羊和其他的东西，那么当我回来的时候，或许它们还能给我留下点骨头呢。"布卡维对迪波暗示道，让这孩子自己去体会其中的含义。

布卡维走了，迪波一头栽倒在地上，他完全被恐惧和孤独所支配，抽泣了起来。他知道，母亲根本没有十头肥羊，那么等布卡维一回来，自己就会被杀了吃肉。迪波也不知道自己在地上躺了多久，这会儿他听到鬣狗在嘶吼，赶忙站起身。它们从坑道里出来了，正在从格架上面怒视着他。迪波在黑暗里看见了它们发着光的黄色的眼睛。鬣狗猛地一跳，抓住了格架，吓得迪波向房间的另一角落躲去。随着鬣狗的攻击，格架不停地摇晃，并开始下陷了。迪波心想，格架随时会倒进来，野兽马上就要扑向自己了。

折磨人的时间反而过得很慢。夜晚来临了，迪波睡了一小会儿，但那两头饥饿的野兽似乎永远也不用睡觉。它们一直扒在格架上面，发出可怕的怒吼和恐怖的大笑声。岩石房顶上有一条狭窄的裂缝，透过裂缝，迪波看见了些许星星，有一次还看见了月亮。最后，又到了白天，迪波又饿又渴，他从前一天早晨开始就没再吃过东西了，在来这里的漫长路上，布卡维也只允许他喝过一次水，然而剧烈的饥饿和口渴也止不住此刻他心里的恐惧。

黎明到来后，迪波发现在这个地下房间的墙上还有另一扇门，饥饿的鬣狗还在吼叫，而那扇门几乎就在鬣狗的对面。那只是岩石墙壁上面的一条狭窄的裂缝。那条裂缝也许只有几英尺深，但也许是一条通向自由的通道呢！迪波凑过去，往里头看了看，可什么都没看见。他伸出胳膊在黑暗处摸索了一下，但不敢伸得太远。布卡维绝不会留着一个逃生出口的，迪波推理道，那么这条裂缝是个死胡同，或者说里面更加危险。

真正威胁这个孩子并让他感到害怕的是布卡维和那两条鬣狗。迪波有些迷信，这为其增添了更多难以名状的恐惧。离奇诡异的幽灵飘忽在黑人的生活中，白天它们游荡在丛林的阴影下，夜晚穿梭于丛林恐怖的黑暗中，它们险恶的身影充斥着早已十分邪恶的人类丛林，而穷困单纯的生物则不会害怕狮子、猎豹、蟒蛇和数不胜数的毒虫，因为它们的命运早已被刻上了最为骇人的烙印。

　　此刻，小迪波不仅害怕现实里的威胁，他对自己臆想出来的对象也很害怕。他甚至不敢走向那条可能通向自由的小路，唯恐那是布卡维刻意开凿出来观察丛林恶魔的。

　　突然，现实里的威胁将迪波从遐想中拉了回来。随着白天的来临，两条饿得半死的鬣狗继续破坏这个将自己与猎物隔开的障碍。它们用后腿支撑着身体，抬起前腿，不断地抓挠格架。迪波惊讶地睁大了眼睛，看着格架下陷、摇晃。这可是两头强劲果断的野兽同时进行攻击啊，他知道，用不了多久，格架就顶不住了。架子的一角已经被移开了，但入口处全是凸起的岩石，所以格架卡在那里，整体上并没有移动。一条长满乱毛的前腿伸进了房间。迪波害怕地全身战栗，他知道，末日快到了。

　　迪波垂头丧气地倚靠在离格架最远的那面墙上，能离多远就多远。格架变形得更加严重了。他看到架子后面那头野兽，吼叫着想要进来，它带着邪笑的嘴巴撕咬着，朝着迪波张开了大嘴。下一秒，这个简陋的格架就会倒进房间里，那两头野兽会扑向他，把迪波的肉从骨头上撕碎扯掉，啃他的骨头，争抢他的内脏。

　　在以孟博拉为首领的村子栅栏外，布卡维见到了穆雅。刚看见他时，一阵强烈的厌恶让穆雅后退了一步，之后她立刻不顾一切地向布卡维扑了过去，但布卡维用标枪威胁她，以保持安全的距离。

"我的孩子在哪儿？"她大喊，"我的小迪波在哪儿？"

布卡维兀奋地瞪大了眼睛，一脸惊愕的表情。"你的孩子！"他叫嚷着，"我怎么知道他在哪儿，只有白皮肤的丛林之神把他抓走那次，我知道他的去向并把他救了回来，但至今我还没拿到报酬呢。我这次是来取山羊、睡毯和铜丝的，对了，铜丝得有一个人的手臂那么长，要从肩膀量到手指头尖才可以。"

"你个鬣狗杂碎！"穆雅尖叫着说，"我的孩子被人偷走了，是你，这个人类里的败类偷走他的。把他还给我！否则我会挖出你的一双眼睛，把你的心脏喂给野猪。"

布卡维耸了耸肩。"我怎么会知道你的孩子在哪儿？"他问道，"他不是我带走的。为什么布卡维应该知道他再次被偷走这件事呢？布卡维之前带走过他吗？没有，那次是白皮肤的丛林之神偷的，如果他偷过一次，那么他还会来偷第二次。这跟我没有一点关系。上次我把迪波带回来了，现在我是来拿报酬的。如果他不见了，而你想让他回来，布卡维能办得到——你得付十头肥羊、一条新编的睡毯和两卷铜丝，铜丝得有一个人的手臂那么长，要从肩膀量到手指头尖才可以。那么，布卡维就不会再提上次你许给他那些山羊、睡毯和铜丝那回事了。"

"十头肥羊！"穆雅叫出了声，"即使是分很多年付，我也拿不出十头肥羊。十头肥羊，真拿不出！"

"十头肥羊，"布卡维又说了一遍，"十头肥羊、一条新编的睡毯和两卷铜丝，铜丝得有——"

"喂！"穆雅不耐烦了，不想让他继续说下去，"我没有羊。别浪费口舌了。你就待在这儿别动，我去找我男人。尽管他只有三头羊，但他也得做点什么。等着！"

布卡维坐在树下，内心没有一丝波澜。他看着部落里的这些憎恶的面孔，心里明镜儿似的，这群人绝不会轻易放过自己。但布卡维并不畏惧，单是身上这麻风病，这群人就不敢随意下手，况且自己又是巫医，谅他们也不敢胡来。就在这时，穆雅回来了，同行的还有酋长孟博拉、村里的巫医拉巴·科佳和迪波的父亲伊贝托，一行人边走边驱赶羊群。这群人平时就一脸狰狞，今日在这气头上，五官拧成一团，更是丑陋不堪。若是寻常人早被吓得跪地求饶了，但布卡维没有流露出一丝恐惧。相反，他故作镇定，趾高气扬地看着他们走过来将自己团团围住。

"伊贝托的儿子在哪儿？"孟博拉问道。

"我怎么知道？"布卡维说，"不过想都不用想，他肯定在白皮肤的丛林之神手里。如果能拿到应有的报酬也不是没有解救的办法，我可以做一剂强效药找到伊贝托的儿子，再把他带回来。上次就是靠我的药才救了他，但很可惜我一分钱都没拿到！"

孟博拉昂着头："我自己有巫医，他也可以制药。"

布卡维冷笑一声，站了起来，气冲冲地走来走去："好啊，很好！那你让他做剂药试试，看看能不能把伊贝托的儿子带回来。"然后生气地转过身喊道，"别想了，无论他制什么药都不可能把孩子带回来了！来不及了，一切都来不起了，那孩子已经死了！任何药物都没用了，因为他已经死了！我刚说的这些都是实情，是我父亲姐姐的鬼魂传话给我的，信不信由你！"

如今，孟博拉和拉巴·科佳心里七上八下的，他们对自己不是很有信心，但也不敢轻易相信布卡维这个老家伙，他真的能与鬼魂交谈？这真是得好好考虑一番，决不可贸然答应布卡维的条件。不过孟博拉也不会轻易拿出十头山羊，来换一个可能身患天花的小男孩，况且这个小男孩可能早死了。

"等等，"孟博拉不紧不慢地说，"来，让我们看看你的巫术，我们得先看看，它到底怎么样，看完再谈报酬也不晚。拉巴·科佳也会施法，到时候我们一起看看，到底谁的巫术更高。来，坐下吧，布卡维。"

"我们先谈好报酬，准备十头肥羊、一条新编的睡毯和两卷铜丝，铜丝得有一个人的手臂那么长，要从肩膀量到手指头尖才可以，羊群也得赶到我的洞里。然后我再开始制药，第二天男孩就会回到他母亲身边。制造这么强劲的药剂需要时间，所以最快也只能是第二天早上了。"

"不如现在就给我们弄点药来，"孟博拉说道，"让我们看看你做的是什么药。"

"来，给我点火，"布卡维回答说，"我让你见识见识。"

之后，穆雅被派去生火，孟博拉开始和布卡维讨价还价："十头羊简直太贵了，布卡维你要想想，孟博拉村的人都非常穷，别说拿出十头山羊了，八头恐怕都吃力，更不用说一个新的睡毯和铜丝了！"但布卡维态度非常坚决："药剂也很珍贵，最少也得拿出五头羊献给帮忙制药的神，所以没得商量。"穆雅拿着火盆回来时，他们还在争论。

布卡维把火盆放在面前的地上，从身边的袋子里掏出一小撮粉末，洒在余烬上。一阵烟雾升起，布卡维闭上眼睛，前后摇晃着，两手在空中抓了几下，假装昏倒了。这着实镇住了孟博拉一伙人。拉巴·科佳渐渐紧张起来，他眼看着自己被布卡维压了一头。穆雅的火盆里还有些火苗，他趁没人注意往里面扔了一把干树叶，然后发出一声可怕的声音，引起了大家的注意。这也让布卡维奇迹般地从昏迷中苏醒过来，老巫医看出自己为什么被打扰，并很快就恢复了知觉。

拉巴·科佳看到孟博拉和穆雅开始注意自己，突然向火盆里吹了口气，随后叶子开始在火盆里燃烧，烟从火盆口冒出来。拉巴·科佳小心翼翼地拿着火盆，以免别人看到里面的干树叶。他们个个瞪大眼睛看巫医施展巫术，巫医动作十分娴熟，接着便跳了起来。巫医边跳边叫，做着可怕的鬼脸，然后把脸凑近火盆口，似乎在与火盆里的灵魂交谈。

布卡维最终向自己的好奇心缴械投降，他从恍惚中醒来，开始全神贯注地施法。发现没有人注意到他，他便愤怒地眨了眨一只眼睛，然后也大吼了一声，当他确信孟博拉已经转向他时，他僵住了，胳膊和腿像痉挛了一样地扭动。

"我看见他了！他在很远的地方。他并不在白皮肤的丛林之神那里。他独自一人，面临极大的危险，但是，"他接着说道，"如果尽快把那十头肥山羊和其他东西给我，我就能来得及救他。"

拉巴·科佳停下来听布卡维的话。孟博拉看着他。酋长进退两难，不知道听哪个的好。"你施法看到什么了？"他问拉巴·科佳。

"我也看见他了。但他并没有像布卡维说的那样。他死了，在河底。"

这时，穆雅开始嚎啕大哭。

泰山循着老人、两条鬣狗和黑人小男孩的足迹，来到了位于两山之间岩石峡谷的洞口。他在布卡维树起的树苗屏障前停了一会儿，听到洞穴深处隐隐约约传来了咆哮声。

不久，猿人敏锐的耳朵隐隐听到野兽的叫声中夹杂着孩子痛苦的呻吟声。泰山不再犹豫了。他猛地把门推开，跳进黑暗的洞口。走廊又窄又黑，但是，长时间在夜间行走培养了人猿夜间视听的能力，那是野生动物与生俱来的本领。

他走得很快,但很小心,因为他从来没有来过这个地方,并且这个地方很黑,道路崎岖不平。

人猿的内心深处并没有很大的波动。由于他习惯于丛林中生命的消逝,因此即使是他熟悉的人去世了,他也不会非常痛苦,但对战争的欲望会刺激他。他的内心不过是一头野兽,野兽在期待冲突的时候也会心跳加速。

在小山中央的岩石房间里,小迪波蹲在墙边,尽可能地远离那些饥饿的野兽。他看到格架后的鬣狗疯狂地抓来抓去。他知道,再过几分钟,他那小小的生命就会葬送在这些野兽的黄色尖牙下。

这些猛兽身强体健,在它们猛烈的撞击下,格架被撞得向内凹陷,随着一声巨响,格架坍塌了,这些食肉动物便一拥而入,跳到男孩旁边。迪波惊恐地看了它们一眼,然后闭上眼睛,把脸埋在胳膊里,伤心地抽泣起来。

鬣狗停了一会儿,因为它们谨慎、胆小,所以不敢接近猎物。它们就这样站着,瞪着那孩子,然后慢慢地、偷偷地蹲伏着,蹑手蹑脚地走向小男孩。泰山不声不响地冲进了密室,但是那些野兽还是注意到了泰山。它们愤怒地咆哮着,离开迪波,转向泰山,泰山嘴角一撇便奔向它们。一时间,其中一头动物竟定在了地上,人猿甚至不屑拔出猎刀来攻击鬣狗。泰山向一条鬣狗猛扑过去,一把抓住它的颈背,把它扔进了洞里,然后转头便去追赶另一条已经溜进走廊的家伙,那厮一心想逃走。

然后泰山把迪波从地上提起,迪波感到有人的手在他身上,而不是鬣狗的爪子和毒牙时,感到十分惊奇,觉得难以置信,便向上翻了翻眼睛,当他看到泰山时,他开始如释重负地抽泣起来。他紧紧抓住他的救命恩人,那一霎那,仿佛白皮肤的丛林之神也不那么可怕了。

泰山来到山洞口时，两条鬣狗早已不知去向。泰山带迪波去附近的泉水边解渴，迪波喝完水后，他把孩子抱到肩上，快步向丛林走去。他想尽快让穆雅停止哭泣，因为他猜测，穆雅之所以哭是因为她的巴鲁不在她身边。

"迪波并没有死在河底。"布卡维叫道，"这个家伙会魔法吗？他到底是谁，他敢说布卡维的魔法不好？布卡维看到穆雅的儿子孤身一人在很远的地方，面临极大的危险。你们要赶紧带着那十头肥山羊……"

他不敢再说下去了。他们本来蹲在一棵树下，突然，从那棵树的树枝上传来了一声惊叫。五个黑人抬头时，几乎吓得昏了过去。但是他们还没来得及逃跑，就看到了另一张脸，那是失踪的小迪波的脸，他笑得很开心。

泰山毫不畏惧地落在他们中间，孩子还在他的肩上，然后泰山把男孩放在男孩母亲面前。穆雅、伊贝托、拉巴·科佳和孟博拉都挤在这孩子周围，争先恐后地向他提问。突然间，穆雅凶狠地转向布卡维，因为男孩把自己在这个残忍的老人手中所遭受的一切告诉了她。但是布卡维已经不在那里了——只要迪波讲出他的故事，不需要借助巫术就能知道待在穆雅周围并不安全，现在他正穿越丛林，以他一双老腿所能跑的最快的速度向远方的巢穴跑去，他知道那里没有黑人敢追他。

泰山也消失了，他一贯这样来无影去无踪，令黑人迷惑不解。这时穆雅的目光落在了拉巴·科佳身上。村里的巫医在她的眼睛里看到了她对拉巴·科佳的不满，不由得向后退去。

"这么说我的迪波已经死在河底了，是吗？他在那么远的地方，又孤身一人，处境很危险，是吗？不可思议，"穆雅字里行间都透

巫医的复仇 | 105

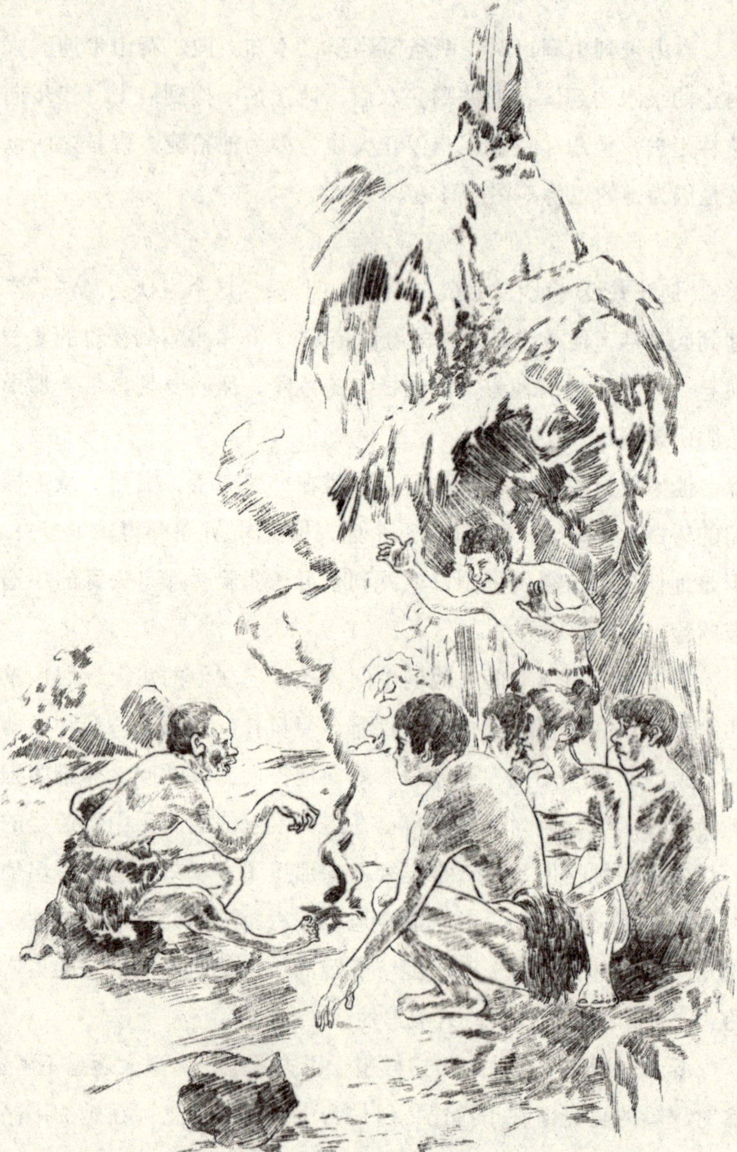

露着讽刺和蔑视,"真的是太不可思议了。今天穆雅就会给你看看她的魔法。"说着,她顺手抓住一根树枝,打了拉巴·科佳的头。拉巴·科佳痛苦地号叫一声,转身逃跑,穆雅追着他打,穿过村寨的大门,一直打到村里的街道上。那些战士、妇女和孩子有幸目睹这一场面,觉得非常有趣,因为几乎每个人都害怕拉巴·科佳,而恐惧就意味着仇恨。

就这样,在一群消极的盟友群中,人猿泰山又多了两个积极的敌人。这两个敌人彻夜未眠,计划着报复那个让自己受到嘲笑和诋毁的白皮肤恶神。

年轻的格雷斯托克勋爵不知道那两个敌人计划反对他,即使知道了也不会在意。那天晚上,他睡得很好,跟往常一样,他头顶上没有屋顶,也没有门可以将入侵者锁在外面。他在英国的高贵亲戚们虽然吃了大量的龙虾,喝了大量的酒,但相比之下,格雷斯托克勋爵睡得比他们香得多。

Chapter 7
布卡维之死

人猿泰山还是个孩子的时候,他就从别人那里学会了用林中富含纤维的小草编制柔韧的草绳。泰山编制的绳子既牢固又结实。对此,他的养父塔布拉特或许可以更细致地跟你描述一番。如果用一小捧肥美的毛虫作诱饵,塔布拉特甚至会毫无保留地向你细数泰山用草绳羞辱他的往事。他本人很是讨厌泰山的绳子,当塔布拉特回忆起许多关于绳子或泰山的往事时,他常常会暴跳如雷,如果这时你离他太近,可能会被他的吼声吓到。

那条蛇形的套索经常出其不意地出现在塔布拉特的头顶,又或者泰山把它套在塔布拉特的脚上,接着猛地一拉让他重重地摔在地上,他最怕出现这种滑稽的场景。难怪塔布拉特那颗野蛮的心对这个白皮肤的养子一丁点儿也爱不起来,甚至连假装也假装不来。更有甚者,有一次,塔布拉特被无助地吊在了半空中,脖子被套索紧紧缠住,死亡就在眼前。这时,小泰山却跳到附近的树枝上，不合时宜地做鬼脸来嘲笑他。

当然，也有一次，绳子表现得还不错——那也是唯一让塔布拉特有着美好回忆的一次。泰山的思维就像身体般灵活敏捷，经常发明一些新的玩耍方式。他从小便从玩乐中学到了很多，那天他也学到了一些东西，而他为自己学到之后依然活着感到惊讶，不过这对塔布拉特来说却是美中不足。

那天，小人猿见上方的树上有个玩伴，便将绳索抛向它，不料却缠绕在一根突起的树枝上。泰山试图左右晃动绳子，挣脱树枝，可却越拽越紧。于是泰山顺着绳子爬上去，想把它从树枝上解开。不料，淘气的小伙伴没等泰山爬上去，就从地面上拽起绳子的另一头，向远处跑开了。泰山大叫着让小伙伴停下来，可小猿松了松绳子后又把它拉紧了。结果，泰山的身体随着绳子止不住地摇来晃去，忽然间，人猿发现了新游戏的乐趣。他让小猿别松手，而自己在绳子的可承受范围内做荡秋千状摇摆，但由于幅度不大，离地也不高，这种消遣方式没有给泰山带来多少刺激感。

于是，泰山爬到系套索的那根树枝上把它解下来，系在了更高处的一根又粗又壮的树枝上。他抓住绳子的另一端，再次快速摇荡起来，敏捷地在绳子的可控范围内爬上爬下。然后从绳子的一头向外摆动，他轻盈敏捷的身体在三十英尺的高空中晃来晃去——恰似一个人形摆针，在青草做成的钟摆上摆动着。

啊，有意思！这真是一种一级棒的新玩法。泰山陶醉其中。不一会儿，他发现只要瞅准时机巧妙地扭动身体，就可以控制摆动的速度，出于一个男孩的本性，他自然而然地选择了加速摆动。不一会儿，泰山便可以摇荡到老远，克查科部落的巨猿们在下面一脸惊讶地注视着他。

若是换成你我在草绳上，以上情形压根儿不会发生，因为我们没法在上面坚持这么长时间,但泰山双手抓住绳子,自在地荡来荡去,稳稳地,就像双脚站在地上一般。若是一个普通人,早就因为体力透支累到不行或身体麻木,而泰山身上依然充满了力量,毫不疲倦地玩着,而这也为其埋下了祸根。

塔布拉特和族里的其他巨猿们一同注视着泰山。在所有的野生生物里,塔布拉特最厌恶的就数眼前这个长相丑陋、没有毛发、肤色白皙的人猿了——他简直是对巨猿一族的讽刺。但是,泰山身手敏捷,头脑机智,而卡拉虽野蛮,警觉性却极高,对泰山疼爱有加。塔布拉特长久以来只好避开泰山这个家族污点。泰山加入塔布拉特的族群很长时间了,时间长到塔布拉特已经记不清这个小流浪儿来到丛林时的场景,结果他把泰山认作了自己的亲生儿子,这让他更加懊恼。

人猿泰山四处摇荡,绳子很快便被粗糙的树皮磨损,到了无法承受的范围,这时泰山的身体还在半空中,突然,绳子断了。观望的巨猿们看着那光溜溜的棕色身体猛地向外甩出,接着像铅锤般坠了下来。塔布拉特激动地跳得老高,洋溢着人类开心时表现出的喜悦。以后将再也没有泰山,自己也不会有麻烦事要处理。从此,他就能过上太平安宁的生活了。

泰山从四十英尺高的空中坠下,后背着地跌入茂密的灌木丛中。卡拉第一个赶到泰山身边——面目狰狞可怕,但内心却慈祥仁爱的卡拉。几年前,卡拉亲眼目睹了她心爱的孩子从高处摔下来,不幸身亡。难道她会以同一种方式再次失去一个孩子吗?当她找到泰山时,他深深陷在灌木丛里,身体一动不动。卡拉花了好几分钟,才解开泰山身上的绳子,把他从灌木丛中拖了出来。泰山并没有死,甚至伤得也不重。灌木丛减轻了下落的冲击力。泰山后脑勺受了伤,从伤口来看,他是撞在了灌木那坚韧的茎上,所以刚刚才昏了过去。

不一会儿,泰山便恢复如初。塔布拉特很愤怒,气急败坏之际,他还没顾得上辨认身份,对着身旁的一头巨猿就是一阵咆哮。可惜塔布拉特发泄的对象是一头正值盛年、凶猛好战的巨猿,所以事后塔布拉特也为他的坏脾气付出了惨痛的代价。

而泰山倒是学到了一点新东西,他懂得了持续的摩擦会把绳子磨断。尽管在此之前,多年的经验并没让他意识到不能拽着绳子摇荡太久,绳子末端也不能离地面太远。

不过这一天还是到来了,这桩差点致他丧命的事故反倒让他在这天长了记性,甚至救了他的命。

泰山已不再是个孩子,而是一头勇猛的丛林雄兽。现在没有人关心他守护他,他也不需要那样的守护。卡拉去世了,塔布拉特也不在了,虽然这世上唯一真心爱护他的卡拉不在了,但塔布拉特死后,很多憎恨他的巨猿还在。那些巨猿恨泰山并不是因为泰山比他们更残忍、更野蛮,而是因为虽然他和同伴们一样残忍、野蛮,却时常表现出同伴们内心所没有的柔软。

不,最让他们厌恶的是泰山拥有并表现出的那种人类的幽默感——那些不喜欢泰山的"人"可理解不了这点。对泰山来说,用他的幽默感跟朋友说笑或挑衅敌人时搞些恶作剧可能都会令对方暴怒。

但巫医布卡维对泰山的敌意并不是出于以上原因。巫医现在住在孟博拉村北面两座山丘之间的洞穴里。布卡维嫉妒泰山,而他也差点儿见证了人猿的毁灭。几个月以来,布卡维对泰山一直怀恨在心,而人猿泰山最近都在丛林的另一片区域活动,离他的洞穴有几英里远,想报复他几乎是不可能的。这个黑人巫医只与恶神(黑人都这么叫)见过一次面,那次,泰山坏了他的好事,

布卡维之死 | 111

还揭穿了他的谎言，让他的药变得一文不值。这一切布卡维绝不会忘记，尽管很难有机会报仇雪恨。

然而，出乎意料的是，这天还真的来了。泰山正在四处狩猎。他曾经从部落走失过，随着他越来越成熟，他常常会单独出去狩猎几天。小时候，泰山喜欢和年龄相仿的同伴们嬉闹玩耍，而如今那些儿时的玩伴已经长成了傲慢阴沉、愁眉苦脸的公猿或敏感易怒、满腹狐疑的母猿，个个都虎视眈眈地护着自己脆弱的孩子。泰山只能从自己的人类思维中找到陪伴，这比克查科族任何巨猿所能带给他的陪伴都更牢靠真实。

这天，泰山在狩猎，乌云逐渐布满天空。风吹散了云朵，低低地萦绕在树木上方，参差不齐的阳光从云缝间射下。大自然通过受惊的羚羊向泰山警示：小心饥饿狮子的攻击。虽然天上风起云涌，但丛林里却无比静谧。树叶停止了颤动，而有时候安静也是一种巨大的负担——让人难以忍受。甚至连昆虫都是静止的，似乎察觉到有什么可怕的事情即将发生，体形更庞大的生物也都悄无声息。这样一片丛林可能在难以想象的远古时代，在上帝创造生命以前就存在，那时世界上没有任何声响，因为没有感知声响的耳朵。

云在风的驱使下行进着，一道苍白暗淡的赭色亮光从云中划过。泰山以前也多次遇到过这样的天气，不过每次见到这种场景都忍不住产生一种奇怪的感觉。他并不感到害怕，而是在残酷的大自然面前，感到自己非常渺小——孤独又渺小。

这会儿，他听到远处传来了一声低吼。"是狮子们在捕猎。"他低声自言自语，并再次抬头看了一眼风云变幻的天空。吼声越来越大。"它们来了！"人猿泰山说着，找了一棵枝叶繁茂的树木藏身。忽然，树木同时低下了树冠，就像上帝从天上伸出一只丰

112

满的手掌,按在了人世间。"它们走了!"泰山悄悄说,"狮子走了。"天上出现了一道耀眼的闪电,紧接着便是一阵震耳欲聋的雷鸣。"狮子扑过去了,"泰山喊道,"现在它们在猎物的尸体旁咆哮。"

狂风无情地吹打着丛林,树木随风向周围肆意摇摆,雨水夹杂而至——并不像我们在北方经历的那种雨,刹那间,洪荒遍野。"鲜血喷溅出来。"泰山想着,蜷缩着身子朝栖身的大树靠了靠。

泰山身处丛林的边缘地带,在风暴来临之前,还可以看到不远处有两座小山,可现在却什么也看不见。看着外面的雨点,寻找着两座小山,想象着洪流冲刷山丘的场景,这让泰山觉得很有趣。他知道,不一会儿雨就停了,太阳也会再出来,一切都会恢复如初。不过要是这片地方有折断倒落的树枝或某个被埋葬的老族长就得另当别论,可能要花几个世纪,这片肥沃的土地才能恢复。泰山周围的枝叶不是在空中飞舞,就是掉落到地面,强劲的龙卷风夹带着沉重的雨滴把这些枝叶从树上刮落了下来。一具骨瘦如柴的躯体摇摇晃晃,倒在几码远的地方。不过在丛林生活的经验指引下,泰山躲到这棵结实的大树上,那蔓延的枝条刚好保护他免受暴风雨的侵袭。此刻,泰山面前只有一处危险,就是远处那个危险。闪电不带一丝警示地劈开了泰山头顶那棵大树。雨停后,太阳也出来了,泰山四仰八叉地摔在地面,那棵暴风雨中庇护泰山的大树倒下了,泰山的脸就埋在其残枝里。

风雨过后,布卡维走到洞口,看着外面的风景。布卡维只有一只眼,但即使他有一打眼睛,也看不出恢复生气的丛林是多么清爽甜美,因为在他那特殊的身体和思想里,是感知不到一丝美的。布卡维多年前就没有鼻子了,但即使他有鼻子,他也嗅不出被雨水洗涤过的空气是多么新鲜,而且他也不觉得能嗅到是件令人愉悦的事。

站在这个麻风病患者身旁的,是其唯一的忠贞伙伴——两条鬣狗,它们在嗅着空气中的什么气味。不一会儿,其中一条鬣狗发出一声低吼,伸着头朝丛林走去,它鬼鬼祟祟,也十分小心谨慎。另一条跟了上来。这引起了布卡维的好奇心,他手拿一根圆头棒,跟在鬣狗后面。

泰山俯身趴在地上,鬣狗在距其几码远的地方停了下来,一边嗅着气味一边吼叫。随后布卡维也来了。一开始,他还不相信自己的眼睛,但当他确认那就是恶神无疑时,布卡维再也抑制不住内心的怒火,他还以为泰山死了,可自己上次的仇还没有报。

鬣狗龇着尖牙,慢慢接近泰山。布卡维叫了一声,但听不清楚说的什么,他冲过去,用圆头棒残暴地打了它们一顿,或许看上去没有生命迹象的泰山还活着。两头野兽龇牙咧嘴地吼叫着,转头看着摧残它们的主人,但是内心的恐惧使得它们不敢咬向布卡维那腐烂的喉咙。它们小心翼翼地往旁边挪了几步,蹲坐下来,散发着野性的眼中充满了怨恨与挫败。

布卡维停下脚步,耳朵侧到人猿泰山的胸口。他还活着。他那让人讨厌的身体仍像以前那样捕捉着快乐,但样子有些瘆人。人猿泰山的草绳就在身边。布卡维赶紧把俘虏无力的双手绑了起来,然后,用肩膀扛起泰山。尽管布卡维年事已高,疾病缠身,但身体依旧强壮。他朝山洞走去,鬣狗们在后面跟着。通过那条又长又暗的坑道后,布卡维把俘虏带进了山洞里。他拖着刚捕到的猎物,跟跟跄跄地走过与蜿蜒过道相连的一个个房间,忽地一下打开了房门,日光照了进来,布卡维走到山里一处狭小环形的低凹地方。显然,这是一个古老的火山口,它的地理位置永远也比不了高贵的山脉,充其量就比地表熔岩边上的深坑好一些。

低凹处四周围着陡峭的墙壁。想从坑道出去,只有布卡维来时的那一条路。岩石地板里长着几棵发育不良的树，又矮又小。上方一百英尺，就是这个地狱般洞穴的洞口，洞口四周高低不平，阴冷死寂。

布卡维把泰山靠在一棵树上，用泰山自己的那根草绳将他绑在上面。布卡维把结系死，尽管没有捆住泰山的双手，料他也逃脱不了。鬣狗在一旁鬼鬼祟祟地一边踱步一边吼叫，布卡维不喜欢它们，而它们也讨厌布卡维。布卡维知道它们在等着泰山最无助时刻的到来，或许它们也在积累憎恶的情绪，直到憎恶之情大过畏惧之意，它们就不怕泰山了。

在布卡维心里，他还是很害怕这两头可恶的野兽的，也正是出于这种恐惧，他总会把它们喂得饱饱的，当它们的食物消耗殆尽时，还会帮它们猎食。尽管如此，布卡维对它们还是很无情，那是一种毫不关心、凶残病态的原始残忍。

布卡维在鬣狗还是幼崽时就开始养它们了。一开始除了布卡维，它们不知道世界上还有其他的活物。尽管它们外出捕猎，但捕猎完还会回来。最近，布卡维发现，它们回家并不是出于习惯，而是出于一种极其复杂的容忍，它们受到布卡维的侮辱与折磨，但还是放弃了最后的抵抗。布卡维不用想也知道它们心里的仇恨是什么。而今天，他就能见证自己的结局，但由另一个人来扮演布卡维的角色。

布卡维把泰山捆牢后，赶着两条鬣狗，一起回到了过道里，他把用树枝编成的格架拉了过来，将深坑与山洞隔开，随后又把鬣狗关在了洞中的栅栏里，预防它们趁着黑夜偷袭自己，这样布卡维睡觉时才会更加踏实。

洞外有股泉水经过附近狭窄的山谷，又流进了洞里的深坑。布卡维回到洞口外，接了满满一碗山泉。鬣狗站在格架前，饥饿

布卡维之死 | 115

地盯着泰山。布卡维以前就是用这种方式来喂它们的。

巫医端着一碗水来到泰山旁边，一把将碗里的水泼在了人猿泰山脸上。泰山眨眨眼睛，才睁开了双眼，观察了一下四周。

"恶神，"布卡维喊叫着说，"我就是最伟大的巫医。我的魔药效力很强。而你不行。如果不是这样，那你怎么会被捆在这儿，就像狮子口中的一头山羊？"

泰山一点也没有听明白这个巫医在说些什么，所以他也不搭腔，只是用冷酷的眼神直勾勾地平视着布卡维。鬣狗悄悄来到泰山身后。他听见它们的嘶吼声，但泰山连头也不转。他是一头拥有人脑的野兽，在面对死亡时，虽然人性的那一部分已经投降了，但野兽的那一半绝不允许自己显露出一丝恐惧。

布卡维还没打算将俘虏交给两头野兽来处置，他用圆木棒打了它们一顿。只见它俩就像往常那样互相扭打在一起，争抢着让对方第一个挨打。泰山看着它们。他看出了这两个动物对眼前这个相貌丑陋的人的仇恨。

布卡维制服了鬣狗后，将视线转向泰山这个猎物，但他发现人猿泰山根本就没听懂自己在说什么，于是他也不说了，退回到通道里，把格架拉过来挡住了入口。他回到山洞里，从入口处拿了张草席，躺在上面开始睡觉，他要躺下来，好好享受这场精彩的复仇计划。

鬣狗鬼鬼祟祟地在泰山周围踱来踱去。泰山用力挣扎了好一会儿，但后来才意识到，这根绳子是自己编来捆狮子的，当然也能牢牢地捆住自己。他还不想死，尽管以前他也多次毫不畏惧地面临过生死抉择，但这次他却真真切切地感受到了死亡的来临。

泰山在试图挣脱绳子时，发现绳子缠绕在小树上，二者能产生摩擦。忽然，一幅场景从他的记忆脑海中浮现到眼前，就像是电影放映机放出的画面那样清晰。他看到一个略带孩子气但十分轻盈的身躯,他抓着绳子底端,在半空中摇荡。他看到有许多巨猿在地下注视着这个孩子,然后他看见绳子断了,孩子猛地从天上掉了下去。泰山笑了。他立即展开了自救,在树干上快速地摩擦绳子。

鬣狗越来越大胆了,逐渐靠近泰山,嗅嗅他的腿,泰山用没有被捆绑的双臂给了它们一击,它们又溜走了。他知道随着鬣狗越来越饿,它们还会再次展开攻击。泰山借着这棵小树粗糙的树干,有条不紊地摩擦着草绳,面容冷静,不急不躁。

布卡维在洞口睡着了。他想着野兽们一时半会儿不会有足够的勇气去攻击猎物,它们还没有饿到极点。它们对着猎物号叫,吵醒了布卡维,但他没起身,还是再休息会儿得好。

时间一点一滴地流逝,而鬣狗们还没有达到饥饿的极点。捆绑泰山的那条绳子比小时候那根还要结实,那根在粗糙的树干上摩擦一小会儿就断了。野兽的饥饿感越来越强烈,而草绳越来越细了。布卡维还在睡。

快到晚上时,其中一条鬣狗再也耐不住腹中的饥饿,吼叫着向泰山冲去。这一声叫醒了布卡维。他迅速坐起来,观察洞里发生的一切。他看到饥饿的鬣狗向泰山攻击,一跃跳向他裸露的脖子。他看到泰山伸出手,一把抓住那条吼叫的鬣狗,另一条随即跳到了恶神的肩上。泰山伟岸光滑的身体猛地一甩。他那棕色皮肤下浑圆的肌肉就像是坚实的大铁块——人猿泰山用尽力气忽然往前一挣——绳子断了。布卡维的两条鬣狗吼叫着将泰山扑倒在地上。

布卡维跳了起来。难道恶神能战胜他的奴仆吗?不可能!他赤手空拳,身上还扑着两条鬣狗,但布卡维还是不了解泰山。

人猿泰山单膝跪地,一条鬣狗疯狂地撕咬着他,想把他控制

布卡维之死 | 117

在地上，泰山则用手指死死掐住另一条鬣狗的喉咙，一只手将它举起，另一只手试图往前去抓另一条。

看到战况不妙，布卡维挥舞着圆头棒从洞里冲了出来。泰山看见布卡维，便挣扎着站起身，将手中举在半空中的那条鬣狗猛地向巫医的头部掷过去。随着一阵疼痛，二者一齐倒地，动弹不得。泰山将第二条鬣狗投向了洞中，而第一条正和它那面部腐烂的主人撕咬在一起。但人猿泰山对此并不满意，他一脚将这头野兽踢到了其同伙旁边，随后一跃跳到趴在地上的巫医身边，抓着他的脚，将他吊了起来。

布卡维很害怕，但神志依然清醒，他从泰山那冷酷的眼睛中看出了死亡，因此他拼命地向泰山求情。人猿泰山不敢近距离地与布卡维面对面接触。鬣狗们挨够了打，早已从山洞中逃走，不见了踪迹。泰山轻而易举地制服了布卡维，并把他绑了起来。他把布卡维绑在那棵曾经绑自己的树上。但在绑布卡维时，泰山十分留心，即使布卡维和泰山用相同的方法，依然逃脱不掉，然后，泰山将布卡维留在了那里。

泰山走遍蜿蜒的通道和地下房间，都没有找到鬣狗的踪影。

"它们会回来的。"布卡维自言自语。

山洞四周全是高耸的墙壁，布卡维不停地打着寒战。

"它们会回来的！"他叫道，尖锐的声音里充满着恐惧。

而它们的确回来了。

Chapter 8
狮子来了

一头狮子静静地蹲在河边的灌木丛中。河岸边有一条小径，上面满是深陷的脚印。多年来，丛林和草原上的野生动物都沿着这条路去河边喝水，因此这路越走越宽，留下了很深的印记，一直延伸至水源尽头。和怯懦的草食动物相比，肉食动物们总是英勇善战的。现在看起来，这头狮子肯定是饿了，刚开始还安安静静地跑去喝水，不一会儿就开始不停地低吟咆哮，但片刻后就又静了下来。狡猾的狮子耐心地蹲伏在草丛中，等待鹿、野猪，或其他动物送上门来。四周一片死寂，狮子黄绿色的眼睛散发出耀眼的光芒，耷拉着的尾巴摇来晃去。

没一会儿，一匹斑马就晃晃悠悠地走近了，狮子兴奋极了，差点抑制不住地咆哮起来。但还是定了定神儿，极力控制自己的情绪，因为它知道斑马可不是好欺负的，整个平原上，数它的警惕性最高了，稍不留神儿就可能惊了这"到手的鸭子"。况且这匹公马后面紧跟着三四十匹肥美的小马驹。每次靠近河边时，斑马总是警惕地停下脚步，竖起耳朵，张大鼻孔，使劲儿嗅来嗅去，看看四周是不是有敌人的埋伏。狮子看着斑马东张西望的样子，烦躁极了，眼里满是怒火，弯曲着后腿，又动了动身子，时刻准备好扑上去。

斑马又走近了一点，停下来"哼"了一声，然后掉头走了。伴随着一阵匆匆的马蹄声，马群消失不见了。狮子却没有扑上去，继续一动不动地蹲伏着，它实在太熟悉斑马的伎俩了，它一定会再回来的，虽然大多数时候它会周旋很久，但最后都会鼓起勇气将妻子和孩子带到水边。斑马可能嗅到了什么，被吓到了，狮子之前见过这种情况，所以一动不动，以免惊扰到马群，万一吓得它们还没喝水就跑了可就得不偿失了。

斑马和它的家人一次又一次冲过来，又一次次转身逃跑。每一次靠近河流，斑马最后会将嘴角轻轻浸入水中，其他成员小心翼翼地跟在斑马后面。它们在身边嬉闹时，狮子瞄准了一匹肥嫩的雌性小斑马，怒目而视，眼睛仿佛在燃烧。其实，相比斑马的肉，狮子更喜欢其他动物的，也许是因为斑马是最难捕获的草食动物。

狮子慢慢站起来，就在这时，脚下的小树枝被踩断了，发出"咔嚓"一声。于是，狮子就像是枪里打出的子弹，"嗖"地一下冲向那匹小雌马，但这"咔嚓"一声早已让机敏的斑马慌了神儿，一溜烟全跑了。

公马是最后逃走的，它用尽全身力气奋力前冲，狮子也铆足了劲儿直扑过去，可还是扑了空，它的大爪子只抓到了斑马光滑的臀部，留下几道深红色的伤疤。

没有抓到斑马，狮子勃然大怒，一股脑冲进丛林里。饿着肚子的狮子狂躁不已，现在它已经没有什么胃口了，即使是鬣狗，对于饿极了的狮子来说也只是一顿饭前点心，于是饥肠辘辘的狮子狮子来到了巨猿克查科的部落。

狮子一般不会深夜里寻找食物，但它昨晚没有捉到一个动物，肚子饿得"咕咕"直叫，所以现在不得不继续狩猎。

早晨，巨猿们填饱肚子后，便开始在林中空地上闲逛。狮子还没见到他们就闻到了熟悉的气味，一般情况下，狮子不会招惹这群怪物，它也会惧怕克查科部落雄性巨猿发达的肌肉和锋利的牙齿，但今天它坚定地朝他们走去，它真是饿极了，满目怒火，鼻头紧皱，声嘶力竭地咆哮起来。

狮子自看见巨猿那一刻起便精神抖擞，一群毛茸茸的怪物躺在地上，树边还坐着一个棕色皮肤的年轻人猿。他看到狮子冲了过来，顿时，巨猿们四散逃离，公猿们吓破了胆，纷纷踏过小猿，朝远处跑去，只有一头巨猿没有逃开，直面狮子的攻击，那是一头年轻的母猿，刚当上母亲没多久，她打算牺牲自己，以争取时间让自己的孩子逃走。

泰山从栖息处一跃跳下，朝四散逃跑和躲在树下的公猿们大吼一声。要是公猿能坚守自己的阵地，那么狮子就不能展开攻击，除非是狮子暴怒或在饥饿的折磨下，但即使那样，它也不会毫发无损地脱身的。

公猿听到了泰山的吼声，但他们的反应实在太慢了，就在刚刚那一瞬间，狮子已经抓住母猿并将她拖入丛林，之后公猿们凝聚智慧，团结起来，开始营救同伴。泰山愤怒的声音从胸腔中一吼而出，那声音响彻丛林，之后，泰山试图藏在暗处来追寻狮子。他带头，迅速向前冲，靠着灵敏的耳朵和鼻子观察狮子的一举一动。

狮子的行踪是很容易追上的，因为母猿血迹斑斑，并且还是

狮子来了 | 121

沿着一条平坦的小道,这气味浓厚极了,即使是你我这样迟钝的人类也是很容易跟上的。对于泰山和克查科族的巨猿来说,跟踪他们再简单不过了。

泰山知道,接近狮子之后,它才能听到愤怒的咆哮声。于是召唤其他巨猿紧跟着它,不久,狮子便遭到一群咆哮野兽的包围,他们清晰地出现在了狮子的视野范围内,可它的尖牙利爪够不到他们。小猿伸出双手想要去抱母猿,泰山发现母猿已经死了,这时,他内心的某些东西在呼唤着他,从敌人的魔掌中拯救那些无辜的生命,惩罚敌人,似乎就是他的使命。

泰山一个劲儿地嘲讽和侮辱狮子,在树上跳来跳去,折断枯枝,扔到狮子身上。巨猿们跟着泰山一起扔,狮子怒吼起来,无计可施。它饿了,但在这种情况下,根本无法进食。

巨猿们如果顺其自然,狮子无疑会安静地享受晚宴,因为母猿已经死了。他们再怎么扔树枝,也无法挽救母猿的生命。或许他们还会悄悄地分食了死亡的同伴,但泰山则与之不同。他认为狮子必须受到惩罚,必须赶走它!

在泰山的意识里,即使死的是黑人,也不能随便吃,人脑可以展望未来,而巨猿只能看到眼前,巨猿们只会庆幸今天逃脱狮子的追杀,而泰山则认为如何保证日后的太平更为重要。

于是泰山要求巨猿们保持攻击态势,狮子一边摆头躲避投掷物,一边发出野蛮的抗议,但依旧拼命地紧紧抓住猎物。

树枝一根根打到狮子身上,泰山很快意识到,即使是狠狠朝它扔过去,也不可能伤到它,或者说根本就没伤到它,于是泰山想寻求更有效的方法。他朝四周看了看,不远处有块粉碎的花岗岩,那里就有天然武器。巨猿们看着泰山,泰山滑向地面,捡起小撮碎石。他知道,一旦巨猿们看到他捡起石头朝狮子扔去,很快就会跟着他的指示走,甚至比服从命令还要快。毕竟泰山不是当时克查科部落的头儿,他后来才开始统领克查科部落,所以命令下达后总是会受到怠慢或阻碍。现在他还年轻,尽管他已经在野兽家族中争得一席之地,他的命运却很奇妙。年迈的公猿仍然恨他,野兽家族也恨他,怀疑他,因为他的气味很怪异,就像敌人那样。小公猿和他一起长大,一起玩耍,习惯了泰山及部落其他成员的气味。对于熟悉的气味,他们并不比其他认识的公猿更有疑心,但小猿们并不爱他,除了交配季节,他们不会爱上任何成员,而这个季节其他雄性巨猿产生的敌意会延伸至下一季节。他们充其量只是个忧郁而脾气暴躁的团队,尽管或多或少埋下了人性最原始的种子——毫无疑问,那是返祖现象。当他走路时习惯后足用力,双手解放,探寻其他事物时,便是祖先从人猿走向人类的第一步了。

现在泰山领导着族群,却不能很好地指挥他们。他很早就发现类人猿的习性之一是善于模仿,并学着利用这一习性。泰山手上捧着花岗岩碎片,爬上树,欣喜地看到其他巨猿在模仿他。

巨猿们捡起碎石之际,狮子正要进食,很快脸颊上便遭到一块尖锐石头的猛击,巨猿扔砸的手法十分娴熟,就像被他们凌空抽打着,原来扔石块的是泰山,狮子突然感觉快要窒息了,满肚子都是痛苦和愤怒,顿时火冒三丈。使劲儿摇了摇头,瞪着折磨它的巨猿们,半小时后,狮子将猎物拖入了最茂密的丛林里,巨猿们带着石块和碎树枝追击着它,总能找到办法接近它,袭击它,令其没有机会进食,步步紧逼。

泰山最为厉害,他的冲击力最为猛烈,他把丛林之王打得苟延残喘,也正是因为这样,他才可以更加准确而有力地扔出尖锐的花岗岩和沉重的棍棒,狠狠砸到狮子身上。狮子一次次冲锋陷阵,反击这突如其来的攻击,但是那些轻快活跃的家伙总会设法避开它。面对如此无情的进攻，狮子已经忘记饥饿，满是愤怒地将猎物放置一边好长时间，一遍遍徒劳地对抗敌人。

泰山和巨猿们追赶着这头大野兽，一股脑跑到了一片空地。显然，狮子决定逃到一片空地上，那里可以远离树林，巨猿们就没办法再站在树上用石子砸自己了，但泰山早早就发现了它的诡计。

然而，这并不能避开巨猿，狮子现在仍时不时遭到石头袭击，却只能咆哮。泰山挠挠脑袋，在想一些更有效的进攻方法，因为他下定决心，要消除狮子对部落的所有威胁。人类总是会对未来充满打算，而毛茸茸的巨猿目前只能想到他们眼前的仇恨。泰山认为，如果狮子发现从克查科部落抢食一顿饭很容易，那他们的生存不久便会变成一场噩梦，岌岌可危，因此必须给狮子一个教训，让他知道伤害他们的族群要付出多大的代价！泰山知道不需要多大工夫便能确保部落的安全。因为他判断出这一定是一头老狮子，它的力量和敏捷程度都不足为道；但即使是一头老狮子，毫无疑问，也能消灭整个部落，或者至少是威胁部落的存在，带来种种麻烦。

"让他在黑人部落中觅食，"泰山想，"狮子会发现他们更容易被捕食，我要好好教训凶猛的狮子，它才能意识到，人猿家族可不是好欺负的！"

但是第一个要解决的问题是受害成员的残体怎样才能免遭狮子吞食，最后泰山想出了一个计划，除了人猿泰山之外，可能都会觉得非常危险，甚至对泰山来说也是这样，但泰山就是喜欢具有挑战性的东西。无论如何，相信你我都不会采取类似的计划，摧毁一头愤怒而饥饿的狮子。

要实施泰山的计划，实则还需要帮助，他的助手必须同他一样勇敢而机敏。泰山的目光落在了童年玩伴泰格的身上，泰格曾是泰山第一段感情的情敌,但现在,在整个部落里,泰格却是唯一能与泰山产生共鸣的伙伴,尤其是英雄主义情结,如今我们将之称为友谊。泰山心里清楚,至少泰格很勇敢,年轻敏捷,还有着发达的肌肉。

"泰格!"人猿泰山喊道。泰格正准备折断一根遭到闪电破坏的树枝,听到叫喊后抬头往上看去。"走!靠近狮子,去折磨它,"泰山说,"惹怒它,直到它来攻击你。把他从玛姆卡的尸体旁引开。尽你所能,把它引得越远越好。"

泰格点点头,他从泰山身边穿过那片空地,然后猛地一拉树枝,从树上跳了下来,厉声怒骂着朝狮子走去。焦虑的狮子抬起头,站了起来,尾巴僵硬地竖立着,泰格随即转过身,因为他知道那是进攻的警告。

泰山从狮子后面迅速扑向空地中央,来到玛姆卡尸体旁边,而狮子完全没有注意到泰山,它将全部的精力都放在了泰格身上,紧追逃跑的公猿,但泰格爬上了距离最近的一棵树,赶在狮子扑过来之前麻利地爬了上去。这头大型类人猿像一只大猫,以这棵树为掩蔽,在树十上上下蹦跳。狮子的爪子奋力向上扑,但还是差了几英寸,没能抓住他。

狮子气急败坏地蹲在树下,眼睛圆鼓鼓地瞪着巨猿,咆哮着,大地似乎都在颤抖,之后转向猎物,当它转过来时,尾巴再次竖了起来,迅速扑了上去,甚至比之前还要猛烈,因为它看到一个赤裸的人猿肩上扛着血淋淋的尸体,朝着远处的树林跑去。

巨猿们躲在安全的树丛中,看着这场竞赛,他们一边朝着狮子尖叫,一边向泰山发出警告。太阳高照,阳光十分刺眼,像聚光灯一样聚焦在旷野上奔跑的"运动员"身上,对于周围繁茂树荫中的观众来说,这场景颇为精彩。除了猎物毛茸茸的尸体掩盖

狮子来了 | 125

的那块之外，人猿的浅棕色身体裸露出来，红色的血迹淋在他光滑的皮肤上。在他身后，是那头怒吼的狮子，头部扁平，尾巴伸展，在丛林中狂奔，穿过阳光普照的空地。

天啊，这可离死亡只有一步之遥啊，对于这样的危险，泰山竟十分激动，可他能在死亡到来之前爬到树上吗？钢托在泰山前面的那棵树上一摇一摆，尖叫着，发出警告。

"抓住我！"泰山大声喊道，重心放在后腿上，一只前爪悬挂在那里。

钢托一把抓紧了他们——包括泰山与遇害的母猿尸体——靠着那只毛茸茸的大爪子抓住他们，向上打转，直到泰山的手指抓住附近的树枝。

下方的狮子跳了起来，钢托尽管身形笨重，却像猴子一般敏捷，狮子的爪子几乎伤不到他，也不可能在他的长毛手臂上留下血痕。泰山扛着玛姆卡的尸体爬到树丛高处，即使是猎豹也够不到他们。狮子在树下转来转去，愤怒地咆哮着，泰山抢走了猎物，报了仇。狮子确实非常凶悍，可这次对方完全不在自己的掌控之中。又向狮子砸来几颗石头后，巨猿们在树丛中掉头就跑，嘴里还一个劲儿地咒骂它。

对于这次小小的冒险，泰山想了很多，如果丛林庞大的食肉动物将注意力转移到了克查科巨猿部落上，结果会怎样呢？与此同时，泰山也注意到狮子首次来袭时，大家为寻求安全庇护的疯狂混乱场景。丛林中，很少有不含残忍可怕因素的诙谐幽默，野兽们几乎是没有幽默概念的，但这位年轻的英国人在许多事物中发掘到了幽默，而他的伙伴们压根没注意到这一点。

自幼年起，泰山就一直找寻乐趣，大多源于同伴们的悲伤，现在他看到了在巨猿们的恐慌中折射出来的幽默，甚至在这次抢夺玛姆卡尸体的惊心冒险中，在狮子的愤怒中也体会到了幽默，同时也挽救了部落其他许多成员的生命。

几星期后，猎豹突然匆匆赶来，趁着母猿出去觅食，从树上一个隐秘处偷走了一头小猿。猎豹抱着小猿，轻而易举地逃走了，泰山非常生气，晚上跟公猿谈及狮子和猎豹时，提出必须干掉它们！

"他们会以我们为食，"他大声说道，"我们在丛林中狩猎，经常不注意附近的敌人，就算猴子也不会这样的，他们中总会有两三个就这样一直盯着敌人。当其他成员进食时，斑马和羚羊就会有成员守护着群落，而我们，伟大的巨猿，能甘心公狮、母狮和猎豹随时过来，抓上我们，带回去喂他们的孩子吗？"

"不能。"纳格说。

"我们该怎么办？"泰格问道。

"我们也应该派出两三个人盯着公狮、母狮和猎豹出入。"泰山回答说，"我们不需要害怕任何人，除了蛇以外，虽然蛇总是静悄悄地爬动，但如果我们留意的话，它过来我们是可以发觉的。"

至此克查料部落的巨猿们张罗了哨兵，部落觅食期间，他们便分散开来，四处巡逻。

但泰山时常独自外出，他喜欢探险与刺激，以及在残酷可怕丛林中生存获取的快感，这种感觉，只有了解这种生活模式而不害怕的人才会拥有——那是种奇怪的感觉，眼神充满杀气，双手沾满鲜血。其他人寻求的不过是食物，人猿泰山追求的是食物和喜悦。

一天，泰山在孟博拉首领那围满栅栏的村子上方摇荡，这是丛林里的一个行动敏捷原始的食人族。泰山，就像往常那样，又看到了巫医拉巴·科佳，他头戴装饰物，旁边是一头水牛。一个黑人和一头水牛一起招摇前进，这让泰山觉得十分可笑。但这并不重要，重要的是当他们靠在孟博拉小屋旁伸懒腰时，泰山偶然间发现那里挂了一张狮子皮，且狮子头也在上面。于是，一抹灿烂的笑容出现在了这个野性的年轻野兽帅气的脸庞上。

泰山回到丛林，又变回了那个拥有灵敏侦察力、力量与狡黠并存、受上天眷顾的泰山，他轻而易举地找到了食物。如果泰山知道世界欠他另一种生活，那么他会靠自己的实力去争取，这位英格兰爵士的孩子是最优秀的自我创造者，但他不了解自己的祖先，对于祖先的生活方式更是一无所知。

天黑透了，泰山回到孟博拉的村子，栖息在一棵光溜溜的树上，树下是三面栅栏与一面墙围成的空地。村子里没有举行盛宴，街上一个人也没有，因为只有鲜肉和当地的鹿才能引起孟博拉村民的食欲。今晚，部落里的长者们围坐在篝火边闲聊；年轻人则是两两一起坐在茅草盖成的屋舍下。

深夜，泰山蜷缩着身子打算睡觉，他仰面看着天上闪闪的星星和月亮，注视许久后，他笑了。他回忆起当狮子来袭并抓走玛姆卡时，巨猿们四处逃散寻求庇护的丑状是多么可笑，可他知道他们曾经也很凶猛勇敢。事出突然，他们才会陷入恐慌，但泰山还没有彻底搞明白这一点，他以后还要好好学习。

泰山咧着嘴，开心地睡着了。

早晨，一群猴子站在离泰山不远的一根较高的树枝上，泰山仰着头，猴子朝他扔去坏豆荚，把他从睡梦中叫醒了。泰山抬头笑着看看猴子，猴子总是用这种方式叫自己起床。泰山和猴子是很好的哥们儿，二者的友谊建立在互惠共赢的基础之上。有时，猴子会早早来叫泰山起床，告诉他小鹿在附近吃草，或者野猪在旁边的泥坑里睡觉；作为回报，泰山会帮猴子打开坚果和水果的硬壳，或者赶走蟒蛇和猎豹。

太阳已经升高，克查科部落的巨猿们四散去寻找食物了。猴子一边挥手一边用尖利的叫声来给大家指路。

"来这儿，猴子，"泰山说，"快来看，你会高兴地跳起来，说不定还会惊掉下巴。来，跟着我。"

说完，泰山向前走着，猴子在泰山的上方一边跟着他，一边不停地私语、尖叫。泰山肩上披的就是他昨晚从首领孟博拉的村子里偷来的狮皮。

巨猿们在森林里觅食，之前钢托、泰格和泰山在旁边的空地上反复攻击狮子，终于阻止了它的猎食行动。现在他们几个就在空地上心满意足地吃食物，泰山像往常那样独自出去打猎或去海边的小屋，一去就是好几天，但大家牢记着泰山的告诫，他们也知道，一旦把布置哨兵的时间稍微延长一会儿，这一部落习俗便会延续下去。

泰山了解他们，甚至比他们自己还要了解得透彻，他知道一旦自己离开了，他们立马就不设哨兵了。这会儿，他决定要跟他们开个玩笑，让其尝尝不听从命令的滋味，还准备给他们个教训，这点在丛林生活中，比在文明世界还要适用。

现今，你我的存在都要依赖渐新式的类人猿的准备工作。巨猿克查科部落向来都以自己的方式做好了万全准备，这自不必说，泰山只是给他们提出了一种新型的防卫方法。

钢托今天负责巡逻空地的北边。他蹲在树杈上，能看到周围很远处的丛林，他第一个发现了敌人。树下灌木中的一阵"窸窣"声吸引了他的注意，不一会儿，他就隐隐约约地看到了蓬乱的鬃毛和黄褐色的背影。一瞬间，它就从钢托背后茂密的树叶中一闪而过。钢托从他那似皮革般的肺里惊讶地发出了一声"克拉嘎"，示意巨猿们危险来了，要其加以防范。

巨猿们立即接连发出信号，不一会儿"克拉嘎"的叫声就响彻了丛林，还在空地里的巨猿们迅速回到了较低树枝下面的安全处，大型公猿们则跑向钢托。

一头"狮子"阔步走到空地上，浑身散发着庄严与威猛的气息，从胸膛深处呻吟着、咳嗽着，不停地发出"隆隆"的咆哮，把那些毛发蓬乱的巨猿们吓得汗毛直立，从头颅凉到脊背。

狮子在空地上停住了脚步，一瞬间，碎石和从枯树上折下的断枝纷纷从附近的树上砸下，一次次地击中狮子。然后，巨猿们下来收集石头，继续毫不仁慈地砸向狮子。狮子转身想要逃走，但后路被齐射下的尖利投掷物所阻挡。泰格站在空地边缘上，用与人的头颅差不多大小的石头砸向狮子，下方的丛林之王顿时受到重击。

克查科部落的巨猿们尖叫着，大吼着，冲向倒下的狮子。巨猿们没有停下手中的树枝和石头，还龇着黄牙吓唬一动不动的狮子。过了一会儿，狮子还没恢复意识，就遭到他们的连续猛击，露出了血淋淋的断骨，毛发乱成一团，简直成了丛林历史上最可怕的野兽。

当巨猿们用树枝和石头砸向狮子，露出尖牙撕咬它时，从树上跳下来一个铅锤般的小东西，他留着长长的白色胡须，脸上布满了皱纹。他来到狮子身上，又蹦又跳，大声挑战克查科的公猿们。

一瞬间，巨猿们惊愕于眼前这个非凡之物，暂停了攻击。是猴子，这个胆小鬼，挑战着凶猛的巨猿，他在狮子的尸体上蹦来蹦去，大叫着不许他们再攻击狮子。

公猿们停止了攻击，猴子从狮子身上跳下来，抓住旁边的一只黄褐色的耳朵。他用尽小小身体里的所有力气去拉那颗沉重的

130

狮子来了

头颅，缓缓将它转了过来。这头发蓬乱、脑袋乌黑、轮廓清楚的面庞——是人猿泰山。

一些年长的巨猿停止了攻击，而泰格，愠怒强壮的泰格迅速来到人猿泰山身旁，骑在意识模糊的狮子身上，为自己儿时的同伴报仇。他的同伴蒂卡坐在泰格边上，龇着牙。大家也模仿他们，不一会儿，长毛巨猿们就在泰山周围围成了一个圈，不让任何"敌人"靠近他。

几分钟后，让人出乎意料的是泰山逐渐缓过神来，睁开了眼睛，恢复了意识。他看了看围在身旁的巨猿们，慢慢意识到了事情的来龙去脉。泰山脸上渐渐露出一抹灿烂的笑容，他的性格也是如此。他身上多处擦伤和青肿，但好在这场冒险的所有代价都是值得的。比如，他知道了巨猿克查科部落认可自己的教导，他还在那些愠怒的野兽中交到了几个好朋友，在这之前，泰山以为巨猿们一点感情都没有。他发现猴子——尽管个头不大，性格懦弱——也会冒着危险来保护自己。

泰山很高兴能了解到这些事，但这教训仍使他感到羞愧。他是这场闹剧中的小丑，在如此糟糕的场合中唯一一个小丑，导致现在身负重伤，躺在地上，他差点发毒誓再也不开这种玩笑了——但他知道自己是做不到的。

Chapter 9
噩梦连连

在孟博拉酋长的村寨里,黑人们正拼命地大快朵颐,人群头顶的大树上坐着人猿泰山——整个人严肃可怕,又饥又饿,眼神火热地看着面前的盛宴。即便是最厉害的丛林猎人,也会时而食物充沛,时而食不果腹。有时候,泰山白日里吃不饱肚子,夜里更是长时间地饥饿难忍,不过这样的情况并非常态。而这天,泰山又没捕到多少猎物。

几年来,丛林里的食草动物们相继得病,在这片平原几乎找不到野味的踪迹,而大型的猫科动物们又繁衍迅速,数目越来越多,导致好长一段时间内,野兽们吓得四处躲藏,泰山的猎物们也逃得所剩无几。

大多数情况下,泰山一直过得很滋润。然而,今天他腹中却空空如也,丛林里的灾难接踵而至,爆发得如此之快,几乎跟他捕捉新猎物的速度有得一拼。现在,泰山坐在狼吞虎咽的黑人们

噩梦连连 | 133

头顶上，望着下面终生的敌人，体内饥火烧肠，胸腔中有股仇恨油然而生，翻腾搅动。饿着肚子坐在树杈上，看着这群黑人大吃大喝，将肚子撑得几乎炸裂，而食物里还准备着肉排样的东西！这一幕实在令人垂涎！

大象确实是泰山最好的朋友，他从未尝过大象的肉，而这群黑人显然宰杀了一头大象。不过，看着人群津津有味地啃食着猎物，泰山毫不怀疑，一旦有机会，他也会抛开所谓友情，先吃上一顿。当然，要是人猿泰山能够预料到，早在黑人们发现大象尸体的前几天，这头大象就已经病死了，也许他便不会这么热衷于分食宴会上的食物了，毕竟他可不爱吃腐肉。然而，即便是最挑剔的美食爱好者，也会饿到饥不择食，味觉失灵，何况是对食物不怎么讲究的泰山。

此刻，他就像一头饥肠辘辘的野兽，小心谨慎地观察着四周的动静。村寨中央沸腾的大锅旁围坐着一群黑武士，即便是人猿泰山也没有把握能够安然无恙地穿过人群，前去抢食。因此，最好的办法就是饿着肚子留在树上，等到黑人们填饱肚子，昏昏沉沉地睡着之后，再去瞧瞧，如果有残羹剩饭，泰山便可以借此果腹了。不过在心急难耐的泰山看来，贪婪的黑人宁愿撑死，也不会在离开盛宴前留下哪怕一口食物，每隔一段时间，他们便会跳起狩猎舞，打破枯燥单调的进食节奏，同时充分地刺激消化功能，好让精力再次充沛起来；但是，随着过量地食入象肉和饮下当地啤酒，黑人们很快便对任何活动都提不起力气了，反应也越来越迟缓，有的人甚至瘫倒在地，爬也爬不起，只好就近躺在大锅旁，继续不停地吃喝，直到撑昏过去。

到了午夜时分，这场盛宴仍未结束。许多黑人已经睡着了，但仍有少数人还在坚持跟食物对战。眼前的场景让泰山确信，他可以轻而易举地进入村寨，从黑人们眼皮底下抓上一把肉，而不会被他们发现。但是仅仅一把肉可远远不够，至少得有填充整个胃的食物，才能减缓饿到极致带来的痛感。因此，泰山还得再等等，等到有充足的时间能够安然觅食。

最后，只剩下一个黑武士——一个老家伙，曾经皱巴巴的肚子现在像鼓一样光滑和紧绷——还在坚守着不吃完不罢休的目标了。即便已经有了明显的不适，甚至是疼痛的迹象，他还是爬到锅边，慢慢跪起，把手伸到大锅里再抓起一块肉，然后大声呻吟着仰面打滚，躺着，缓缓地把食物塞到牙齿之间，吞到肚子里。

显然，这老家伙要么吃到撑死，要么吃到一块肉也不剩才罢休，人猿厌恶地摇了摇头。这些黑人到底有多愚蠢？在所有的丛林居民中，只有他们与人猿泰山身形相似，而泰山是一个人类，那么他们应该也是人类中的一种，就像小猴子、巨猿和大猩猩一样，虽然体形、样貌和习性各不相同，但同属于一个大科。但是，泰山感到十分羞愧，丛林里存在的所有野兽中，人类是最可憎可恨的——鬣狗也一样。只有人类和鬣狗吃相难看，总是将肚子撑得像只死老鼠。泰山曾经见过鬣狗在一具大象的尸体上啃出了一个洞，越啃越深，最后吃瘫在里头钻不出来。现在他倒是相信，要是有机会，人类也会这么做。人，也是最不可爱的动物——瘦削的大腿，难以餍足的胃，成排的牙齿，肥厚的红唇，一切都恶心无比。泰山目不转睛地盯着丑陋的老武士在底下的一片狼藉之中打滚。

老东西还在那儿挣扎着跪起，想再吃一口肉！整个人已经痛得大声呻吟，却仍想继续吃，吃，不停地吃。泰山再也不想忍受饥饿和厌恶的双重折磨了。他悄悄地沿着自己和欢宴者之间的大树干滑下，溜到了地上。

那人还跪在大锅前，痛苦地弯下了腰，几乎快贴到了地面，后背朝着人猿。泰山悄无声息地迅速走了过来，没有发出一点儿声音，手指便紧紧掐住黑人的喉咙。老家伙由于年纪大了，吃得太饱，又喝了太多酒，仅仅稍微挣扎了一下，便昏昏沉沉地倒下了。

泰山扔下瘫软的老东西，从蒸煮的锅里舀出了几块大肉——分量足够饱餐一顿了——接着他举起贪吃鬼的身体，一把推进了大锅中。等其他黑人醒来，让他们好好瞧瞧那场景！泰山咧嘴笑了笑。在带着肉回到树上前，他又拿起了一只盛着酒的大杯子，举到嘴边，刚尝了一口，便全喷了出来，原始的酒杯也被扔到了一旁。泰山完全确信，鬣狗要是喝到了这令人作呕的酒水，也一定会吐得老远，这一想法使他对人类的蔑视加深了几分。

泰山荡进了丛林，在半英里开外停了下来，开始品尝偷来的食物。肉块散发出了一种奇怪而令人不悦的气味，但是泰山猜想，这或许是由于大锅架在火堆上烤的原因，毕竟他不习惯也不喜欢吃熟食。但是肚子实在太饿了，狼吞虎咽地吃了一大堆食物后，泰山才真正意识到这些东西确实令人作呕。他很快便吃饱了，食量比想象中小了不少。

泰山往下滑了些，平衡地跨坐在树杈上，蜷曲着身子，准备打个盹儿，可却迟迟无法入睡。往常，泰山入眠极快，就像一只地毯上的小狗，蜷缩在燃烧着熊熊火焰的壁炉前安然入梦。但今晚，再怎么翻来覆去，扭动身子，肚子里总有种奇怪的感觉，像是里面的象肉碎块在翻腾着想一涌而出，涌到夜色里去寻找大象本体。泰山不会让它们如愿！他咬紧牙关，生生地忍住了呕吐的冲动。等了这么久才得来的一顿饭，谁也休想抢走。

泰山睡着了，直到被狮子的吼声给吵醒。他坐起身来，揉了揉疲惫的双眼，天色已经大亮，自己适才真的睡着了吗？怎么睡了一觉后，却并未像往常一样感到神清气爽？突然，底下传来了一声巨响,他低了头,看到一头狮子正站在树下,贪婪地盯着自己。泰山朝着百兽之王做了个鬼脸,但是令人猿吃惊的是,狮子竟然爬上树枝向他而来。在此之前,泰山从未见过狮子上树,但是此刻不知怎么地,对这头能爬上树的奇特狮子,他却并未感到震惊万分。

当狮子慢慢地朝人猿爬来时,泰山打算往高处的树枝爬去,但令人懊恼的是,他发现自己竟然上不去。一次又一次地滑了下来,每上去一点儿就掉了下来,而狮子还在稳步地往上爬,越来越靠近人猿。泰山甚至能看到,那双黄绿色的眼睛里满是饥饿的光芒,下垂的颌边流出一串串口水,巨大的獠牙正准备着抓住并嚼碎自己。人猿绝望地挣扎着,最后终于抓到了一丝逃生的机会,他够着了一根高高在上的细长树枝,那儿可没有狮子能爬得上去。然而,恶魔般的狮子还是一步步地紧随其后,简直令人难以置信,却又千真万确地发生了!但最令泰山震惊的是,不管眼前的一幕有多么不可思议,从最开始的狮子上树,到后来狮子爬上了连猎豹都不敢冒险的高度,这一切他竟然都能理所当然地接受。

人猿继续笨拙地往大树的最顶端爬去,狮子在身后阴沉地呻吟了一声,紧紧跟着。最后,泰山稳稳地站在一根摇摆的树枝尖上,几乎立于森林之巅,而且他再也走不动了。可底下的狮子还在稳步地往上爬,人猿终于意识到最后的结局,来了。他没法在一根小树枝上跟狮子作战,尤其是像这样奇特的狮子,能够站在离地面两百英尺的晃荡树枝上,如履平地。

狮子越来越近了。再过一会儿,它就可以伸出大爪子,将人猿拖到血盆大口之下。突然,头顶上响起了一阵"呼啦啦"的声音,泰山警惕地朝上看了看。一只大鸟正在上空盘旋。人猿从未亲眼见过这么大的鸟儿,但却立马就辨认出来了,他曾在海湾边的小木屋里翻阅过一本画册,他瞧过里边这只大鸟的图案不下百次——长满苔藓的小木屋,以及屋内的东西是泰山死去的父亲留下的唯一遗产,除此之外,年轻的格雷斯托克勋爵对父亲一无所知。

画册中,这只大鸟飞得又高又远,爪子上抓着一个小孩,而下方,一位心乱如麻的母亲站在那儿拼命挥舞着双手。此时,狮子已经伸出了爪子准备俘获泰山,千钧一发之际,大鸟俯冲而来,骇人的爪子凶狠地埋进了泰山后背。当人猿被大鸟抓起,得以逃离狮子的魔爪时,他感到一阵如释重负,连疼痛都麻木了起来。

大鸟振翅翱翔,飞得极快,底下的森林渐行渐远。从如此高的位置往下看,泰山感到头晕目眩,他闭上眼睛,屏住呼吸。大鸟继续越飞越高。泰山又睁开了眼睛。丛林远在天边,极目眺望之下也只能瞧见一片模糊的绿色,而头顶上方,太阳仿佛触手可及。他伸出了冻僵的双手,好让阳光暖和暖和。突然间,一股焦躁席卷了身心,这只大鸟要把他带到哪里去?就算这只长满羽毛的怪物体形硕大,难道自己就要被动地屈服吗?他,人猿泰山,英勇的战士,难道要不出一击,毫无反抗地死去吗?绝不可能!

泰山从遮羞布里抽出猎刀,用力朝上刺去,一次,两次,三次,刀尖刺进了上方大鸟的胸膛。强有力的翅膀断断续续地扇动了几下,随后爪子松了开来,人猿泰山"扑通"一声朝远处的丛林掉了下去。

人猿感到自己掉了好几分钟,才从枝叶繁茂的树梢上摔了下来。层层叠叠的小树枝缓冲了降落的速度,最后他落到了一根前一晚才小憩过的树枝上,准备稍事休息。但在落下的一瞬间,泰山身形不稳,他前后摇晃着努力想维持平衡;可还是滚了下来,双手赶忙胡乱地抓了一把,最后紧紧地揪住了一根树枝,整个身子悬在了半空。

噩梦连连

泰山再次睁开了眼睛，他记得自己掉落时闭上了双眼。此时，周围夜色正浓。他像以前那样，敏捷地爬回了掉落前跨坐着的树杈。底下还是一头狮子在愤怒地咆哮，泰山往下仔细看了看，月光下那双黄绿色的眼睛穿透了漆黑的丛林，正贪婪地向上注视着自己。

人猿急促地喘了一口气，每个毛孔都冒出了冷汗，胃里翻腾搅动，一阵难受。适才，人猿泰山做了第一个梦。

有很长一段时间，他坐在那里看着狮子爬上身后的树，听着从头顶上大翅膀扇动的声音，此刻对于人猿泰山而言，梦里发生的一切都是真实的。

但是泰山又难以相信所见所闻，不过，即使发生了如此不可思议的事，他还是信任自己的感知。在泰山的生命里，感官从未出现过严重错误，所以他自然而然地对它们信心十足。每一种传递到人猿大脑的知觉，准确度各不相同，但都真实无比。泰山完全想象不出自己会经历这样一场奇怪的冒险，没有一丝真实的痕迹。一个被腐烂的象肉百般折腾的胃，一头在丛林里怒吼的狮子，一本画册，以及一场清晰地刻画了所有经历细节的梦境，这一切完全超乎想象。但泰山知道狮子不会爬树，森林里也不存在梦中出现的大鸟，他还知道，从空中摔下的那段距离，哪怕缩短一大截，自己都不可能在摔下后还活着。

简单说来，打算再打个小盹的泰山依旧一头雾水——脑中疑惑不解，身体恶心反胃。

当泰山正深入地思考着夜里发生的这些怪事时，眼前又出现了另一幕令人震惊的场景，荒诞不经，却真真切切地发生在泰山眼皮底下——一条大蛇，扭动着弯曲黏滑的身躯，沿着底下的树干缠绕而上——蛇头变成了被泰山推入大锅之中的老家伙——老黑武士的头，拖着圆滚紧绷、肿胀黝黑的肚子。阴森恐怖的脸庞，朝上翻着的眼睛，老头僵硬呆滞地张大嘴巴，越靠越近，企图抓住泰山。人猿愤怒地一拳落在丑陋的面孔上，但是刹那间，幽灵般的脑袋消失了。

泰山坐直了身子，用力地喘了一口气，睁大眼睛，四肢颤抖。敏锐又训练有素的眼睛迅速地朝四周瞥了一眼，但此时一点儿也看不见那只长着老人头蛇身的怪物，反倒是有一条毛毛虫从头顶的树枝掉到了泰山赤裸的大腿上，他做了个鬼脸，一把将毛毛虫扔进了底下的一片漆黑之中。

就这样，在夜幕降临之后，梦境接连不断，一个又一个噩梦接踵而至，直到人猿心乱如麻，林间的一点风吹草动，或是一片静默之中鬣狗突如其来的一声阴嗥，都让他犹如一只受惊的小鹿，吓得一蹦而起。最后，黎明终于姗姗而来，破晓的曙光照射着全身发烫、病恹恹的泰山，他步态蹒跚地在阴冷潮湿的森林迷宫里摸索着寻找水源，身体仿佛被架在火上炙烤，喉咙干痛难忍。此刻，眼前似乎是一团层层叠叠、相互缠绕、无法穿越的灌木丛，等待着与野兽无二致的泰山爬入其中，躲避食肉动物的袭击，藏匿行踪，孤独死去。

然而泰山并没有就此死去。有很长一段时间，他都存着死亡的念头。但在身体机能的运转下，痉挛的胃部开始自愈了，一身冷汗不由自主地冒了出来，最后他慢慢地进入了一场正常的睡眠，一直到下午时分都静默无扰。再度醒来时，泰山发现自己虽然还有些虚弱，但已经没了一身病气。

他再次出发想找些水喝，畅快地饮了好几大口后，泰山慢慢地向海边的小木屋走去。在感到孤独和烦恼时，他总会到那儿去寻求宁静和放松，这种安详在其他任何地方都体会不到。

当泰山走近小木屋，拉开父亲多年前制造的粗糙门闩时，两只狭小的、布满血丝的眼睛正从附近的丛林里,透过隐隐约约的树叶注视着他。蓬乱而垂悬的眉骨下迸射出一股狠狠的敌意,夹杂着强烈的好奇。泰山走进小木屋,随手关上了门。在这里,整个世界似乎都被拒之门外了,他可以无所顾忌地安然入梦;可以蜷缩着身体翻看画册里奇怪的图片;可以推测着读出印刷的文字,哪怕语言不通,也不懂文字代表的意义;甚至可以进入到一本本书籍里,去感受未知而又精彩的世界。公狮和母狮可能会在附近徘徊,野兽们可能会愤怒咆哮,但至少在这里,泰山不用时刻戒备,可以愉悦地放松身心,尽情地感受着不受打扰的最大乐趣。

今天,泰山特地看了看曾经抓走小白人的那只大鸟照片,翻看着彩色的图画,他不禁眉头紧锁。没错,这的确是前一天将自己抓走的大鸟,对泰山而言,那个梦境实在太真实了,他总觉得自从自己在树上睡着之后,日子偷偷溜走了一天一夜。

然而,泰山越想越觉得自己经历的那段冒险幻而不真,但是他又无法确定真实和虚幻何时何地开始交替。那时他真的去过黑人们的村庄吗?真的杀死了老黑人吗?真的吃了象肉,并且生了病?泰山挠了挠蓬乱的黑头发,努力思索着。这一切都太奇怪了,但他很清楚自己从未见过狮子爬上大树,也没有见过蛇的头和肚子会变成一个老男人,并且那人还被自己给杀了。

这神秘诡异的经历无论如何泰山也弄不明白,最后只得长叹一声,放弃了挣扎,但在内心深处,他隐约察觉到一种从未经历过的感受,进入了生命之中,萌发于熟睡之时,并随着意识蔓延到了清醒时分。

接着他又想到,在睡梦中遇到的这些怪物是否会杀掉自己?毕竟那时候,人猿泰山完全变了样,行动迟缓,胆小无助——像最担惊受怕的小鹿一样,总希望能远远逃离开敌人。

可以说，这个梦使泰山开始对恐惧有了一丝模糊的认识，这是他此前清醒时从未有过的体会，这种感受或许先辈们也经历过，并先以迷信、后以宗教的形式传给了后代子孙。像泰山一样，他们也在夜间看见了这些难以用白日的感知或理性来解释的事物，于是便为自己找了些奇怪的解答，比如，它们拥有荒诞不经的形状，拥有奇特神秘的力量，这样一来，所有自然中无法解释的现象便可归咎于此，而每一次现象的重现都使他们充满敬畏、惊奇或恐惧。

当泰山把注意力集中在书页上一串串小虫般的字母时，先前奇异的冒险记忆瞬时活跃了起来，一股脑儿涌进了此刻正在阅读的文章之中——这是一篇关于大猩猩被围困的故事。书上色彩分明地画着一只栩栩如生的大猩猩，因禁于笼中，周围显而易见的是一群白人，站在栏杆旁好奇地盯着咆哮的野兽。一如既往地，泰山对那些包裹在白人身上、看起来毫无用处的彩色衣裳感到万分惊奇，每次一看到这些奇怪的生物，总不禁要咧嘴一笑。他常常在想，这些人把身体遮住是因为耻于身上无毛，还是因为觉得穿戴这些奇怪的东西会使外貌更加美丽？尤其是那些奇形怪状的头饰，简直逗乐了泰山。他也好奇，图中的一些雌性是如何做到平衡地站立在地上的？当眼神瞄到雄性们头顶上滑稽有趣的圆头巾时，泰山更是忍不住放声大笑了起来。

慢慢地，人猿猜出了书上各种字母组合在一起所代表的意义，但是一边阅读时，一边又感到这些小虫子——泰山习惯将字母称作小虫子——总是令人困惑地四处乱爬，迷惑了视线又混乱了思绪。他甚至两度用手背擦了擦眼睛，但仍需片刻才能将小虫子重新排列成条理清晰、易于理解的模样。前一晚的睡眠不足，加上疾病困扰，轻微发烧，使得泰山现在极度疲惫，越来越难以集中注意力，眼睛也越来越睁不开了。

噩梦连连 | 143

泰山感觉自己正在慢慢入睡,但睡梦中还留有一丝清醒的意识,那是身上传来的痛感,但他决定任疼痛顺其自然,不稍片刻,小木屋的门开了,声音惊醒了泰山。他迅速地转头望去,吃惊地看了好一会儿,门口出现了一头毛茸茸的巨型大猩猩。

此时此刻,对泰山而言,无论和丛林里的哪位居民关在一起,都好过和大猩猩关在一间小木屋里,不过他并不害怕,尽管锐利的双眼已经注意到大猩猩正处在一种歇斯底里的狂躁之中,那是许多凶猛的雄性都有的症状。通常巨型的大猩猩会避免和其他的丛林居民发生冲突,称得上是最好的邻居了。但是一旦它们受到攻击,或是处于暴躁抓狂时,没有哪位大胆凶猛的丛林居民敢主动挑衅。

对泰山来说,现在几乎没有逃脱的可能了。大猩猩正双眼泛红,恶狠狠地怒视着他,不用片刻便会冲过来一把捉住人猿。泰山伸出手摸向身旁桌子上放置的猎刀,但是手指头没有够着任何武器,他转头迅速地瞟了一眼。目光落到了方才观赏的画册上,翻开的地方还停留在印有大猩猩图案的页面上。泰山找到了猎刀,拿在手上漫不经心地把弄着,又朝着大猩猩咧嘴笑了一笑。

他不会再被这些在睡觉时出现的幻象给欺骗了!毫无疑问,用不了多久,大猩猩就会变成老鼠,并且长着大象的头。泰山最近见过太多这样奇怪的事了,都能猜到接下来要发生什么了。但这次大猩猩的身体没有发生变化,而是慢慢地朝年轻的人猿走了过来。

泰山也有点困惑,仿佛又进入了一场引人注目的新冒险,他不想仓皇逃向安然之地。虽然现在只有自己一人,但泰山已经做好了准备,必要时便开战。不过他仍然觉得眼前有血有肉的大猩猩只是一个幻觉。

144

泰山想着，野兽很快就会消失在稀薄的空气里了，或是变成别的东西。然而，事实并非如此。大猩猩的身影越来越清晰可见、真实无比，几缕阳光从年轻的格雷斯托克勋爵身后透窗而进，照射在大猩猩华丽的黑色大衣上，毛发均闪烁着生命和健康的光芒。泰山感到这是睡眠中最真实的一场冒险了，他耐心地等待着下一件即将发生的趣事。

很快地，大猩猩便冲了过来，强劲有力、长满老茧的双手猛地抓住了人猿，巨大的獠牙紧挨着脸庞，喉咙里发出一阵瓮里瓮气的可怕吼叫，呼吸而出的热气在面颊上扩散开来，但泰山仍坐立不动，微笑地看着幽灵般的大猩猩。他可以被愚弄一两次，但绝不会连续多次犯蠢！泰山知道这头大猩猩绝不是真的，真实的大猩猩根本不可能打得开小木屋的门，只有泰山知道门闩该如何拉开。

大猩猩似乎对于人猿的无动于衷感到十分困惑。它号叫着贴近对方的喉咙，停顿了几秒，似乎突然做了个决定。双手快速一动，像抱起一个婴儿一般，轻而易举地将人猿扛到毛发蓬松的肩上，转过身冲进了开阔的森林之中。

现在，泰山更加确定这是一场睡梦探险了，因此被大猩猩抓走时，他不仅毫无抵抗，还十分开心地笑了起来。他推断，不久后自己就会醒了，发现又回到了睡着时的小屋里。泰山想着又回头看了一眼，小木屋的大门正大开着，这还从来没有发生过！他总是小心翼翼地把它关起来，拴上门闩以防备不速之客。猴子要是有机会到屋内待上几分钟，准会对泰山的小宝藏造成一场难以挽回的浩劫。人猿的脑海里浮现出了一个个令人困惑的问题。这场探险什么时候会结束？现实世界将在哪里开启？他要如何确定小木屋的门不是真的开着？此刻身边的一切都十分正常——没有

噩梦连连 | 145

出现之前睡梦里的那些怪诞夸张的景象。或许现在应该找个安全之地，好好确认下小木屋是否大门紧锁——就算眼前发生的一切都不是真实的，检查下也总归不会出错。

泰山尝试着从大猩猩肩上滑落下来，但这巨型野兽只是凶猛地咆哮了几声，更加用力地紧抓不放。人猿使劲一扯，挣脱开来，跳到了地面，而这头梦中的大猩猩转而恶狠狠地发动了攻击，再次抓住泰山，巨大的獠牙深深埋进光滑的棕色肩膀里。

疼痛和鲜血唤醒了泰山战斗的本能，唇边的冷笑一丝丝褪去。现在不管是睡着还是醒着，眼前的东西都不能当成一个玩笑看待了！人猿和大猩猩立马撕咬到一起，拉扯着、咆哮着在地上打滚。大猩猩狂怒得几乎丧失了理智，一次又一次地抓住人猿的肩膀，企图掐住他的颈静脉，但又一次次滑落；而人猿泰山早前曾多次对付过这种出手便直攻致命血管的野兽，每次他总能一边朝敌人的喉咙抓去，一边避开危险的招式。最后，泰山成功了——强壮的肌肉在光滑的皮肤下凹凸绷紧，他用尽全力将毛茸茸的躯干猛然一推，手指钳住了大猩猩的喉咙，狠狠一扯，另一只手小心谨慎地从腰间伸了出来，将猎刀刺进了野兽的心脏之中——钢铁般的手腕快速移动，锋利的刀刃次次击中目标。

大猩猩发出了一声可怕的尖叫，用力挣脱开人猿的束缚，站起身，跟跟跄跄地走了几步，便瘫倒在地，四肢不住地抽搐了几下，随后一动也不动了。

人猿泰山站在原地俯视着猎物，手指抓了抓浓密的黑发。不一会儿，他又弯下腰摸了摸尸体。大猩猩的鲜血染红了手指。泰山举起手，凑到鼻尖闻了闻，然后摇了摇头，朝小屋走了回去。门依旧大开着。他先关上门板，拴上门闩，然后又回到被杀死的猎物尸体旁，停了下来，困惑地挠着头。

如果这是一次睡梦探险，那什么时候才会醒呢？他要怎样才能区分梦境和现实？过去生活中发生的一切有多少是真实的，又有多少是虚幻的？

泰山一只脚踩在匍匐的躯体上，仰起脸，对着天空发出了公猿胜利的号叫，远处传来了一头狮子应和的吼声。一切都无比真实，然而，泰山并不知道。带着一头雾水，他转身进入了丛林。

泰山分不清什么画面是真实的，什么是虚幻的。但有一件事他清楚无比——再也不吃大象的肉了。

Chapter 10
为蒂卡而战

这一日,天气好极了。一阵凉风缓和了赤道上太阳散发出的热量。几个星期以来,整个部落安静祥和,没有任何异族敌人入侵。对猿类来说,眼前的一切无一不说明,未来将如同此刻一般风平浪静——乌托邦的生活将持续永远。

安排哨兵站岗已成了部落的一大习俗,但是他们要么放松警惕,要么一时兴起便丢开岗位,不见踪影。部落周围食物丰富,巨猿们无须四处觅食,然而过于安逸的生活,即便像文明社会那样安置了警卫,依旧容易对原始社会的安危造成威胁。

部落里每头巨猿都放松了警惕,有的甚至认为公狮、母狮和猎豹根本不会再出现了。母猿们带着小猿在阴沉的丛林里独自晃荡,而贪婪的公猿们则去往远方觅食。母猿蒂卡,带着自己的小猿阿赞,来到部落最南部的边缘处捕猎,身旁无一头公猿护航。

再往南些,有一个凶恶的身影穿过森林——一头巨大的公猿,正处在孤独和失败的狂躁之中。一个星期前,他在一个遥远的部落里争夺王位,可惜失败了,被打得遍体鳞伤,拖着疼痛难忍的身躯,他无家可归地在丛林里晃荡着。也许晃荡片刻后,他会再回到原先的部落,从此听从自己曾试图打败的新王发号施令。不过此时他还不想这么做,还存有一丝念想,希望能够坐拥王冠,手揽娇妻,成为她们的领主。失败的耻辱也许需要至少一整个晚上才能忘却,所以土哥就这样在陌生的丛林游荡着,浑身阴森可怕,充满仇恨。

在这样的状态下,土哥意外地遇见了一头年轻的母猿,独自在丛林里捕食——一个陌生的雌性,看起来轻盈健壮,美得无与伦比。土哥屏住呼吸,飞快地溜到小径一侧,让茂密的热带丛林灌木遮掩住身体,然后尽情欣赏眼前美丽的身影。

但是土哥的眼神可不仅仅是落在蒂卡身上——还在周围的丛林里四处环顾,寻找着蒂卡部落里的其他公猿、母猿和小猿们,当然主要是警惕公猿的踪迹。当一头野兽觊觎另一部落里的雌性时,必须十分注意那些巨大凶猛、毛发浓密的守护者,他们很少会远离自己的领地,并且会为了保护自己的配偶或同伴的后代,与陌生人决一死战,昂扬的斗志就如同为自己而战一样。

眼下,除了陌生的母猿和在附近玩耍的小猿之外,土哥没有发现任何公猿的迹象。凶恶而充血的眼睛微闭着,目光紧锁在母猿散发着魅力的躯体上——至于小猿,一头公猿只要张开大嘴,朝那小脖子上一咬,他就再也发不出任何求救的声响了。

土哥体型高大健美,许多地方都和蒂卡的伴侣泰格很像。两头巨猿都正值壮年,肌肉发达,长着完美的獠牙,凶猛可怕,几乎穷尽了母猿所能想到的,最严苛而又最独特的模样。如果土哥也是蒂卡部落里的一员,那么当蒂卡的交配时间到来时,也许她

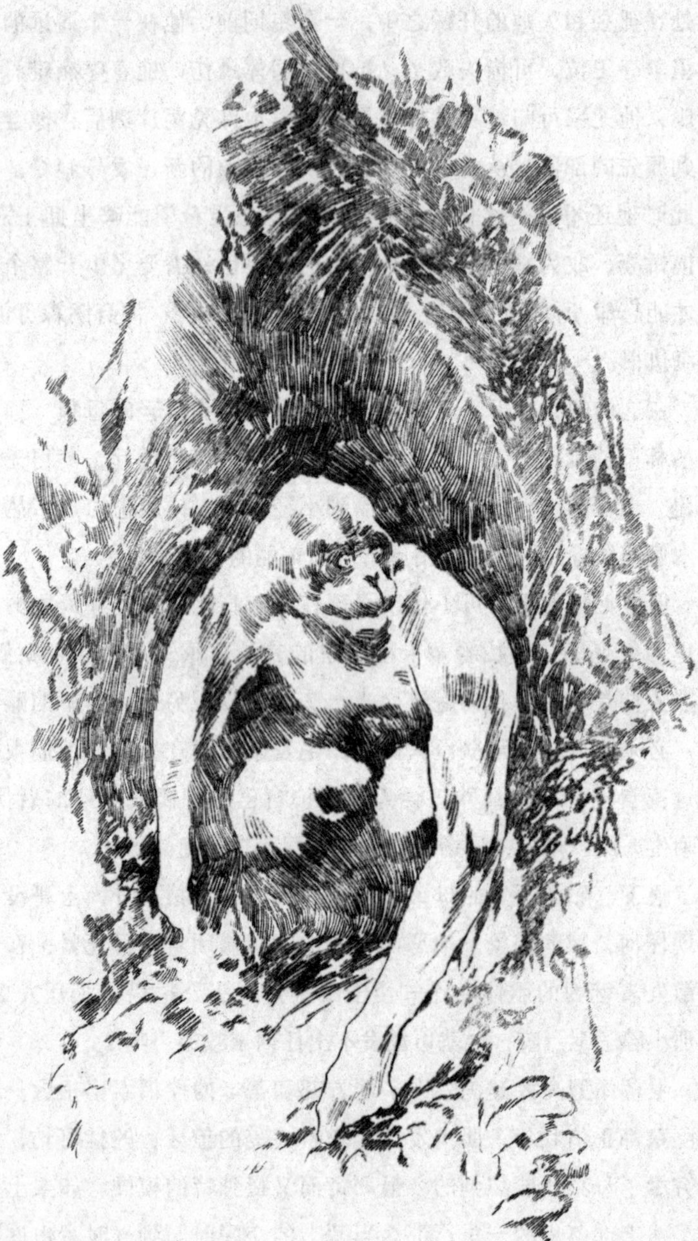

会像臣服于泰格一样,乐意将自己托付给土哥;但现在她已经成了泰格的伴侣了,其他公猿若没有打败泰格,便无法拥有她。就算泰格真的被打败了,蒂卡也有权自行选择伴侣。要是一头母猿不喜欢新的追求者,她可以和自己的合法伴侣一同应战,并竭尽所能阻止公猿的求爱,虽然母猿的力量可能对雄性领主并无帮助,但对于蒂卡而言,就算獠牙比不得公猿那样巨大,依旧可以发挥不容小觑的作用。

方才,蒂卡正忙着寻找甲虫,无暇顾及其他。她没有意识到自己和阿赞已经远远离开了部落的安全领地,猿类本身的警惕和防御意识也消散得微乎其微。泰山教会了部落设立岗哨,在卫兵们的保护下,几个月来部落没有遭遇一丝危险,猿群由此形成了一种谬见,身心都充斥着和平的安逸——由于他们从未受到袭击,所以危险永远不会到来。这一错误观念,在过去曾摧毁了无数个开明的社区,并且还将在未来继续发挥它的魔力。

土哥十分满意地发现这片区域内只有母猿和小猿,他蹑手蹑脚地朝前靠近了过去。当土哥冲到母猿跟前时,蒂卡正背对着公猿,终于,感官被危险唤醒了,她迅速转过身,陌生的公猿已经近在眼前。土哥此刻停在了几步远的地方,一身的怒气在陌生母猿的诱人魅力下消散得无影无踪,取而代之的是充满安抚的声音——一种用他那宽阔而扁平的嘴唇发出的"咯咯"声——像是双唇上演了一场接吻的独角戏。

然而蒂卡只是露出獠牙,凶猛地咆哮着。小阿赞开始朝着母亲跑来,但蒂卡迅速地发出了一声"克拉嘎",警告小猿快高高地爬到一棵大树上,躲藏起来。显然,蒂卡毫不迷恋这位新的追求者。土哥也意识到了这一点,于是相应地调整了策略。他鼓起巨大的胸膛,长满老茧的手指在上面捶了几下,然后在蒂卡面前大摇大摆地来回走动。

"我是土哥。"他自豪地说道,"瞧瞧我充满战斗力的尖牙,瞧瞧我强壮的双臂和有力的双腿。只要咬上一口,我就能杀死你们最厉害的公猿。我还曾独自一人杀死了猎豹。我是土哥,我要你做我的伴侣。"说完,土哥便静待着回应,不过他也没有等待太久。蒂卡飞快转过身,朝着相反方向迅速跑去,灵巧敏捷得不像一头笨重的巨猿。土哥愤怒地咆哮了一声,往前一扑追了上去;但这头体形更小、体重更轻的母猿相较而言,速度更快。公猿追了蒂卡几码后,忍不住大发雷霆,吼叫着停了下来,僵硬的拳头狠狠地敲打地面。

小阿赞从土哥上方的树上往下看了看,恰好目睹了这头陌生公猿挫败的模样。阿赞此时还非常稚嫩,在觉得自己已经足够安全后,他对着敌人发出一句不合时宜的侮辱。土哥闻声抬起了头。蒂卡也在不远处停了下来——她不会离自己的孩子太远,这一点土哥很快也意识到了,并且立马决定利用起来。他发现小猿蹲藏的大树被孤立开来了,若是阿赞要跳到另一棵树上,就必须先落到地面。土哥可以利用母猿对孩子的爱来捕捉到蒂卡。

土哥晃荡着跳到了大树低端的枝条上。小阿赞不再发出侮辱的声音了,凶狠的表情渐渐变得焦躁不安,在土哥开始朝他爬来时,小猿脸上更是露出了恐惧不安的神色。蒂卡对着阿赞大喊,让他爬得再高些,小家伙立马蹦蹦跳跳地爬到了一些细小的枝杈上,这些小枝杈完全不足以支撑大公猿的重量;但是土哥还是继续往上爬着。蒂卡此时并不害怕,她知道公猿爬不了多远,抓不到阿赞,于是母猿坐在离大树稍远的地方,对着土哥羞辱了一顿。作为雌性,她咒骂的功夫称得上是位老手了。

但是蒂卡不知道土哥的小脑袋有多么恶毒狡猾。她想当然地认为公猿会尽可能地朝阿赞爬去，直到再也无法往上爬为止，到时他发现抓不到小猿后，便会掉头过来再次捕捉自己，不过那样做也同样徒劳无用。蒂卡此时十分确信小猿一定会安然无恙，而自己也一定有足够的能力逃脱，所以她没有发出任何求救的信号，否则部落里的其他成员早就一窝蜂地前来相助了。

土哥慢慢地达到了极限，再冒险往上爬的话，纤细的树枝就承受不住他的重量了，而阿赞此时还在上方十五英尺的地方。公猿绷紧肌肉，强壮的双手猛地抓住大树主干，开始用力地摇晃起来。蒂卡见状惊呆了。几乎顷刻间，她便意识到了公猿的意图。阿赞紧紧抓着一根晃动的树枝末梢。在树干晃动起来的瞬间，小猿便站不稳了，不过并未摔下大树，而是手脚紧紧贴着树枝。但是，土哥又使劲了一把，力气加大了一倍。剧烈的颤动使得小猿紧抓的树枝发出一阵猛烈的"咔嚓"声。蒂卡此刻几乎可以清晰地预见下一秒的后果了，深厚的母爱使她暂时忘却了自己的安危，拼命冲上前，准备爬上树，同这头威胁到小猿生命的可怕野兽决一胜负。

但是蒂卡还没来得及够着树干，土哥的奸计就已经得逞了，在猛烈的摇动下，阿赞紧握树枝的手脚被甩开了。小家伙惨叫了一声，从树叶间摔了下去，四肢前仰后合，却没有再够着任何一根树枝，随着"砰"一声令人心颤的巨响，阿赞直直地飞落到母亲脚边，静静地一动不动了。蒂卡呜咽着，弯下腰抱起不省人事的小猿，而此时，土哥来到了母猿身边。

蒂卡挣扎着，撕咬着，努力想挣脱开，但她的力气相较于健硕的大公猿而言，实在太渺小了。土哥不停地打着，掐着，直到最后，蒂卡半昏迷地屈服了。随后，公猿将她举到肩膀上，沿着来时的路往南走了。

阿赞安静地躺在地上，纹丝不动，也没有一丝呻吟。太阳慢慢地升到了正上方。一只污秽的脏东西，抬起鼻子嗅着丛林里的微风，蹑手蹑脚地穿过了灌木丛。那是鬣狗。不久，它那丑陋的鼻口从附近的树叶里钻了出来，凶残的眼睛紧盯着阿赞。

那天一大早，人猿泰山就到海边的小木屋里去了，因为部落就在附近，所以他像往常一样在屋里消磨了好几个小时。地板上躺着一个人的尸骨——前格雷斯托克勋爵的遗骨——就像二十多年前被巨猿克查科扔下时的模样，没有一丝生命气息。很久以前，白蚁和小啮齿动物就开始啃噬这英国人坚硬的骨头了。多年来，泰山看着骨架躺在那儿，就像是看着散落在丛林角落里无数的骨头一样，毫不在意。在床上还有另一具更小更矮的骷髅躺着，但也同样被泰山无视了。他怎么知道一个是父亲，另一个是母亲？用动物骨头砌成的粗糙摇篮，是由前格雷斯托克勋爵精心制作的，但对他来说却毫无意义——这小骷髅在未来可以证明泰山有资格继承一个光耀无比的头衔，然而这却如同猎户座中的恒星一样，已经远远超出了他认知的范围。在泰山眼里，这就是一堆骨头——仅此而已。他不需要它们，因为上面没有一丁点儿的肉，但搁置在地上也不碍事，轻轻一抬脚就能跨过去，况且自己也不需要躺床上睡觉。

今天泰山整个人有些焦躁不安。他先是把一本书翻了几页，又翻了翻另一本，看了几眼早已熟记于心的图画，随后把画册扔到了一旁；又挪到壁橱边，不停地翻找了起来，掏出一个袋子，里面装着几块又小又圆的金属。在过去的岁月里，泰山多次把玩这些金属；然后再小心翼翼地收到袋子里，放置到壁橱里的架子上，物归原位。人类的遗传特征在人猿身上以奇怪的方式表现了出来。继承了井然有序的种族基因，泰山不知不觉中总会将一切处理得

154

井井有条。而巨猿们一旦热情退却了,就会将东西随手一扔——扔到高高的草丛里,或是摇摆的树枝边上。这些丢弃的东西有时会被巨猿们不经意地再度找到,但泰山与他们全然不同。他把自己所有的物品都放到了小木屋里,并且用完之后总会小心谨慎地放回原位,尤其是袋子里的小金属,泰山一直兴趣不减。此刻翻开的画册被搁到了一旁,上面文字的意义他还没完全弄懂。而另一边,圆形金属散发着明亮的光泽,泰山已经不下百次地将它们在桌上摆成了各种各样的形状,有趣极了。今天,他照常摆弄时,一颗调皮的小金属不小心掉落了——一枚英国金币——滚到了床底下,床上依旧躺着那曾经美丽无比的爱丽丝小姐。

一如往常,泰山立刻跪倒在床下寻找丢失的金币。奇怪的是,他之前竟从未查看过床底。金币找着了,但同时泰山还发现了别的东西——一个带有宽松盖子的小木箱。他一并拿了出来,先把金币放回了袋子里,再把袋子放到壁橱里的架子上;然后才开始检查箱子。里边堆放了大量的圆柱形金属,一端呈锥形,另一端呈扁平状,边缘凹凸不平,整体呈现暗绿色,像是涂满了多年的铜绿。

泰山从箱子里抓了一把出来,仔细检查着,又随手擦了擦几个金属,表面的绿色立马消失不见,三分之二的金属表面锃光发亮,圆锥状的尾端则变成暗灰色。他找到了一点木头,迅速摩擦了几下圆柱壁,很快金属发出了令人喜悦的光泽。

泰山曾经打败了众多黑人士兵,并从其中一个身上取下了一个小袋子,此刻就挂在身旁,他把刚发现的玩具放到了袋里,想在空闲时把它们擦得再亮些;然后,人猿把箱子又放回床底,找了找,发现没什么东西可以把玩后,便离开了小屋,往部落方向走去。

为蒂卡而战 | 155

就在泰山快走到猿群跟前时，前面传来了一阵骚动——母猿和小猿们在大声尖叫，公猿们则是凶猛愤怒地号叫，咆哮不停。人猿立刻加快了速度，耳边传来的"克拉嘎"警告着他，小伙伴们此刻非常不对劲。

当泰山在父亲大人留下的小屋里摆弄着小玩具时，蒂卡强壮有力的伴侣泰格则是到了部落北边一英里的地方打猎。最后，泰格终于填饱了肚子，懒洋洋地回到了捕猎前部落所在的空地上，三三两两的巨猿们从身旁陆续经过，但却不见蒂卡或是阿赞的身影，泰格很快向其他巨猿们打听妻儿的踪迹，但近期谁也没有见过母猿和小猿。

这些智力低下的野兽们想象力还不够发达。他们无法像你我那样，在脑海中生动地描绘出可能发生的场景，所以泰格此刻一点也没有想到灾难已经降到了他的妻儿身上——他只知道自己想快点找到蒂卡，然后躺到树荫下，一边消化早餐一边让母猿好好地挠一挠后背。但是他不停地喊着，问着遇见的每一头巨猿，还是找不到蒂卡，阿赞也不知所踪。

泰格开始生气了，下定决心找到蒂卡后要好好惩罚她一顿，谁让她在自己有需要的时候还跑得那么远。公猿继续沿着一条小路向南走去，长满老茧的脚底和指关节没有发出一丁点声音，突然，它在一块小空地的对面碰到了鬣狗。这吃腐肉的野兽没有瞧见泰格，眼神全都集中在了树下草坪里躺着的东西身上——它正准备小心翼翼地偷偷溜上前去。

泰格行动时总是小心谨慎，要想在玄机暗藏的丛林里生存下去，这是最合适不过的习性。他悄无声息地摇荡到树上，寻了处视野极佳的观望之地。泰格并不害怕鬣狗，但它想看看这鬣狗在追踪什么。某种程度上说，此刻泰格的行动一半出于好奇，一半出于谨慎。

泰格爬到了一根高处的树枝上,在那里,空地一览无余。他发现鬣狗就在正下方,正用鼻子嗅着一个小东西——泰格立马认出来了,这死气沉沉的小东西正是自己的小阿赞。

一声可怕的怒吼随即响起,如此凶残骇人,鬣狗吓得一下子瘫住了,庞大的公猿扑向了受惊的鬣狗。鬣狗只来得及发出一声尖声咆哮,便被压倒在地上,但它立马转身朝着袭击者撕咬,然而力量却如同麻雀击鹰。泰格巨大粗糙的手指掐住了鬣狗的喉咙,下腭一下子咬住了肮脏的脖子,身体将鬣狗的脊椎骨压得粉碎,然后他轻蔑地把尸体扔到一边。

泰格再一次提高了嗓门,大声呼喊着自己的伴侣,但依旧毫无回应。他俯下身,闻了闻阿赞。在这头野蛮而丑陋的小野兽胸膛里,心脏忽然跳动了一下,像是被父爱打动了一般,轻微缓慢地跳动了起来,如出一辙的父爱同样影响着我们人类。即使没有确切的证据,我们也必须知道这一点,因为只有这样才能解释,在人类生存竞赛的最初阶段,雄性嫉妒和自私的本性,为何没有将诞生于世界的新生儿尽数摧毁,那是因为上帝将父爱植入了他们心中,使雄性们拥有了保护妻儿的本能。

泰格身上不仅有着高度发达的保护本能,还有对后代的浓烈感情,他是这群体形庞大、如同人类一般的巨猿们中异常聪明的代表,丛林里的土著人在窃窃私语时总是这般说道。不过在人猿泰山到来前,从没有白人见过他,如果白人们看见了,也一定会口口相传。

泰格像其他失去孩子的父亲一样悲伤不已。在你看来,小阿赞可能是一头面容可怕又令人厌恶的野兽,但对泰格和蒂卡而言,他就像你的玛丽或是约翰尼或是伊丽莎白安娜一样,美丽可爱。

小阿赞还是他们的第一个孩子,唯一的孩子,一个雄性孩子——这三个特征使小猿成了父亲的掌上明珠。

有那么一会儿,泰格嗅着这个安静的小身影散发出的气息,鼻口和舌头爱抚地舔平了小猿皱巴巴的毛发,野蛮的嘴唇里不由得发出一声低沉的呻吟。但是悲伤之后,扑面而来的是毁天灭地的复仇欲望。

这头愤怒无比、备受挑衅的公猿一蹦而起,大叫了一声"克拉嘎",随后不时地吼出一声声令人血液冻结的恐怖咆哮——泰格狂怒无比,浑身充斥着嗜血的欲望。

此刻部落的巨猿们正一边摇荡着穿越树林,朝泰格涌来,一边呼喊着回应,这便是泰山从小屋回来时听到的声音,他也拉高嗓子,发出了回应的吼声,然后加快了速度,直到身子几乎飞荡在林间树枝上。

最后泰山来到了部落,看到成员们都聚集在泰格周围,地上安静地躺着一个小东西。落到地面后,泰山往猿群中心走了过去。泰格还在僵硬地大喊着要挑战敌人,但一看见泰山,他便住了口,弯下腰用手臂把阿赞抱在怀里,准备给泰山瞧瞧。整个部落所有的公猿里,泰格唯独爱戴泰山,在他眼中,人猿更聪明、更狡猾。现在,他朝泰山走了过去——那既是自己幼时的玩伴,也是成年后无数战役中的同伴。

当泰山看到泰格怀里一动不动的小猿时,嘴里忍不住发出了低沉的吼声,他也同样十分喜爱蒂卡的小家伙。

"是谁干的?"他问道,"蒂卡在哪儿?"

"我不知道。"泰格回道,"我只发现阿赞躺在这儿,旁边还有鬣狗准备吃了他。但这不是鬣狗干的——小猿身上没有牙印。"

泰山又走近了些,一只耳朵贴到了阿赞的胸膛上。"他没有死,"

他总结道,"也许也不会死。"说完,泰山挤过一群巨猿,绕了一圈,一步一步地审视着地面。突然,他停了下来,把鼻子贴近地面嗅了嗅,然后跳了起来,发出一声怪叫。泰格和其他巨猿都往前挤了过来,这一声怪叫意味着猎人发现了猎物的行踪。

"有一头陌生的公猿来过这里,"泰山说,"他攻击了阿赞,还带走了蒂卡。"

泰格和其他公猿们开始咆哮了起来,愤怒地威胁着,除此之外,没有其他反应了。如果那头陌生的公猿出现在眼前,他们会将他撕成碎片,但此刻没有哪头巨猿想过要去追踪敌人。

"如果那三头应该站岗的公猿在部落周围仔细观察的话,就不会发生这种事了,"泰山说,"只要你们不让三头公猿防守着敌人,这样的事就会发生。丛林里到处都是敌人,但是你们却让母猿和小猿们随意走动,单独捕食,不受保护。现在我要先离开——去找蒂卡,把她带回部落。"

这一说法立马引起了猿群的兴趣。"我们都去。"他们喊道。

"不,"泰山说,"你们不能都去。当我们外出狩猎和战斗时,母猿和小猿们会留在部落里,因此你们必须留下来保护他们,不然他们全部会被敌人抓走。"

猿群挠了挠脑袋,开始明白了这一建议所具有的智慧,于是,一个新念头首先在他们脑海里悄然生成——去跟踪入侵的敌人,夺回战利品,再将他狠狠惩罚一顿。群体生活的本能经过多年的传承,已成了猿群习性里根深蒂固的一部分。他们不明白为何自己没想过要去追击和惩罚敌人——也不明白原因就在于他们还未意识到要作为个体去生存。危急时刻,群体生活的本能会使公猿们拥作一团,凝聚力量,以最凶猛的状态,保护自己躲避敌人的攻击。他们还没想到要独自与敌人战斗——这做法太陌生了,也不利于群体利益。但对泰山而言，独自战斗是他头脑里冒出的第一个，也是最自然的想法。此刻，感官告诉人猿，蒂卡和阿赞只受到一头公猿的攻击，没必要出动整个部落。两头手脚敏捷的公猿便能快速追赶上敌人，救出蒂卡。

过去从来没有哪头巨猿想过去寻找偶尔被其他部落夺走的雌性，如果公狮、母狮、猎豹或是一头来自另一部落的公猿在晃荡时，碰巧带走了一个雌性，又无人注意，那便成定局了——她不在了，仅此而已。如果被抓走的母猿已经有了配偶，那么丧失伴侣的公猿会咆哮上一两天，如果公猿足够强壮，就会在部落里另寻一个伴侣，否则会到丛林里四处游荡，伺机从别的部落偷一头母猿。

过去，人猿泰山对这种行为并不在意，他对那些被偷走的母猿毫无兴趣，但是蒂卡是他喜欢的第一头母猿，小猿也像自己的孩子一样，在他心中占有一席之地。在这之前，仅有一次遭遇激起了泰山追随并复仇的念头。那是多年前，酋长孟博拉的儿子库隆伽杀死卡拉的时候，当时，泰山单枪匹马地追了上去，实施了报复。现在，事态虽然不如彼时严重，但他心中依旧充满了同样的情感。

泰山转向泰格。"把阿赞交给木噶，"他说，"她老了，尖牙都断了，身体也不好，但我们带着蒂卡回来前，她可以照顾阿赞。如果我们回来时，阿赞死了，"他朝着木噶说了句，"我也会杀了你。"

"我们往哪儿去？"泰格问。

"我们去找蒂卡，"人猿回答，"把抓走她的公猿杀掉。走！"

泰山转身沿着陌生公猿留下的踪迹追去，训练有素的感官下，痕迹全都无所遁形，他甚至没有回头瞧上一眼，看看泰格是否跟上。泰格把阿赞放到木噶怀里，嘱咐道："如果他死了，泰山会杀了你。"然后便追着那棕色皮肤的人影赶上前去，此时人猿已在丛

160

林小径上快速前进了。

克查科部落里没有哪一头公猿的追捕能力比得上泰山，训练有素的感官，辅以高智商的协助，使得他快速判断出了猎物离去的轨道，此刻人猿只需注意沿途上最显著的痕迹即可，而今天土哥留下的踪迹对泰山来说，就像印在书页上的图案一样，清晰可见。

动作轻盈的人猿身后紧紧跟随着一头强壮健硕、毛发蓬松的公猿，一人一猿，一路无言，像两个黑影穿梭在丛林里的万千阴影之中，悄然无声。泰山贵气的鼻子如同眼睛和耳朵一样，充满警惕。痕迹十分新鲜，而泰山和泰格又远离了散发着浓烈猿类气息的克查科部落，此刻可以毫不费力地仅凭气味跟踪土哥和蒂卡。空气中蒂卡熟悉的气味也告诉泰山和泰格，前方的道路准确无误，很快，土哥的气味也变得熟悉起来。

就在一人一猿飞速前进时，突然间乌云密布，遮住了太阳。泰山赶紧加快了步伐。现在，他飞跃着穿过丛林小径，或是跟着土哥钻进树林，敏捷得如同一只松鼠一般，沿着弯曲起伏的枝叶小道，随着前方土哥晃荡的动作，从一棵树跳到另一棵树上。不过泰山和泰格的速度要快得多，他们不像土哥那样，受肩上猎物的拖累。

泰山觉得猎物一定就在眼前了，气味越来越浓烈，但这时丛林里突然劈下了一道乌青色的闪电，随后震耳欲聋的雷鸣响彻云霄，回荡在森林中，连大地都颤抖了起来。接着，雨来了——不像温带的雨，而是一股奔腾的洪流——倾盆大雨狂泻而下，落在了弯着腰的森林巨人们和在阴凉处徘徊的受惊野兽们身上。

这场雨，如同泰山预料——从地面上抹去了猎物的踪迹。半小时里，暴雨如注——然后，阳光穿透云层，射向大地，为丛林点缀上了百万颗闪闪发光的宝石。往常，人猿会对森林里千变万化的奇观充满警觉，兴奋异常，但今天他却无暇顾及，脑中只有一个念头，蒂卡和那诱拐者的痕迹被大雨彻底擦除了。

树枝间有多次踩踏过的痕迹，就像地面上的小径一样。泰山和泰格经常在树上穿梭转弯，相较于地表茂密的矮树丛，树上枝杈铺就的道路显得更加开阔。雨过天晴后，一人一猿继续沿着树上标记清晰的小径前行，人猿知道这是小偷离开时最合理的路线，但是走到岔口时，却有些茫然无措了。他们停了下来，泰山仔细检查着逃跑的公猿可能触碰到的每一根树枝、每一片叶子。

泰山闻了闻树干，敏锐的目光扫荡着，试图在树皮上找到猎物的踪迹。寻找的过程十分缓慢，人猿也知道，在这段时间里，陌生部落的公猿正在稳步前进，离他们越来越远——他正在赚取宝贵的时间，使自己能够在泰山追上之前，先一步到达安全之地。

泰山调动了高超的丛林技能，每察觉到一点痕迹，便踏上一条岔道，随后再换另一条，但却一次又一次地困惑不已，倾盆大雨冲走了所有的气味。泰山和泰格寻找了半个小时，终于，人猿灵敏的鼻子在一片宽阔的叶子下嗅出了土哥的气味，当时，陌生公猿穿过树林时，这片叶子刚好擦过他那毛茸茸的肩膀。

一人一猿又踏上了追捕的道路，但却前进得十分缓慢，那些被抹去的踪迹已经无法恢复了，所以他们不得不走走停停。对你我来说，即使在下雨之前，也察觉不到任何痕迹，除了土哥落到地面时行走的狩猎小径。小径上往往会留下像手掌一样的大脚印和手指印，普通人也能发现这些痕迹。泰山从这些踪迹以及其他迹象中知道，公猿还背着蒂卡。脚印很深，说明他比任何一头大公猿都要重得多，因为身上还扛着蒂卡，而地面上仅有一侧手指的印记，说明另一只手有事要做——忙着把俘虏架到毛茸茸的肩膀上。泰山根据遮阴处痕迹的变化判断，陌生的公猿不时把母猿从肩膀的一侧挪到另一侧,下方的脚印会随之加深,同时地面上也仅会留有另一只手掌的指关节印记。

有一段时间,陌生公猿完全直立着后腿,在地面上走了很长一段路——像人走路一样。这情况可能发生在同一物种的任何一头类人猿身上,但并非黑猩猩和大猩猩的种类,后者走路时完全不可能脱离手的协助。这个发现可以帮助泰山和泰格辨认出绑架者的模样,同时,俩人已经深深记下了敌人独特的气味特征,就算公猿丢开了蒂卡,相遇时,他们也可以毫不费劲地识别出他,甚至比一个现代侦探带着照片和贝迪永识别系统,追踪躲避文明制裁的逃犯还要容易得多。

但是,克查科部落的这一人一猿神经敏锐,善于感知,常常急不可耐地踏上一条小径后,便一路到底,结果一直拖到了第二天下午,他们还没有追上逃犯。但此刻气味非常强烈,是一种雨后重新散发而出的气味,泰山知道小偷和他的俘虏就在不远的前方了。就在他们蹑手蹑脚地前进时,头顶上方,不计其数的猴子在树枝间,"叽叽喳喳"地叫个不停;色彩斑斓的鸟儿"咯咯"地发出一阵阵刺耳的尖叫;林间的"沙沙"声中,无数的昆虫"嗡嗡"地叫着,一只灰胡子的小猴子正在摇曳的树枝上"吱吱"地嚷着,往下瞧,一看见泰山和泰格经过便吓得停住了尖叫,用力撕扯了一下长尾上的小虫,逃开了,像是身后有一只长着翅膀的猎豹在穷追不舍。乍看起来,这不过是一只受惊的小猴子,仓皇逃命去了——似乎没有不祥之处。

那么在这段时间里,蒂卡怎样了呢?她是否最终屈服于自己的命运,带着充满爱意的谦卑,作为一个温顺的配偶陪伴在新伴侣身边?只要瞧上一眼这两头猿的模样,即便是最挑剔的人也能得到满意的答案。蒂卡遍体鳞伤,血流不止,这是土哥徒劳地试图制服母猿时，两者相斗留下的痕迹，土哥也同样被抓伤了脸和四肢，但却仍然顽强地抓着此时几乎毫无用处的战利品。

土哥穿过丛林，一路朝着自己的部落奔去，他希望猿王可以忘却自己先前的谋反战斗；否则，他只能听任命运摆布了——无论结局如何，都好过继续同这头母猿一路相残。然后，他也想把这俘虏展示给同伴们，也许还可以献给猿王——这个念头促使着他一路狂奔。

最后，土哥带着蒂卡在公园般的小树林里遇见了两头正在进食的公猿——这是一片美丽的小树林，肥沃的土地上点缀着巨大的卵石——寂静无言的风景，也许是被遗忘的时代留下的见证，那时，巨大的冰川还在沿着轨迹缓慢漂移，而时光扭转，此时的热带丛林，炙热的阳光普照大地。

当土哥出现在不远处时，两头公猿不约而同地抬起了头，露出长长的尖牙，在土哥眼里，这两头公猿是他的朋友。"是土哥，"其中一头咆哮道，"土哥带着一头母猿回来了。"

巨猿们在等着土哥走近些。蒂卡对着他们咆哮了一声，尖牙外露，看起来满脸凶色。但是公猿们透过蒂卡脸上的血迹和充满仇恨的神情，依然发现她长得美丽无比，羡慕的眼光落在了土哥身上——唉！他们没早先遇见蒂卡。

当巨猿们蹲下身来互相查看的时候，一只长着灰胡子的长尾小猴子飞快地蹿了过来，径直地停在头顶的一棵树上，激动不已。"两头奇怪的公猿来了。"它大喊大叫，"一个是猿，另一个很丑陋，身上连毛都没有。我看见他们追着土哥的踪迹来了。"

四头巨猿的眼睛同时沿着土哥刚来的小路转了过去，接着，面面相觑。"来，"土哥的两个朋友中体形更为庞大的巨猿说道，"我们到空地外面茂密的灌木丛中去，等等这俩不速之客。"

说完他率先转过身，大摇大摆地走过空地，其他巨猿都跟在后边。小猴子激动地蹦跳了起来，在它的生活中，最主要的消遣就是引发森林里的巨兽们互相残杀，然后找个安全之地坐下来，亲眼目睹那一幅幅场景。这只灰胡须的小猴子十分好战，只要流的是其他野兽的血，它都兴奋不已——典型的观战迷。

巨猿们躲到了灌木丛里，一旁是泰山和泰格即将经过的小路。蒂卡也激动得发抖，她听到了猴子的话，知道无毛的巨猿一定是泰山，而另一个无疑是泰格。再怎样疯狂地设想，她也没有期望过会有这样的救援。在这之前，蒂卡唯一的想法就是逃走，找到回克查科部落的路。不过那对她来说，不切实际，因为土哥对她可谓是严加看守。

泰格和泰山终于抵达了土哥遇见朋友的小树林，此时猿类的气味变得十分强烈，一人一猿知道猎物就在眼前了，于是走得更加小心翼翼，希望能在陌生公猿毫无察觉时从背后发动偷袭。他们不知道的是，一只长着灰胡须的小猴子已经抢先了一步，也不知道有三双凶恶的眼睛在暗中注视着他俩的一举一动，就等着他们进入其发痒的爪子和流着口水的下颌的攻击范围内。

泰格和泰山继续往前穿过小树林，踏上森林深处的小路时，突然一声尖叫在耳边响了起来："克拉嘎！"——是蒂卡熟悉的声音。土哥和他的同伴们那小脑袋瓜里从未想过蒂卡会背叛他们，此刻全都狂怒不止。土哥狠狠地打了蒂卡一拳，一下子把她击倒在地，然后三头公猿一并冲了出去，准备与泰山及泰格决一胜负。小猴子在栖木上手舞足蹈，高兴得不停尖叫。

眼前的战斗精彩激烈，的确值得小猴子欢呼雀跃。没有热身，没有礼节，没有预告——五头公猿一哄而上，全都紧紧地互相撕咬。先是在狭窄的小路上打滚，又很快地滚进了路旁茂密的绿丛中。

他们又咬又抓，又撕又扯，一时间，咆哮怒吼，不绝于耳。五分钟后，巨猿们伤痕累累，血流不止，灰胡子的小猴子见此蹦得老高，虚张声势地尖叫呐喊着，"拇指朝下"地挖苦贬低着。它想看到有野兽被杀死，不在乎那是敌是友。它所期待的是鲜血和死亡。

泰格被土哥和另一头巨猿拖住了，而泰山则对付剩下的那位——一头如同野牛般强壮的野兽。泰山的对手从未见过如此奇怪的生物，一头狡猾无比、光滑无毛的公猿，而他正与之搏斗。汗水和鲜血覆盖了泰山光滑的棕色皮肤。他一次又一次地松开抓住公猿的手掌，挣扎着把插在鞘里的猎刀抽出来。

终于，泰山做到了——他迅速伸出一只棕色的手，抓住对方毛茸茸的喉咙，另一只握紧锋利的猎刀飞快地举了起来。三下快速有力的刀进刀出，公猿痛苦地呻吟了一声，在对手面前软弱无力地瘫倒在地。泰山立刻甩开公猿垂死挣扎的手掌，前去援助泰格。土哥看见飞冲而来的泰山，立马转身迎敌。

全速冲击下，泰山的猎刀从手里滑了出去，但是土哥已经近在眼前了。此刻成了两两对阵的局面，而战场的边缘处，蒂卡缓缓地从昏迷中醒了过来，并悄悄溜到了一旁，准备伺机援助。突然，她发现了泰山掉在地上的猎刀，捡了起来。这刀具蒂卡从未用过，但却知道泰山使用时的动作。一直以来，母猿都对猎刀心生恐惧，这玩意总能轻而易举地毁掉丛林里最强大的居民，就像大象用巨大的象牙刺穿敌人一样，毫不费劲。

蒂卡还看见泰山被撕落在地的口袋，带着猿类独有的好奇心——危险和兴奋都不能消除的好奇心，她把口袋也捡了起来。

现在公猿们撑着身体站在地上——战火稍事平息。鲜血从两颊滚落——染红了脸庞。灰胡子的小猴子兴奋得无以复加，甚至忘了尖叫摇晃。它僵直地坐在树上，满心满意地欣赏着眼前的场景。

泰山和泰格一步步地逼着敌人退回小树林。蒂卡慢慢地跟在俩人身后,她不知道自己该做什么。先前一路的可怕折磨,几乎耗尽了力气,她现在浑身僵痛疲惫,不过仍十分信任自己的伴侣和部落里另一头公猿的实力——他们在与两头陌生公猿战斗时,不会需要一个雌性的帮助。

战争中,巨猿们的吼声、尖叫声不停地回荡在丛林里,甚至唤醒了远处的山丘,回声阵阵传来。突然,泰山的敌人从喉咙里发出了一声:"克拉嘎!"然后如愿地听到从背后传来了回应。约有二十头巨大的公猿咆哮着,怒吼着踏进了小树林——那是土哥部落的战士们。

蒂卡最先看到了猿群,她急忙向泰山和泰格发出警告,然后飞快地从战士们身边溜开,逃到了空地的对面,一时间瑟瑟发抖。想想蒂卡还处在骇人折磨的余威之中,谁也不好责备这头可怜的母猿。

很快猿群们就会来到身侧,过不了多久,泰山和泰格就会被撕成碎片,然后成为野蛮狂欢宴上的美味佳肴。蒂卡转过身看了一眼,仿佛预见了自己的守护者即将面临的命运,野蛮的胸膛里霎时迸发出了殉道的火花,这头野蛮的母猿,如同一位高贵的人类女子一般,再也克制不住心中的恐慌,是她给自己的男人们招来了死亡。蒂卡大声尖叫着冲向战士们,此时成群结队的巨猿们已经踏上了点缀在小树林里的卵石小道。但她能做什么呢?力气不够,手里拿着的猎刀发挥不了作用。蒂卡曾见过泰山投掷飞弹,还从这儿时玩伴那儿学到了很多其他东西。此时,她想找点东西扔过去,最后手指碰到了从人猿身上撕落的袋子,里面装有一堆硬东西。扯开袋口,她抓了一把闪闪发光的圆柱形金属——重量很沉,可以作为极好的飞弹使用。蒂卡使出了全身力气,把它们

为蒂卡而战 | 167

扔向了在花岗岩巨石前搏斗的猿群。

结果让所有人大吃一惊。一声巨大的爆炸声震得战士们几乎耳朵失聪,一股刺鼻的浓烟扑面而来。从来没有人听到过这样可怕的声音。陌生的猿群惊恐地尖叫着,一跃而起,拼命地逃向自己部落的地盘,而泰格和泰山则慢慢地聚集在一起,瘸着腿站了起来,浑身是血。如果不是看见蒂卡拿着猎刀和口袋站在面前,他们也会逃之夭夭。

"那是什么?"泰山问。

蒂卡摇了摇头。"我把这些东西扔向了陌生的公猿。"她又拿出一把闪亮的圆筒金属,一端是颜色暗淡的圆锥形尖头。

泰山看着这些小玩意,挠了挠头。

"这是什么?"泰格也疑惑地问道。

"我不知道,"泰山说,"我也是偶然找到这些东西。"

灰胡子的小猴子停在一英里外的树林里,惊恐地缩在一根树枝上。它不知道人猿泰山的父亲,在二十年后还拯救了他儿子的生命。

泰山,格雷斯托克勋爵,对此也一无所知。

Chapter 11
丛林恶作剧

光阴似箭,日月如梭,泰山已经长大成人了,但是却还不成熟。他把大部分时间都花在戏弄同伴身上,有趣极了!泰山可喜欢追赶着打趣人家了,虽说在我们看来是百无聊赖,但他却从不觉得无聊。因为戏弄逗趣他们可太好玩儿了!不过即使泰山变着法儿地折磨其他同伴,他也从不会觉得累,依旧乐此不疲。

承希腊诸神之恩泽,如今泰山正值风华正茂之时。在这些猿群的信义教条之下,他本应是沉稳、霸气外露并且思虑周全的。但很可惜,他跟这些特质压根不沾边儿。他的精神境界看起来一点也不像他的这个年纪应该表现的那样。相反,他仍然像是一个爱玩的稚童,这令他的那些猿伴们都感到十分困惑,给他们带来一种极大的挫败感。他们无法理解泰山,也无法理解他的这种行为,因为一旦成年,就应该变得成熟稳重,他们早已经忘记了儿时那种稚嫩纯真的美好了。

同样地，泰山也非常不能理解他们。有的时候他看不见月亮，索性就用藤蔓吊着脚踝，然后荡着晃着，穿过一片片高大茂密的森林，大声叫喊着，一些同龄的猿伴们看着很是动心，也纷纷释放天性，学着泰山在丛林中荡来荡去，他就和这些好脾气的猿伴们一同在丛林中翻腾跳跃，好不快活。但今天，在他跳起来用同一条藤蔓在丛林里飞荡时，眼前出现的可不是平时的玩伴，相反，一头体形庞大、龇牙咧嘴的野兽飞奔而来，边跑边咆哮，一路疾驰，猛地朝着泰山颈部扎去。

不过泰山轻轻松松就躲开了这冲来的怪物，很快泰格的火气就消了，但泰山意识到泰格目光呆滞，似乎并不觉得眼下的一幕十分有趣。也许，这头大公猿早已失去了之前的幽默感。在这种强大的失望感之下，年轻的格雷斯托克失望地"哼"了一声，掉头走了。一缕黑发垂在一只眼睛上。他用手掌轻轻拂过，然后甩了甩头。"这么下去也太无聊了，得找点事儿做才行。"说罢，他便从一个有裂痕的树洞里，找出之前藏在这里的箭筒，把箭筒倒过来，又把里面所有东西都倒在地上，这是他仅有的几件宝贝。其中就有块扁平的石头，还有些贝壳，是他从父亲的小木屋旁边的沙滩上捡的。

泰山小心翼翼地攥着贝壳，在平坦的石头上磨来磨去。他知道，这样做贝壳边缘才会变得锋利光滑。泰山现在就像磨刀的理发师一般，的确，他们都有个共同点，都是一点点通过自己的努力达成目标。不过可不能小瞧泰山，人家这种熟练的手法也是通过长年累月的练习，才有今天这种熟练的操作呢。他自己想了个法子，把石头放在贝壳边——他甚至为了测试方法是否有效，用自己的拇指做了试验——当亲证这种方法可行时，泰山就把垂在眼前的黑发拽了一缕下来，将发丝放在自己左手的拇指和食指之间，用磨好的贝壳在上面反复地摩擦，直到发丝被切断。于是他又拽着几根眼前晃动的头发磨来磨去，因为从不在乎外貌，所以他肆无忌惮地"修剪"。不过在安全与舒适方面，这撮头发的影响力还是很大的，如果在极其危险的时刻，一缕头发忽然垂在眼前，很可能会意味着生与死的大转变。除此之外，凌乱的头发垂在背后，是最不舒服的，尤其是在被露珠、雨水或汗水浸湿的时候。

泰山孜孜不倦地修剪着头发，思绪却早飘到了九霄云外。他回想起和大猩猩近期的打斗，虽然受了伤但也已经愈合了。他又想到了他第一次做梦的经历和后来假扮狮子戏弄部落里的同伴的事，高兴得哈哈大笑。他穿着狮子的兽皮，对着同伴怒吼咆哮，却未曾想竟会被曾经教导如何防御天敌的猿伴们伤害，他们凶残地冲向他，都想置他于死地。

泰山剪光了自己的头发，满意极了。他觉得和这个部落的人在一起没有任何乐趣，根本开心不起来，索性不慌不忙地走到树林里，向小木屋方向去了。但是走着走着，泰山注意到北边飘来了一股浓烈的香气，便马上被这香气吸引了。他知道，这是黑人的气味。

好奇心是人类和人猿的共同特性，它不断促使泰山前去看看，他们身上似乎有一种东西吸引了泰山，令他产生无尽的想象。可能是因为他们的活动和兴趣的多样性。猿类的生活大多以吃、睡和繁殖为主。除了黑人，其他丛林居民也是如此。

这些黑人又唱又跳，他们在修剪过的树木和灌木丛里四处拨弄着。他们看着这些生物生长，等到成熟后，就砍下来放在稻草搭的茅屋里头。他们制作弓、矛、箭、毒药，还有饭锅，还制了一些金属物品用来武装自己的胳膊和腿。若不是他们这一张张黝黑丑陋的面容，若不是他们中有人杀了卡拉，泰山或许真的会想加入他们。至少有的时候他是这么想的，但是这个想法一蹦出来，就会伴随着一种强烈的反感情绪，而这种情感是他自己不能够理解和解释的——这个时候泰山觉得自己对黑人有非常大的恨意，他宁愿变成一条蛇，也不愿加入他们。

但是他们的生活方式却着实有趣，泰山孜孜不倦地监视着他们的一举一动。尽管他最初是想想些新法子折磨他们，但也从他们身上学到了很多东西。每天戏弄这些黑人就是泰山主要的消遣方式。

泰山知道大多数黑人都在附近，所以他更加小心翼翼，无声无息地穿过郁郁葱葱的丛林空地，这里枝繁叶茂，树木密集，他晃晃悠悠地从一根树枝荡到另一根上，又或是轻轻地跳过那片寸步难行的废弃栖木群。

这时泰山的目光落在了黑人首领孟博拉身上，这种场景他或多或少有点熟悉，过去曾在其他场合见过。他们正在为狮子布下天罗地网。这儿有一个带滑轮的笼子，里面有根绳子紧紧吊着一头小山羊，只要狮子一过来逮住这个可怜的小东西，笼子的门便会迅速落下来，成为一个四面牢笼，把它困住。

这些黑人逃离故乡来到新的村庄之前就掌握了这个本领。从前他们在刚果居住了很久，那里的暴君对他们施加虐待，把他们逼上了绝路，为此他们一直在寻找一片净土，远离喧嚣，保全性命。

早些年，他们经常会捕捉一些动物给欧洲商人，并从后者身上学习了一些技巧，比如这种可以让他们在不伤及狮子的情况下顺利捕捉到猎物，并且可以轻而易举地安全运送到他们的村庄的方法。

虽然这里不再有"野蛮商品"的买卖市场，但人们仍然对猎捕狮子这种动物抱有极大的热情。首先是因为他们发现狮子制造了种种恐怖事件,看到一幕幕惨状时,就意识到避免被这些食人族伤害是非常有必要的。其次是因为如果能够成功地猎杀狮子,就可以举办一场狂欢庆祝,这本身就是一个借口。事实上这种狂欢庆祝,就是通过折磨动物,然后弄死它们来取乐。这种仪式完全就是靠这种病态的欢乐在支撑着,这太疯狂了!

泰山过去曾亲眼目睹过这种残忍的仪式。他自己甚至比那些野蛮的战士更加残忍,所以本不应该被他们这些残暴行径吓到,但很奇怪,这些人还是让泰山震惊不已。他无法理解自己这种强烈的厌恶,连自己都觉得很奇怪。泰山对狮子本没有感情,但看到黑人对它施以如此侮辱和折磨,顿时怒火中烧。

前两次泰山都悄悄地,在黑人赶来看捕猎是否成功前,提前救走了狮子。今天他也会这样做——做决定的时候,他突然意识到这可能就是所谓的天性。

陷阱设在水源旁,就在一串巨大的大象脚印中间,黑人战士设下埋伏后就跑回村子里了。第二天他们又来了。泰山看着他们,冷笑了一声。泰山看到他们沿着宽阔的小径排成一排,走在枝繁叶茂的枝叶下,他们把树枝围成圆圈然后用藤蔓加以点缀,掩盖陷阱,此番天人合一,大自然神秘莫测的景象淋漓尽致地展现在眼前。

泰山眯缝着双眼,直到看见最后一名战士消失在小路的拐弯处。这时他脸色一变,突然萌生出一个新想法。想到那头胆小懦弱、可怜无助的小山羊,他嘴角渐渐地露出一个阴冷的微笑。

泰山跳回地上,慢慢靠近黑人布下的陷阱,走了过去。整个人小心翼翼,避免碰到那根绳子,因为一不小心笼子门就会掉下来。他救下了小山羊,把它抱出来夹在胳膊下,然后跳出笼子。

出来后,泰山就拿着猎刀,对着小山羊的颈动脉割了下去,杀死了这个担惊受怕的小东西，接着拖着它的尸首往前走，一路拖至水源地，血迹也一直延伸到那里。泰山一脸似笑非笑，慢慢走到水源边上，弯下腰，用强壮有力的手指迅速取出了小山羊的内脏。他往泥里扒了一个洞出来，把自己不吃的这些东西都埋了进去，然后带着剩下的羊肉优哉游哉地又荡回到树上。

泰山跟着黑人士兵走了一段距离后，就跳下来把那些肉埋了起来，这地方足够安全，可以安全地躲避鬣狗以及其他一些生存在丛林中的食肉动物和鸟类的掠夺破坏。他很饿，作为一头野兽他本应该去吃肉，但是心中残存的人性却战胜了饥饿，他现在只关心自己的计划有没有成功。泰山一直笑着，双眼炯炯有神，迫不及待想看到结果，甚至忘了自己还饿着肚子呢。

把这些肉藏好后，泰山沿着足迹一路小跑，追赶黑人。在离笼子两三英里的地方，泰山追上了他们，随后便又荡回到树上，站在树枝上，静静地躲在后面观察他们——等待时机。

这群黑人中有个叫拉巴·科佳的巫医。泰山讨厌所有黑人，而这个巫医他尤其厌恶。所有黑人排成一列，沿着蜿蜒的小径前进，巫医懒洋洋地落在了后头。泰山注意到了这一点，顿时满面春风——他所有的行为举止都散发着严厉又恐怖的得意，像是个死神，徘徊在一群毫无戒心的黑人头顶。

拉巴·科佳知道村子就在不远处，只有几步路了，就坐下来，打算休息会儿。啊！拉巴·科佳！你就好好休息吧！拉巴·科佳！这是你最后的机会了！

泰山偷偷摸摸地沿着树枝匍匐前行，看着下面那个肥胖又自负的巫医，蹑手蹑脚，没有发出任何声音。巫医那双不灵光的耳朵除了听到微风穿过，树叶发出的飒飒而鸣的声音外，没觉察到任何不妥。泰山走近后停了下来，隐藏在周围的树枝和各种交错的植物中。

拉巴·科佳背对着树干坐着，面朝着泰山。这对嗷嗷待哺的野兽来说并不是个好位置，所以泰山一直耐着性子，像座雕像般静静地蹲伏在那里，等到时机成熟再动手。一只有毒的小虫子"嗡嗡"地飞来飞去，一直盘旋在空中，不住地往泰山脸上飞，他看见了，并且认出这是只毒虫，不过这点毒对他来说着实不算什么，叮一下两下也不要紧——也就是承受几天痛苦折磨罢了，所以他并没有躲开。泰山炯炯有神的双眼一直盯着拉巴·科佳。一双灵敏的耳朵仔细听着周围的动静，密切关注小毒虫的一举一动。突然，他感觉到这只毒虫好像落在了自己额头上。他努力保持镇静，全身上下一动不动。这可怕的小东西沿着泰山的脸向下爬，爬过鼻子、嘴巴、下巴，最后在喉咙那儿停下来，又掉头折了回去。泰山两只眼睛死死盯着拉巴·科佳，一动不动，如同死了一般。小毒虫爬上了他那胡桃色的脸颊，用小触须轻轻擦过泰山的睫毛，最后停了下来。对你我来说，或许会马上后退一步，迅速闭上眼睛，然后猛击这可恶的毒虫；但泰山却是纹丝不动地蹲在那里。当毒虫爬到泰山的眼球时，本以为他会一直睁着眼睛，忍受毒虫的叮咬，但是事实并非如此。说来也奇怪，就在毒虫几乎要爬到下眼睑时，它突然"嗡嗡"飞走了。

小毒虫朝着拉巴·科佳的方向飞去，黑人巫医听到了动静，看得一清二楚，连忙追着拍打它，但很可惜，还没等他打死小毒虫，它就已经叮到他的脸上了。随之而来的是一阵刺痛，拉巴·科佳愤怒地惨叫一通，起身走向首领孟博拉的村庄，黝黑宽阔的肩膀一览无余地暴露在泰山视线里。

拉巴·科佳一回头，一个身影"嗖"地一下从树上飞了出来，直挺挺地落在他宽厚的臂膀上。巫医被重重地压在地上。他突然感觉自己的脖颈被强有力的下腭死死咬住,刚想尖叫呼救时,喉咙又被钢铁般的手指紧紧攥住。黑人吓破了胆儿,拼尽全力想要挣脱魔爪,但在自己的对手面前,他的力量仅仅是沧海一粟,不值一提。

没一会儿,泰山松开了巫医的喉咙,但每当拉巴·科佳想大喊大叫时,泰山都迅速掐住他的喉咙,使其饱受折磨,将近窒息,最后巫医终于放弃了抵抗。接着泰山跳起来,跪在巫医身后,这时巫医拼命想站起来,却被泰山一把按进泥里。泰山带着那根曾经吊着小山羊的绳子,现在拿出来将巫医的手腕脚踝全都捆了起来,之后猛拉绳子,把这黑人拉起来,使劲儿推着往前走。

拉巴·科佳跟跟跄跄地站起来后,才看清凶手的模样。他发现眼前站着一位白皮肤的巨人,心里"咯噔"一下,双膝止不住颤抖:"天啊,死神来了。"但当他慢慢走到泰山面前时,发现泰山既没有伤害自己,也没有折磨自己,一下子便有了精神,整个人又重新振作起来。或许这位"死神"压根没有想要杀他呢。小迪波在他手里数十天有没有受到伤害呢?迪波的母亲,穆雅有没有受难呢?

之后两个人来到拉巴·科佳和孟博拉的黑人战士们布下陷阱的地方,走到捕捉狮子的笼子前,巫医忽然发现诱饵不见了,笼子里没有狮子,笼子门也没掉下来。他觉得非常奇怪,同时又感到惶惶不安。这个时候他那个不灵光的脑子便冒出一个想法,这件事情一定和这位"死神"有关。

拉巴·科佳猜对了。泰山猛地一推,把他塞进笼子里,牢牢绑在之前捆小山羊的地方,这下巫医全明白了,浑身颤抖,整个人吓出一身冷汗。巫医双唇颤抖,苦苦哀求,哀求泰山放过他吧,就算不能饶他一命,也不要让自己死得这么惨,但这样就像是在对牛弹琴,因为他即将面对的是一头什么都不懂的野兽——狮子。

拉巴·科佳没完没了地哭喊,这可惹恼了泰山,担心接下来黑人可能会提高音量,哭喊着寻求帮助。为了避免这种情况的发生,泰山走出笼子,找了一把杂草和木棍,把杂草统统塞进拉巴·科佳嘴里,棍子交叉地放在他的牙齿中间,然后用巫医腰上的皮带牢牢捆住这些枝条。现在巫医就只能眼巴巴地看着,直冒冷汗。之后泰山心满意足地离开了。

离开后泰山去的第一个地方就是之前埋藏小山羊尸体的地方,把它挖出来后,泰山便高高兴兴地爬上树,填饱肚子去了。吃饱后他又将剩下的肉埋了,接着跳上树,跑到"嘀里嘟噜"冒着气泡的水源地,酣畅淋漓地喝了起来。换作是其他的野兽,它们可能只会去喝一些污浊的脏水,但人猿泰山可不是这样。他可是非常挑剔的,一个人蹲在河边,洗了洗手上残留的黑人身上的味道,又清洗了脸上留下的山羊血迹。完事后,他懒散地伸展着腰肢,像是一只大懒猫,爬到树上睡着了。

泰山醒来时已经是晚上了,天空中还留有一抹烟霞。狮子一边呻吟一边发出低吼,听声音止朝看水源走去。泰山看看,"扑哧"笑了出来,翻了个身又继续睡去了。

孟博拉村子的首领带领黑人回去后,突然发现巫医拉巴·科佳不见了。几个小时过去了,仍没有任何动静,人们这才意识到拉巴可能是出事了。大家都觉得拉巴很可能会受到致命的伤害,虽然他们都不喜欢巫医,甚至有些害怕,但拉巴毕竟是部落里的一员,所以首领还是召集了一些人去寻找拉巴。之后,孟博拉便能安心待在家里睡上一个好觉。他派出去寻找拉巴的年轻士兵非常认真,一直寻来觅去,足足花了半个多小时,可这对拉巴来说简直是微不足道——一只可爱的小鸟引起了这些搜寻者的注意,它把他们引到了它之前贮藏的美味诱人的美食跟前。拉巴的末日也到了。

这些搜寻兵两手空空地回来后,孟博拉非常气愤。但是当他看见士兵们带回来的丰盛美食时,顿时气消了一大半。土布托,一个敏捷又邪恶的年轻人,脸上涂满可怕的东西,看起来十分瘆人。他正在使用一种妖术,将所有的期望寄托在一个奄奄一息的婴儿身上,他热切地希望能够继承拉巴·科佳的职位和特权。今夜那巫医的女人将会痛苦哀号,悲伤呻吟。而到了明天,他就会被忘得一干二净。这就是生活,这就是名利场,这就是权力的力量——它存在于世界最高文明的中心,也存在于黑暗的原始丛林深处。无论怎样,无论身处何处,人类终究是人类。从他千百万年前匆匆忙忙跑进岩石洞里躲避霸王龙后,就不再有什么太大的变化。

拉巴失踪的第二天一大早,黑人战士们便随着首领孟博拉出发,前去查看之前给狮子布下的陷阱。还没走到笼子跟前,便听到一头大狮子在咆哮,想当然认为大获全胜,成功了!于是他们欢呼雀跃地朝着不远处跑去。

没错!它在那儿!一头高大健硕、长满黑色鬃毛的公狮出现在眼前,战士们欣喜若狂。一群人又蹦又跳,叫嚷着发出胜利的欢呼。但当他们走近后,顿时变得鸦雀无声,直勾勾地盯着笼子里巫医那残缺不全的尸体。一个个耷拉着脑袋,下巴都要惊掉了,吓得急忙往后退了几步。

被捕获的这头狮子发了疯似的撕扯面前的猎物,它把所有的愤怒与恐惧都发泄到猎物身上,最后尸体变成了一堆碎肉。

泰山就坐在高处的树上,看着这些愚蠢的黑人,轻蔑地笑了笑。此时此刻泰山感到骄傲极了,这个丛林中的恶作剧注定是成功的。

过了一会儿后,黑人们又走到笼子前,他们现在满腔怒火,对于眼前的这一幕惊讶极了。拉巴怎么会在笼子里？小山羊又到哪里去了？一群人东张西望，里面似乎没有任何山羊的残肢，他们又走近了些，却惊恐地发现，之前绑在山羊身上的绳子现如今却出现在巫医身上。这不可能啊，谁会做这样的事呢？一群人面面相觑，你看看我，我看看你。

片刻后，土布托打破了沉寂，最先开口说话。那天早上他满怀希望随队伍出发寻找拉巴时，就一直在寻找其死亡的证据。现在这证据就摆在眼前啊！

"是那个白皮肤的死神，"他小声地说，"就是那个白皮肤的死神干的！"

没有人反驳土布托，事实的确如此，除了那个高大威猛、全身光秃秃的人猿，谁还敢这样呢？他是那么可怕！想到这里，他们不禁毛骨悚然，对泰山的恐惧与憎恨都达到极点。然而泰山却十分悠闲地环臂栖于树上。

没有人会为拉巴的死感到悲伤，但每个黑人都沉浸在恐惧之中，他们害怕自己会像老巫医一般死去，害怕经历这残忍的一切。一群人顿时失了心气，浑浑噩噩地拖着狮子往前走，一路拖回首领孟博拉的村子里。

一群人把狮子拖进村子，关上村门那一刻，才松了一口气。虽然一路上黑人没有看到或听到周遭有什么诡异，但每个人都非常害怕，好像背后有双眼睛死死盯着自己一般。

大家看到笼子里的那具死尸后，村子里的女人和孩子先是发出一阵阵哀鸣，随后便陷于歇斯底里之中。但他们不会受影响，还是正常过自己的小日子。

泰山站在树上看着村子里来来往往的黑人，关注着他们的一举一动。他看见一个女人发了疯似的用树枝、小石子折磨那头狮子。

泰山看到他们如此对待猎物，心里一阵愤怒与厌恶。他很难分析自己这种复杂的情绪，因为这么多年来，他早已习惯了这种粗暴残忍的行径。没错，泰山本身就是残忍的，森林中所有的野兽也都是残忍的。但在他看来，黑人的残忍却有所不同，他们对弱者肆意地折磨与伤害，这是非常荒唐的。可泰山和丛林里的其他动物，往往是因为自身的需求，或者说是天性，才会做出残忍的行为。

假如他知道自己的身世的话，就不难明白了，每每看到欺凌后的厌恶情绪，归根结底还是因为他遗传了英国人热爱公平的品性。没错，泰山很好地遗传了他的父母。但直到现在，他都认为自己的母亲是母猿卡拉.

他越是对黑人不满，越是同情狮子。尽管狮子是自己终生的敌人，但泰山对它也没有什么特别痛恨或不满。因此，他决定好好教训教训这些黑人，把这头狮子救出来。泰山沉思着，一定要好好计划一番，让这些黑人尝尝苦头，让他们后悔、懊恼今日所犯下的错！

泰山蹲下来，看着下面来来回回的黑人，看见他们又把笼子拖走了，拖到两个棚屋之间。他知道这笼子肯定会在这儿扔一晚，这些黑人正计划举办一场狂欢盛宴来庆祝如此成功的捕猎。之后两个士兵在笼子旁摆弄来摆弄去，遣散了围在一旁虐待狮子的女人和孩子，他马上意识到，这狮子在庆功宴前暂时是安全的。不过一到晚上，它可就没好果子吃了。

现在泰山更喜欢靠着想象力，以戏谑的方式来捉弄那些黑人。他很清楚，这些人对夜晚有一种特殊的恐惧，除此之外还异常迷信。所以，泰山打算等到夜幕降临再动手，等这些黑人尽情享受盛大的宗教典礼，把酒言欢之时，再想法子解救狮子。之后，他又考虑了一番，希望自己的点子能够最大程度地应对各种可能发生的意外，之后也不会留下后患。

　　但想好计划后，泰山却钻进丛林中找吃的去了。起初，他一直犹犹豫豫，心神不宁。因为泰山依稀记得之前的经历，那次他也自认为想了一个堪称完美的主意，却不料带来了严峻的后果，这件事一直在他脑海里萦来绕去。尽管如此，泰山也不想放弃眼前这个计划。思考片刻后，他忽然转变念头，不再寻找食物，在丛林中荡来荡去，向克查科部落冲去了。

　　和往常一样，没有任何预兆，巨猿们发现泰山突然从树上跳了下来，虽不至于惊慌失措，但也着实吓了他们一跳。泰山每一次出现都让他们格外恐慌，猿群根本没办法理解泰山这种独特的"幽默"。

　　现在，他们看清楚是泰山后，也只会吼叫几声，咕哝几句，继续吃喝玩乐，完全不受泰山的影响。一番嬉戏后，泰山跑到之前藏宝贝的地方，将它从树洞里取了出来，这可是他当初在众目睽睽之下偷出来的——一块卷着的狮子皮。这块兽皮曾是巫医拉巴的宝贝，但不料泰山却把它从村子里偷了出来。

　　拿到兽皮后，泰山一路穿过森林往村子方向走去。路上他休息了一会儿，打了个猎，吃了点东西，到了下午，又悠闲地睡了一个钟头，醒来后，已是薄暮时分。泰山"嗖"地一下跳到树上，细细观察着村子里的风吹草动。他看见狮子还活着，可守在笼子旁的士兵竟然打起了瞌睡。对这些黑人来说，狮子已经不是什么新鲜玩意儿了，他们对狮子最初的害怕担忧都随着时间消磨殆尽了，现在他们压根都不正眼瞧笼子里的狮子，这群人全都翘首以盼晚上的盛宴。

　　没过多久，狂欢盛宴就开始了。伴着手鼓的节奏，一个黑人战士钻进人群中，后面还跟着一群女人和孩子，大家围在一起欢呼舞蹈。这个黑人全副武装，身上还画了一些图案，动作和手势像是在寻找猎物。他时不时弯下腰，有时又单膝跪地，盯着地上看来看去，仔细地听着周围的声音。这名士兵年轻力壮，走起路来轻盈而优雅；肌肉发达，火光映在他黝黑的皮肤上显得格外亮堂，其脸上、胸膛、肚子上各种怪诞的图案淋漓尽致地倒映在火光中。

过了一会儿，他弯下腰，又猛地向上蹦。全身上下每个动作都表明他嗅到了猎物的气味。于是他马上跑向周围的战士，把他们全都召集起来，告诉同伴们自己的发现。这一连串的动作就像是在演哑剧，全程无声。但是泰山却非常明白他们在做什么，甚至连其中的细节都了如指掌。

紧接着，泰山看到一群士兵抓起自己的猎枪，一跃而起，蹦蹦跳跳地加入到这场怪诞无声的"寻猎舞"之中。这看起来真是别有一番风趣。但这时泰山突然意识到再不行动就来不及了。他早前看过这种舞，非常清楚接下来会发生什么。这番嬉闹后，黑人士兵就会将狮子层层围住，杀之而后快，到时候，恐怕就没机会下手了。

泰山将狮皮围在身上，跳到树下一片密丛中，一路沿着小屋打着圈儿走到笼子后头，狮子在笼子里焦躁极了，上蹿下跳。他瞧了瞧，笼子旁已经没有守卫了，之前那俩人都跑去跳舞了。

泰山站在笼子后面，抻了抻身上的狮皮。他忽然又想起了那次克查科刺杀他的场景，虽然失败了，但是却差点置他于死地，这使他久久不能忘怀。泰山趴在地上，匍匐前进，之后爬到两栋小屋之间，向着乌压压的人群挪动了几步，不过大家都没在意，因为他们都聚精会神地盯着那群舞者。

看来大家都在等待一个振奋人心的时刻，猎物即将登场。时间一到，猎物就会被扔到人群中，泰山动手的时刻也就到了。

时机已到，首领孟博拉手一挥，本来站在原地的女人孩子纷纷退向一旁，为即将登场的狮子让出一条大道。而此时，泰山立刻模仿一头愤怒的狮子，发出低吼的声音，慢慢穿过场道，向狂热的舞者们冲去。

一个女人先是看到了他，吓得全身颤抖，失声大叫。顿时，人猿周围炸开了锅，人群陷入一阵恐慌。这时火焰的强光照在"狮子"头上，周围的黑人一个个惊慌失措。泰山断定黑人们肯定认为狮子已经从笼子里跑了出来，又马上吼了一声向前扑去。突然间跳舞的人们全都怔住了，本来好好地关在笼子里的狮子，突然就重获自由了，怎么会这样！人们全都吓得慌了神儿，完全无法应对如此紧急的场面。女人和孩子吓得哇哇大叫，纷纷逃到附近安全的小屋里，黑人士兵们也落荒而逃，最后只剩下泰山一人在村子里的街道上。

不过这种状况并没有持续很久，泰山也不希望一个人孤零零地待在这里，这可不是他的计划。没一会儿，躲在附近小屋里的黑人便探出头，悄悄地窥视着泰山，之后附近的黑人们一个接一个地探出来，大家皱着眉，死死盯着他，想看看"狮子"下一步要做什么——看着它如何从村子里逃出去。

他们手中拿着长矛，时刻保持着战斗状态。"狮子"原本是径直向前走着，但身上黄褐色的兽皮突然滑了下来，黑人们瞬间惊呆了，火光中映射出一个白人傲岸挺拔的身影，它不是狮子，而是……是那个白皮肤的"死神"！

黑人吓得魂飞魄散，全都一动不动地怔在原地，他们害怕眼前的"死神"，并且对泰山的恐惧程度丝毫不亚于狮子。如果黑人能够保持镇定，集思广益，那也许他们可以很快杀死泰山，但由于内心的恐惧与迷信，一群人全都呆若木鸡，站在原地不住地颤抖。

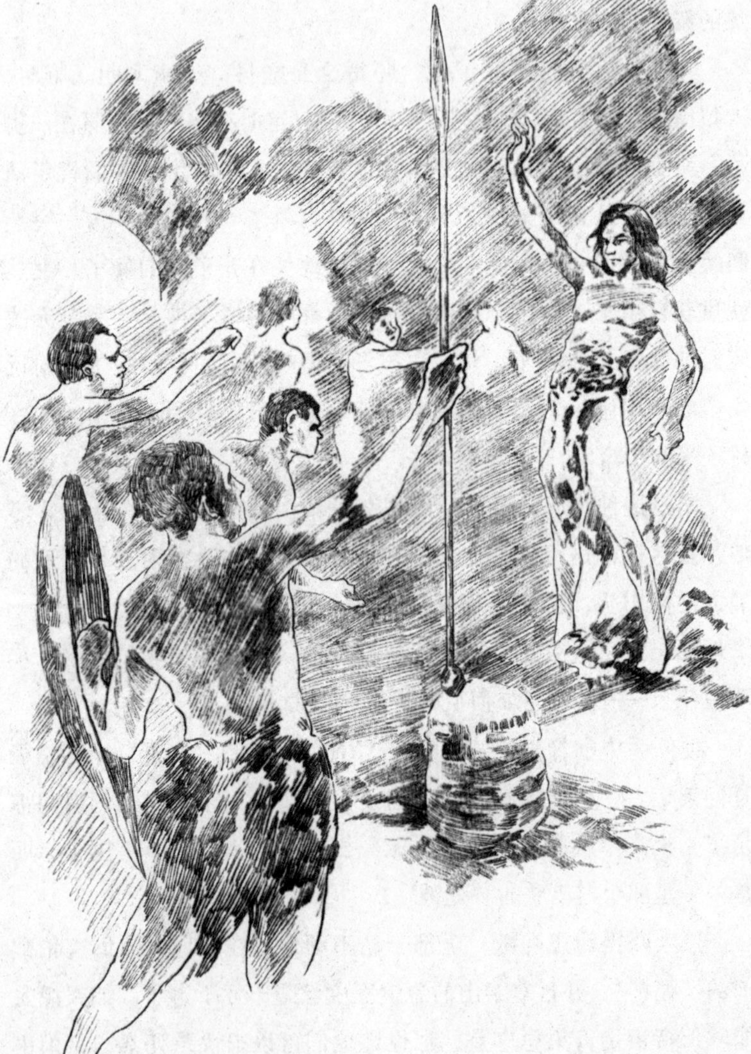

泰山镇定自若地蹲下来，捡起地上的兽皮，掉头走了，渐渐消失在村子的尽头。过了好久，黑人士兵才鼓起勇气去追捕，但是当他们聚在一起，挥舞着长矛，和着战争的呼叫声向前冲时，泰山早已消失不见了。

　　泰山在树上停了一会儿。他把兽皮扔在树枝上，然后又跳到了大树对面的村庄，悄悄地潜入到一间小屋里，紧接着以迅雷不及掩耳之速跑到关狮子的笼子一旁。之后他迅速跳到笼子顶上，费了九牛二虎之力拉开了门，不一会儿，一头雄壮的狮子跳了出来，往村子里窜去。

　　战士们一门心思寻找泰山，他们看见泰山向着火光的地方去了。"死神"竟然又出现了，想要旧把戏吗？他是又打算戏弄我们吗？泰山会后悔的！黑人们打算好好教训他一番！等了这么久，他们终于有机会了，终于能够彻底摆脱这位令人闻风丧胆的丛林恶魔了！这一次他们鼓起勇气，高举长矛向前冲了出去。

　　这时女人和孩子纷纷从小屋里出来，想要亲眼见证这场与"死神"的殊死搏斗。狮子怒视着她们，然后转身向前进的战士们跑去。

　　黑人战士们大声吼叫，对胜利强烈的渴望使他们大胆地往前冲，高举长矛试图吓退这头狮子，到那个时候，这位"死神"将成为他们的囊中之物，任他们摆布了。

　　随后，狮子怒吼一声，向前冲了过去。

　　战士们用准备好的长矛怒指着狮子，吼叫着不断挑衅它。这群肌肉发达、胸膛黑亮的战士们此刻就等着泰山送上门来。然而，他们徒有勇猛的外表，内心却是一阵恐惧。这群人忽然觉得情况并不乐观，自己手中的武器对这个奇怪的生物压根不起作用，而且他们觉得自己这种逞强还有可能带来巨大灾难。眼前这头进击的狮子太过逼真了——刚才它冲过来的时候他们就觉得这分明像

丛林恶作剧 | 185

头真狮子。但他们还是觉得是泰山藏在狮子皮囊里,他肯定经受不住那么多长矛的攻击的!

一位强壮的年轻战士站在队伍最前面,浑身上下都散发着一种自大的气息。害怕?他才不会!狮子愤怒地盯着他,他却不屑一顾,仰天长笑,拿出他的长矛指着狮子,这时候狮子突然向他冲去,那副大狮爪很快把长矛给打掉了,就像人折断树枝一样轻而易举。

黑人战士瞬间倒下了,狮子紧接着又给了他一爪,这下彻底击碎了他的头骨。狮子嘶吼着冲进人群,对着战士们左右撕扯。一时间,大家惊慌失措,仓皇而逃。但狮子可不是好对付的,十几个战士还没来得及逃跑便先遭了殃,全都倒在地上。

村子里顿时鸡飞狗跳,所有人都吓得四处逃窜。在狮子的侵袭下,没有一个屋子看起来是安全的。他们太害怕了,一个个落荒而逃。而狮子却站在村子里气势汹汹地咆哮着,似乎对这场杀戮颇为满意。

最后,一个黑人推开了村子的大门,铆足了劲往外冲,在远处的树林里找到了藏身之处。见此情景,大家便全跟着他往树林里跑,最后只留下狮子还有死去的同伴在村子里。

他们从旁边的树上看着狮子低下头,狠狠地撕咬同伴,然后露出王者风范,缓慢而庄严地踏着大步,穿过大门往森林里去了。他们吓得哆嗦起来,而远处的泰山看到这一幕竟"扑哧"笑出了声。

一个小时后,狮子消失了,黑人们也胆战心惊地从树上跳下来,瑟瑟发抖,回村子里去了。他们面面相觑,眼中满是恐惧,地上躺满了尸体,这可比丛林的夜晚可怕多了!

"怎么去哪儿都有他啊,"一个黑人嘀咕道,"这就是'死神'的威力吗?太可怕了!"

"他从狮子变成人,又奇迹般地变成了狮子。"另一个黑人也小声地议论。

"他还把梅扎拖进了森林,吃掉了他!"第三个黑人吓得直哆嗦,话都说不清楚了。

第四个黑人已经崩溃了,他号啕大哭,说道:"这个地方已经不安全了,大家还是赶紧收拾收拾行囊走吧,我们走吧,摆脱这个恐怖的'死神',我们去别的村子吧!"

但到了第二天早上,他们又变得容光焕发、士气满满了,前一天晚上发生的事情除了让他们更害怕泰山、更加迷信之外,似乎没有产生其他影响。

之后,在这片充满杀戮的森林中,泰山身上的光芒越发耀眼,威名四震。在他人眼中,泰山威猛强大,就像森林里的一个传说,是当之无愧的丛林之王。

Chapter 12

泰山救月

皓月当空，天空万里无云，月亮看起来离地球如此之近，使人不禁惊讶其竟没有扫到低吟的树梢。夜幕降临，泰山还在丛林中，他可是强大的战士，敏捷的猎人。人猿泰山也许不会告诉你他游荡于幽暗森林里的原因。他并不是因饥饿觅食这么简单——他今天吃得很好，而且在安全的藏身所里，有猎物的遗骸，足以填饱肚子。也许正是生活的乐趣促使他从舒舒服服的树上跳下来，凭借自己强健的体魄与丛林之夜作斗争，除此之外，也可能是泰山被强烈的求知欲所驱使。

由太阳统治的丛林，与月亮掌握的丛林截然不同。昼夜丛林都有其独特的一面——白天有它自己的光影，自己的飞鸟，花朵和野兽，它的声音也是白天的声音。而夜行丛林的光影不同于我们想象中的光影，它的野兽，它的花鸟，也都不同于白天的丛林。

昼夜景观不尽相同，人猿泰山更喜欢探索夜间的丛林。不仅生活别有一番风味，而且更加丰富浪漫，且越危险，生活愈加丰富多彩，对于人猿泰山来说，危险是生活的调味品。丛林之夜的喧闹声——狮子的咆哮，猎豹的尖叫，鬣狗可怕的笑声，对人猿来说，都如音乐般动听。

没过脚的软草，"沙沙"作响的树叶，疾驰掠过的凶猛野兽，猫眼石般的眼睛在黑暗中闪耀的光芒，数以百万种声音宣告了丛林里可能有的丰富的生命气息，它们的气味虽少，但也足以吸引泰山。

今晚他转了一大圈，先是向东，然后向南，现在又转向北边。他的眼睛、耳朵和敏锐的鼻孔一直处于警戒状态。有些奇怪的声音和他所熟悉的声音混在一起——那是种他从未听过的奇怪的声音，直到太阳在水域边找到了它的巢穴，慢慢西落，他这才知道这奇怪的声音是月亮发出来的，源于月亮的神秘统治。这些声音经常引起泰山的深思，这些声音使他困惑，因为他自认为对丛林已经了如指掌，无一陌生。有时他认为，由于昼夜色彩和形式有所不同，所以声音也会随着昼夜的变更而改变，这些想法在他的脑子里引发了一个模糊的猜测，也许是月亮和太阳影响了这些变化。还有什么比这更自然的事情呢？太阳统治白天，而拥有智慧和神奇力量的月亮主宰着黑夜。

就这样，这个未经训练的大脑在寂静的黑夜里摸索着，探索他摸不到、闻不到、听不到的事物，以及他看不见的巨大、未知的自然力量。

当人猿泰山向北走时，黑人的味道扑鼻而来，夹杂着木烟的刺鼻气味。人猿在柔和的夜风中飞快地朝气味飘来的方向走去。不一会儿，大火的红光透过枝叶向他扑去。当人猿泰山在森林里停下来时，他看见六个黑人战士聚集在火焰旁。

很显然，这些人是酋长孟博拉村子里的人，天黑后被困在了丛林中。他们在荆棘地里点燃了一堆篝火，希望以此阻挡大型食肉动物的进攻。一群人蜷缩在角落里，瞪大眼睛，颤抖着，因为公狮和母狮已经在丛林中向他们吼叫了。火光之外的阴影里也有其他动物的影子。泰山可以看到狮子的黄眼睛里燃烧着火光。黑人看到了它们，浑身颤抖。这时，有一个人站起身来，从火里抓过一根燃烧的树枝，扔向狮子眼睛的方向，眼睛立刻消失了。黑人便又坐了下来。泰山一直看着他们，过了几分钟之后，眼睛又再次出现。

随后，公狮和它的伴侣便出来了。在狮子的威胁咆哮前，黑人们的眼睛四处张望，不知所措，他们一边呻吟，一边将燃烧的树枝扔到狮子脸上；此时，只有一根根树枝在黑暗中燃烧。刚才把燃烧的树枝扔出去的那个人，现在又径直朝其他饥饿的狮子脸上扔树枝，狮子们在火光中消失了。泰山对此十分感兴趣。他明白了为什么黑人会在黑夜里点火——除了能提供温暖、光明和烹饪以外，还有其他原因。那就是丛林里的野兽害怕火，所以火在某种程度上可以保护他们。泰山本人对火有一种敬畏之情。有一次，他在调查黑人村庄的一场废弃的火灾时，捡起了一块活煤。从那时起，他就一直保持着与他所见过的那种火的距离。有一次经验足矣。

在黑人扔出火把的几分钟后，就再也没有出现什么眼睛了，尽管人猿泰山能听到他周围柔软的脚步声。接着又亮起了象征着丛林之王归来的两个火种，过了一会儿，在稍低一点的地方，母狮也出现了。

狮子在丛林群星集聚的夜空下一直保持着固定不变的态势，持续了一段时间之后，公狮慢慢地朝着围栏前进，在那里有个黑

泰山救月 | 191

人孤身一人蜷缩在恐怖的月夜中。当这个卫兵看到公狮再次靠近时,他像以前一样又扔了一个火把,公狮撤退了,和它一起的还有母狮,但这一次并没有走太远。它们几乎立刻转过身来,开始围着围栏转,满目怒火,低沉而沙哑的吼声表明它们越来越不高兴。狮子怒目圆睁地看着后面的火光,直到夜晚的丛林将黑人营地周围的小火点慢慢地消耗殆尽。

黑人战士一次又一次地将他的小火枝扔向这两头大狮子,但泰山发现,狮子在几次撤退后就不再把这些小火枝放在眼里。人猿通过狮子的声音听出狮子的确饿了,他猜测它已经下定决心要吃了这些黑人,但它敢于近一步靠近这可怕的火焰吗?

就在这个念头在泰山的脑海里闪过的时候,公狮停止了它不安的踱步,看着围栏。尾巴快速而紧张地翘起,一动不动地站了一会儿,然后又故意向前走去,而母狮则不安地来回走动。一个黑人召唤他的同伴说:"狮子要来了。"但他们太过害怕,什么也做不了,只是挤在一起,叫得更加惨烈。

那人抓住一根燃烧的树枝,把它直接扔在狮子脸上。而一阵怒吼后,随之而来的是狮子迅猛的攻击。凶猛的野兽一跳就跃过了围栏,但战士们也几乎以同样速度跳出对面的围栏,奔向最近的一棵树。

狮子又一下跳了出来,穿过低矮的刺墙时,迅速叼住了一个尖叫的黑人。公狮将受害者拖到地上,走回母狮旁边,母狮跟着它,一起渐渐消失在黑暗中,它们那野蛮的咆哮,夹杂着黑人的尖叫声一同消失在黑暗中。

狮子在火焰不远处停了下来,接着是一连串异常凶恶的咆哮和吼声,在吼声中,黑人的哭声和呻吟声永远停止了。

不久,狮子又出现在火光中。它又一次前往围栏,而先前可怕的悲剧再次上演。

泰山懒洋洋地伸了个懒腰。这种娱乐活动开始让他感到厌烦。他打了个哈欠，转身向一片空地走去，那片地是部落的巨猿围着树木睡觉的地方。

虽然他找到了自己熟悉的大树，蜷着身子准备睡觉，但实在没有什么睡意，难以入眠。很长一段时间，他躺着，思考着，做着梦。他仰望天空，看着月亮和星星，想知道它们是什么，是什么力量阻止它们坠落，他很好奇。他对周围发生的一切总是充满疑问，但是从来没有人回答他的问题。童年时，他曾想知道这一切，成年后，他仍然像孩童般有着强烈的、很难满足的好奇心。

他从来不满足于目睹事情的经过——他更想弄清楚这些事情为什么会发生。除此之外，生命的秘密也十分吸引泰山。他无法完全理解死亡的含义。无数次，他都试着研究死亡的内部原理，有一两次，他及时打开受害者的胸腔，看到心脏仍在跳动。

经验告诉他，用刀刺穿这个器官，十有八九会立即死亡，而若刺在其他地方，刺伤无数次也不会致残。因此，他开始将心脏，或者，他称之为"会呼吸的红色东西"，作为生命的所在和起源。

泰山根本不理解大脑及其功能。他的感知被传送到大脑，但完全无法理解它们是如何在大脑中被解读、分类和标记的。他天然地认为自己的手指知道什么时候去触碰，眼睛知道什么时候去看，耳朵知道什么时候去听，鼻子知道什么时候去闻。

泰山把自己的喉咙、表皮和头发当作情绪的三个主要来源。当卡拉被杀时，一种莫名的窒息感卡住了他的喉咙；与蛇接触的时候，他全身的皮肤紧绷；当敌人靠近时，他头皮上的毛发会竖起来。

如果可以的话，想象一下，一个孩子对大自然充满好奇与疑问，而周围只有丛林里的野兽，那么他的问题对他们来说就像梵语一样奇怪。如果他问甘塔为什么会下雨，那头又大又老的无尾猿只会惊讶地盯着他看一会儿，然后又继续他那有趣又有益的寻找跳蚤的活动；当他问木噶，某些花卉在太阳离开天空后合上的原因，以及为什么还有一些花会在晚上开的时候，他惊奇地发现尽管木噶能说出最胖的蛆应该隐藏在哪寸土里，但她从来没有注意过那些有趣的事实。

对泰山来说，这些都是奇迹。它们吸引了他的智慧和想象力。他看到花开花落；他看到一些花总是向阳开；他看见树叶在没有风的时候也在动；他看见葡萄藤像有生命的东西一样爬满大树的枝头。对于人猿泰山来说，花朵、藤蔓和树木都是有生命的。他经常和它们说话，就像他和月亮、和太阳说话一样，但他有点失望，因为他的话没有得到回应。他问它们问题，但它们不能回答，尽管他知道树叶的低语是树叶的语言——它们彼此之间是交谈着的。

他把风归因于树和草。他认为是树和草的摇摆创造了风。除此之外他无法解释这一现象。他把雨水最终归因于星星、月亮和太阳，但他的假设完全没有体现出其中的可爱与诗意。

今晚，当人猿泰山躺着思考的时候，丰富的想象力使他突然想到了关于星星和月亮的解释。他对此非常兴奋。泰格睡在附近的一个树杈上，泰山就在他旁边摇晃。

"泰格！"他叫道。那头大公猿立刻醒了过来，竖起了鬃毛，从夜间的召唤中觉察到了危险。"你看，泰格！"泰山指着星星喊道，"看看公狮和母狮、猎豹和鬣狗的眼睛。它们围着月亮等着扑向它，并捕杀月亮。看月亮的眼睛、鼻子和嘴巴，它脸上的光是它点燃的火焰发出的，用来吓唬公狮、母狮、鬣狗和猎豹的光。

"它的周围全是眼睛，泰格，你可以看到它们！但它们离火堆不是很近——很少有狮子靠近月亮。它们害怕火!是火从狮子那里救了月亮。你看见它们了吗?泰格?在太阳回到它的洞穴之后,我们就没有更多日光了,待到夜幕降临时,月亮睡意渐浓,睡到深夜,或者当它白天穿越天空,忘记了丛林和林中的生物时,某天晚上,狮子可能会很饿,非常生气,然后就跳过那些保护月亮的荆棘灌木。"

泰格呆呆地望着天空,然后又看了下泰山。这时空中一颗流星划过,在天空中燃烧着火焰。

"看!"泰山大叫,"月亮向狮子扔了根燃烧的树枝。"

泰格咕哝道:"狮子在下面,"他说,"狮子不会上树狩猎。"但他好奇又略带恐惧地看着头上的亮星,好像第一次见到一样,毫无疑问,这是泰格第一次看见这些星星,虽然每天晚上都有星星。但对泰格来说,它们就像美丽的丛林之花——他不能吃它们,便对它们视而不见。

泰格坐立不安,神经紧张。有好长一段时间,他都失眠了,看着天上的星星——被猛兽的火红眼睛包围着的月亮。凭借着月亮的光,巨猿在他们的鼓声中跳舞。如果月亮被狮子吃掉,就不会有那么多的鼓声了。泰格满脑子都是这个想法。他害怕地瞟了泰山一眼。为什么他的朋友不同于部落里的其他巨猿呢?在泰格认识的朋友中没有谁像泰山一样有这种古怪的想法。泰格迷惑地挠着头,想泰山算不算是一个安全的同伴,然后他慢慢地回想,经历了一个艰难的心理过程后,发现泰山比任何其他猿类对他都好,甚至超越了部落里最强大和最聪明的公猿。

是泰山把他从黑人手中解救出来的;那个时候他还以为泰山是想要救蒂卡,可泰山不但救了她,还把他们的小巴鲁救了出来;也正是泰山策划并实施了追捕蒂卡的绑架者和营救被偷母猿的计划。泰山曾多次为泰格而战，流血不止，虽然泰格只是一头残暴的巨猿，但他心中却有一份不可动摇的忠诚——他对泰山的友谊已经成为一种习惯，几乎是一种传统，会伴随着泰格一直延续下去。他的喜爱从来没有流露出来——若在他捕食的时候离他太近，他也会对泰山咆哮，像对其他的猿一样——但是他会为泰山而死。他心里知道，泰山也知道他会，但猿类却不会说这些话——他们本能上不善于表达，更多的是行动而非言语。可现在，泰格很担心，他又睡着了，还在想着同伴那些奇怪的话。

第二天，他又想起了泰山的话，他向甘塔提到了泰山对月亮周围的眼睛的看法，以及狮子迟早会冲进去将月亮吞掉的可能性。

对于猿类来说，自然界中所有的大型生物都是雄性的，月亮是夜间天空中最大的生物，因此对他们来说月亮就是一头公猿。

甘塔咬了咬手指，想起了泰山曾经说过，树之间是相互交谈的。而戈赞讲述了他曾看到人猿与猎豹在月光下面对面地跳舞。他们不知道泰山曾将凶猛的野兽绑到树上，并在狂吼的巨型猫科动物前面跳来跳去试图诱惑它。

还有巨猿说看到泰山骑在大象的背上；泰山把黑人孩子迪波带进了部落，他还在海边的奇怪巢穴里和神秘的东西交流。这些巨猿从来没有读过泰山的书，在他把这些书拿给一两个部落的同伴看之后，他发现即使是给他们看那些照片，猿类也想象不出来画面和印象，他已经放弃了。

甘塔最后说："泰山不是巨猿。他会带着狮子来吃我们，因为他正带着狮子去吃月亮。我们应该杀了他。"

泰格立刻怒目而视。他说："你想杀死泰山！除非，你先杀死泰格。"说完便去觅食了。

但其他巨猿加入了阴谋者的行列。他们想到了人猿泰山所做的许多事情——那是猿类不会做、也不理解的事情。甘塔再次表示，白猿应该被杀死，而其他巨猿出于对听来的故事的恐惧感，想到人猿泰山要杀死月亮，便纷纷响应这一提议。

蒂卡在里面全神贯注地听着，但她并没有应和这一提议。相反，她开始发怒，露出她的尖牙，然后她去寻找泰山。但她找不到他，因为他正在远方觅食。

但她发现了泰格，并告诉他其他人在谋划着什么，大公猿在地上跺着脚咆哮。他那充满血丝的眼睛里满是愤怒，他的上嘴唇翘起，露出尖牙，脊背上的毛发竖了起来。突然，一只啮齿动物迅速窜了过去，泰格立马跳起来抓住它。刹那间，他似乎忘记了自己对朋友的敌人的愤怒，但这就是猿类的思维。

几英里外的人猿泰山，懒洋洋地躺在大象的大脑袋上。他用一根尖尖的棍子在大耳朵下面挠来挠去，然后他和那头顶着黑黑的脑袋、有着厚皮大腿的大象说话。大象对他所说的话几乎一无所知，但大象是一个很好的倾听者。它左右摇摆着站在那里倾听，享受着它的朋友——它喜爱的朋友的陪伴，以及那种被棍子抓挠的美妙感觉。

狮子嗅出了人的气味，小心翼翼地朝大象走去，直到它看到了自己的猎物头上那长长的獠牙。然后它转过身来，咆哮着，咕哝着，试图找个更有利的猎场。

一阵微风袭来，大象闻到了狮子的气味，深深地吸起了鼻子。泰山尽情地向后伸展，仰卧在粗糙的兽皮上。苍蝇成群地飞在他的脸上，但他从树上扯下一根枝叶繁茂的树枝，懒洋洋地将它们拂去。

他对大象说："活着真好，躺在阴凉处真好。看看上帝为我们准备的一切，绿树和鲜花，真是一件开心的事。他对我们很好，大象，他赐给你嫩叶、树皮和肥草。他给了我小鹿、野猪、鱼、水果、坚果和树根。

"他为我们提供了我们最喜欢的食物。只要我们足够强大或足够狡猾就能找到并接受这些食物。是的,大象,活着真好。我讨厌死。"

大象的喉咙发出一种轻微的声音,它把鼻子向上弯曲,以便用鼻尖轻抚人猿的脸颊。

不久人猿泰山说道:"大象,转过去,朝着克查科部落的方向去找东西吃,伟大的人猿泰山可以骑在你的头上回家而不用走路。"

长着长牙的大象转过身来,沿着一条宽阔的拱形小径慢慢地走着,偶尔停下来拔掉一根嫩枝,或者从附近的树上剥下可食用的树皮。人猿泰山的脸朝下趴在象头和象背上,两腿垂在两边,两手撑开支着头,两肘靠在宽大的头盖骨上。他们就这样从容不迫地向部落的聚集地走去。

就在他们从北边到达那片空地之前,另一个人从南方到达了那里——那是一个壮实的黑人战士,他小心翼翼地穿过丛林,对沿途可能潜伏的许多危险保持警惕。他从最南端的公猿哨兵下面走过,那哨兵被安置在一棵大树下,监视着从南方来的敌人。公猿看他是独自一人,就允许这个黑人没有任何困扰地通过,但是,当勇士走进空地的那一刻,身后传来一声响亮的"克拉嘎——啊"!接着是来自不同方向的齐声回答,这时,众多大公猿应同伴的召唤,从树林里冲了出来。

那黑人一听到喊声就停住了脚步,向四周看了看。他什么也看不见,但他知道那是他和他的同类害怕的多毛树人的声音,之所以恐惧不仅是因为树人的力量无穷,凶猛无比,而且还有黑人的迷信,这种恐惧是由猿类的外表引起的。

但布拉班图并不是懦夫。他听到了巨猿们的号叫，他知道逃跑是不可能的，所以他站在那里，手里拿着长矛，嘴唇颤抖地喊着战争的口号，时刻准备战斗。他会勇敢地献出自己的生命，因为他是孟博拉酋长的副手，素来勇武善战。

当哨兵的第一声喊叫响彻寂静的丛林时，人猿泰山和大象也在不远处。像闪电一样，人猿从大象的背上跳到附近的一棵树上，在第一个"克拉嘎——啊"的回声消失之前，迅速地向空地的方向移动着。当他到达的时候，他看到一群公猿围着一个黑人。人猿泰山尖叫一声，扑了上去。他比巨猿更讨厌黑人，这是一个在野外杀人的机会。

泰山问旁边最近的巨猿："黑人做了什么？他杀了部落里的成员吗？"

不，这个黑人没有伤害任何一个。戈赞一直在看着，看见他从森林里出来，惊扰了部落——仅此而已。人猿冲进猿群的圈子，所有这一切都已经使他疯狂到足以冲锋陷阵的地步，他来到了可以近距离看到黑人的地方。他立刻认出了那个人。就在前一天晚上，泰山在黑暗中看到他与狮子对视，而他的同伴在他脚下的泥土中匍匐着，因为太害怕了，甚至不敢自卫。这是一个勇敢的人，泰山对勇敢有着深深的敬意。甚至他对黑人的仇恨也不如他对勇敢的热爱那么强烈。几乎任何时候泰山都会很乐意和一个黑人战士战斗，但是他不想杀死这个人——他能模糊地感觉到，这个人在前一天晚上勇敢地为自己抗争并捍卫了生命，泰山想不出有与这个战士开战的必要。

他转向巨猿，对他们说："回去吃你们的东西去吧，让这个黑人走吧。他并没有伤害我们，昨天晚上我看见他在丛林里和狮子搏斗。他是勇敢的。我们为什么要杀死一个勇敢的、没有攻击过我们的人呢？让他走。"

猿群不高兴了，他们开始号叫，有头猿说："杀了黑人！"

"是的，"另一头猿吼道，"杀了黑人和白猿！"

"杀了那头白猿！"

"他根本不是猿，而是一个皮肤已经褪色的黑人。"

甘塔吼叫："杀了泰山！"

"杀！杀！杀！"

猿群现在已陷入屠杀的狂热当中，但针对的是泰山而不是黑人。一个毛发蓬乱的身体穿过猿群，把他接触到的所有动物都撞到一边，就像一个强壮的男人把孩子们驱散一样。那是泰格——伟大而狂怒的泰格。

他问道："是谁说要杀死泰山的？想要杀死泰山必须先杀死泰格！谁能杀死泰格？泰格会把你的内脏从你身上撕下来，喂给鬣狗吃。"

甘塔说："我们可以把你们都杀死。我们数量占优势。"他说得对。泰山知道甘塔说的是对的，泰格也知道，但两人都不承认有这种可能性。这不是公猿应有的处事方式。

人猿叫道："我是泰山，强大的猎人，强大的战士，在所有的丛林中，最强大的人猿泰山。"

然后，另外一方便一个接一个地讲述他们的优点和勇猛。战斗人员之间的距离越来越近。因为公猿在进行战斗之前，必须要找好位置。

甘塔来了，屈腿前进，靠近泰山，露出獠牙嗅闻他。泰山低吼着，威胁着。他们可能会重复这些策略十几次，但迟早会有一头公猿开战，然后这群丑陋的家伙就会和他们的猎物互相撕扯。

从看到泰山从猿群中走出来的那一刻起，黑人布拉班图就站在那里，睁大眼睛，充满惊奇。他听过泰山的故事，这个魔鬼和那些毛茸茸的树人们一起生活，但他从来没有在大白天看见过泰山。通过见过泰山的人的描述，以及人猿好几次进入孟博拉村时他的亲眼目睹，他对泰山十分了解，而今夜，将是他人生中最可怕的玩笑之一。

布拉班图无法理解人猿泰山和猿群之间发生的一切，但他看到人猿和一头较大的公猿正在和其他的猿争执，他看到这两个人背对着他，站在他和部落之间，他猜想，虽然似乎不大可能，他们可能是在保护他。他知道泰山曾经饶过孟博拉酋长的命，他还救过迪波和迪波的母亲穆雅。所以他也有可能会帮助布拉班图，但他会如何帮，布拉班图无法猜测；事实上，泰山这次不可能打败对手了，因为攻击他的力量太强大了。

甘塔和其他猿正慢慢地迫使泰山和泰格退到布拉班图那里。人猿想起他和大象就在不久之前说过的话："是的，大象，活着真好，我讨厌死。"现在他知道自己快要死了，因为公猿正迅速向他发起攻势。他们中的许多猿都恨他，怀疑他。他们知道他与众不同。

泰山也知道这一点，但是他很高兴他是一个人猿，有着人类的基因。他从他的图画书中学到了东西，他为这一点感到自豪。不过，很快他就会死去。

甘塔正准备冲锋。泰山看出了这些迹象。他知道甘塔将掌控猿群的平衡，然后一切很快就会结束。在空地的对面，好像有什么东西在一片翠绿中移动。人猿泰山看到了它，此时，甘塔发出一种可怕的叫声，带着猿一起向前发起攻势。泰山发出了奇怪的叫声，然后蹲下身来迎接进攻。泰格也蹲了下来，布拉班图现在确信这两边是因为他而战斗，便拿起他的长矛在他们中间跳来跳去，迎接敌人的第一次进攻。

与此同时，一个大块头从领头公猿背后的丛林中冲了出来。一个疯狂的长牙号角声在类人猿的叫声中升起了，是大象，它迅速冲过空地来救它的朋友。

甘塔没能靠近人猿，他的獠牙也没有咬到任何一个。大象的挑战把公猿们吓得急忙逃窜到树林里，边逃跑边喋喋不休地骂着。泰格和他们一起跑了。只剩下泰山和布拉班图。布拉班图站着没走，不仅因为他看到那个既是恶魔又是拯救他的上帝的人没有走，而且因为他面前是敢为他死的泰山，因此他也有勇气面对一场可怕的死亡。

但是，当黑人看到这头巨大的大象突然在人猿面前停下来，用长长的、弯曲的鼻子爱抚泰山时，他感到很吃惊。

泰山转向那个黑人，指着孟博拉的方向，用猿语说："走！"即使布拉班图不懂这个手势，他也能懂他的意思，他赶紧往指的方向走。泰山看着他，直到他消失。他知道巨猿不会跟着他。然后泰山对大象说："把我抱起来！"大象就用象牙轻轻地把他甩到头上。

"泰山回到海边的小木屋去了，"人猿对树上的猿类喊道，"除了泰格和蒂卡，你们都比猴子还笨。泰格和蒂卡可以来看泰山，但其他人必须远离。人猿泰山已经和克查科部落绝交了。"

他用长满老茧的脚趾轻轻戳了一下大象，然后他们就在空地上摇摇晃晃地走了，巨猿们看着他们被丛林吞噬。在夜幕降临之前，泰格和甘塔就袭击泰山一事争吵，随后泰格便杀死了甘塔。

虽生活在同一个月亮下，但在这个部落再也看不到人猿泰山的影子了。他们中的许多巨猿可能从来都没有把他放在心上，但有些对他的思念超过了泰山的想象。泰格和蒂卡经常希望他能回来，有十多次泰格都决定了去海边的小木屋看看泰山，但一件又一件琐事使他脱不开身。

一天晚上,当泰格躺下,睡不着,仰望星空回忆的时候,他想起泰山曾和他说的奇怪的事情——星星是狮子的眼睛,在黑暗的丛林上空等着扑向月亮,并吞噬它。他越想这件事就越不安。

然后奇怪的事情发生了。就在泰格看着月亮的时候,他看到月亮的一部分边缘消失了,就好像有什么东西在咬着它。越咬越大,月亮边上出现了一个洞。泰格尖叫一声,跳了起来。他那狂乱的叫声把惊恐的部落吓得尖叫着,议论纷纷地向他走来。

"看!看!正如泰山所说,狮子已经从火中扑出来,正在吞噬月亮。你们把泰山赶出了部落,现在你们看他有多聪明。你们中间有谁恨人猿泰山的,谁能去帮助月亮?在黑暗的丛林中,月亮旁边虎视眈眈的眼睛,那是狮子。月亮处于危险之中,没有人能帮助它,除了泰山。不久月亮将被狮子吞噬,我们将没有更多的光明。太阳下山回到巢穴中后,没有月亮的光,我们怎么跳舞呢?"

巨猿们颤抖着,呜咽着。任何自然力量总是使他们充满恐惧,因为他们无法理解。

有一头猿说:"你们去把泰山带来!"猿群就都喊着说:"泰山!""把泰山带来!""他会拯救月亮!"但是,谁能穿过黑暗的丛林去找他呢?

泰格自告奋勇地说:"我去。"过了一会儿,他穿过冥河般阴暗的丛林,向海边那个小港口走去。

在部落里等待的时候,巨猿们看着月亮慢慢被吞噬。狮子已经吃掉了一个巨大的半圆。按照这种速度,在太阳回来之前,月亮就已经完全消失了。一想到夜间永远的黑暗,猿群就发抖。他们睡不着。他们不停地在树枝间走来走去,一边看着天上的狮子在它那致命的猎场上守候,一边竖着耳朵等着听到泰格和人猿泰山来的动静。

当巨猿们在树上等着,听到两人接近的声音时,月亮已经快走远了。不久之后,人猿泰山跟着泰格来到了附近的一棵树上。

人猿二话不说便拿起手里的长弓,背上挂着一支箭袋,里面装满了他从黑人村偷来的毒箭,就像他偷的弓一样。他爬上一棵大树,越爬越高,直到他站在一根小小的、刚能承重的树梢上摇摆。在那里,他可以清晰地看到天空。他看到了月亮,想象着饥饿的狮子正侵入它闪亮的表面。

泰山把脸对着月亮,尖叫着发出他可怕的挑战。远处空中传来狮子回答的吼声。巨猿们在颤抖。天上的狮子回答了人猿泰山。

然后人猿在他的弓上搭了一支箭,把箭往后拉,瞄准狮子的心脏,在那里,它躺在天上吞噬着月亮。当被释放的闪电射入黑暗的天空时,传来一声巨响。人猿泰山一次又一次地向狮子射箭,而克查科部落的猿群则一直惊恐地挤在一起。

终于,泰格尖叫道:"看!看!狮子死了,泰山杀死了狮子。看!月亮从狮子的肚子里出来了!"果然,月亮从吞噬它的狮子口中渐渐出来了,不管是狮子,还是地球的影子,总之,它得救了。但如果你想说服克查科部落的巨猿相信那晚不是狮子差点吃掉月亮,而是另一个比人猿泰山还聪明的神,用他举行的野蛮且神秘的仪式避免了可怕的死亡,那么你将会面临困难——你将面临一场战斗。

于是,人猿泰山回到了克查科部落,他来的时候,大步走向王位,成为最后的胜者,因为现在的巨猿们都把他当成至高无上的主。

在整个部落中,只有一个人对人猿泰山拯救月亮的说法持怀疑态度,而这个人,看起来似乎有些奇怪,那就是泰山自己。